ullstein

Das Buch

Potsdam im November 1989: Seit wenigen Tagen ist die Mauer geöffnet. Die Bürger der DDR verlassen ihr Land in Scharen. Inmitten des sich entfaltenden Chaos muss Martin Keil, Hauptmann der Kriminalpolizei, nun auch noch versuchen, einen Mörder zu schnappen: Am Ufer des Potsdamer Jungfernsees wurde die nackte Leiche eines hochrangigen Lokalpolitikers gefunden. Er wurde zusammengeschlagen und erdrosselt.

Hilfe erhofft sich Martin Keil von der Gerichtsmedizinerin Anne Rösler, mit der er ein Verhältnis hat. Beide sind in einem staatlichen Heim aufgewachsen, und beide haben seelische Narben aus dieser Zeit davongetragen, was ihre Berufe nicht gerade einfacher macht. Doch sie geben sich gegenseitig Halt und versuchen gemeinsam, den Mörder ausfindig zu machen.

Was sie nicht wissen: Der Täter hat sich bereits sein nächstes Opfer gesucht. Und es gibt Videoaufnahmen von der Tat. Wer ist dieser Wahnsinnige, der es offenbar genießt, seine Taten aufzuzeichnen und mit ihnen anzugeben? Als Keil sich die Aufnahmen ansieht, traut er seinen Augen kaum. Denn er ist sich sicher, den Mörder zu erkennen ...

Der Autor

Raimon Weber, geboren 1961, ist Schriftsteller, Radiomoderator, Hörspielautor und Medientrainer. Er leistet regelmäßig Beiträge zum Krimifestival *Mord am Hellweg*.
Mehr unter: www.raimon-weber.de

Von Raimon Weber sind in unserem Hause bereits erschienen:

Eis bricht
Kuckucksmörder

RAIMON WEBER

DIE BLUTMAUER

Thriller

Ullstein

Besuchen Sie uns im Internet:
www.ullstein-taschenbuch.de

FSC
www.fsc.org
MIX
Papier aus verantwortungsvollen Quellen
FSC® C083411

Originalausgabe im Ullstein Taschenbuch
1. Auflage November 2016

Umschlaggestaltung: Büro für Gestaltung –
Cornelia Niere, München
Titelabbildung: © Getty Images/cesarr t. (Hände mit Seilen);
© Arcangel Images/Alexandre Cappellari (Hintergrund)
Satz: LVD GmbH, Berlin
Gesetzt aus der Scala
Druck und Bindearbeiten: CPI books GmbH, Leck
Printed in Germany
ISBN 978-3-548-28836-9

Prolog

Er war nackt und stank. Übermäßiges Schwitzen war schon in jungen Jahren ein Problem für ihn gewesen. In der Schule hatte deshalb niemand neben ihm sitzen wollen. Die besonders intensiven Deos aus der BRD, die er in den Intershops kaufte, brachten dann später ein wenig Linderung. Aber gegen seine Todesangst kamen auch sie nicht an. Eine Mixtur aus säuerlich riechendem Schweiß und Urin – er hatte sich vor einer Minute eingenässt – erfüllte das Innere des Wagens.

Er betete. Zum ersten Mal seit über vierzig Jahren. Es waren zusammenhanglose Fragmente, die aus den Tiefen der Erinnerung aufstiegen.

... der Herr lasse Sein Angesicht leuchten über dir und sei dir gnädig ...

Gefolgt von dem Bild der Großmutter. Wie sie an seinem Bett saß und ihm aus der Bibel vorlas. Immer nur dann, wenn sie sicher sein konnte, mit ihrem Enkel ganz allein zu sein.

Und wanderte ich auch im finsteren Tal ...

Er hatte damals nicht verstanden, wovon die Geschichten handelten. Einige hatten ihm sogar ein wenig

Furcht eingeflößt. Aber jetzt hoffte er darin Trost, vielleicht sogar Hilfe zu finden.

Er versuchte die Fesseln von seinen Handgelenken zu streifen, bis ihm dabei eine grelle Lanze aus Schmerz durch den rechten Arm fuhr. So heftig, dass er beinahe erneut das Bewusstsein verlor. Der Schrei wurde von dem Knebel mit dem scharfen Geschmack nach Reinigungsmitteln in seinem Mund erstickt. Fast wäre es ihm gelungen, sich aufzurichten, aber die Bewegung sorgte dafür, dass der Draht an den nackten Fußgelenken noch tiefer ins Fleisch schnitt. Nur die Augenbinde war ein wenig verrutscht. Durch den winzigen Spalt über seinem linken Auge sah er den Nachthimmel, ab und zu unterbrochen vom trüben Licht einer Straßenlaterne.

Der Geruch, diese Mischung aus dem Qualm der filterlosen Zigaretten, von denen er zuletzt so viele geraucht hatte, bis er morgens von langanhaltenden Hustenanfällen geschüttelt wurde, und den Benzindämpfen, die trotz mehrerer Werkstattbesuche einen Weg vom Tank in den Innenraum fanden, machten ihm klar, dass er sich auf der Ladefläche seines eigenen Ladas befand. Hinzu kam das vertraute Knirschen im Getriebe, wenn vom dritten in den zweiten Gang zurückgeschaltet wurde.

Der Kombi fuhr jetzt langsamer, rumpelte durch ein so tiefes Schlagloch, dass die Federung durchschlug, und hielt so abrupt an, dass er mit dem Kopf gegen die Seitenwand stieß.

»Ich bringe dich auf der Stelle um, wenn du versuchst, irgendwelchen Ärger zu machen«, sagte die Gestalt auf dem Fahrersitz mit ihrer rauen, heiseren Stimme, in der mühsam unterdrückte Wut mitschwang. So, als würde sein Entführer es kaum noch erwarten können, ihm weitere, noch schlimmere Schmerzen zuzufügen. Die Erinnerung daran, wie etwas Hartes, Metallisches direkt gegen seinen Kiefer prallte, Ober- und Unterlippe wie überreifes Obst aufplatzten und Zähne wie morscher Gips zersprangen, ließ ihn erzittern und in den Knebel winseln. Gedanken rasten unkontrolliert und panisch durch seinen Verstand.

Bedeutet der Satz, dass ich noch nicht umgebracht werde? Vielleicht sogar mit dem Leben davonkomme, wenn ich mich füge?

Er hörte, wie der Entführer ausstieg und die Heckklappe öffnete. Ehe er auch nur einen Blick auf die Gestalt erhaschen konnte, wurde ihm die Augenbinde zurechtgerückt. Er war wieder vollständig blind.

»Wie du stinkst!«, sagte der Entführer. »Widerlich!«

Mit einem Ruck wurde er an den Schultern aus dem Wagen gezerrt. Er spürte kalten und feuchten Boden unter seinen nackten Füßen. Feiner Regen fiel auf sein Gesicht.

Fast schon sachte wurde er auf dem weichen und völlig durchnässten Untergrund abgelegt. Dass man ihn nicht einfach grob fallengelassen hatte, ließ ihn hoffen, das Schlimmste überstanden zu haben. Er hatte eine Abreibung, sogar eine überaus schlimme, die ihn womöglich auf immer entstellen würde, erhalten, aber damit würde er schon zurechtkommen.

Es war jetzt ganz still. Die Regentropfen fielen senkrecht auf ihn herab. Er wünschte sich so sehr, dass der Entführer, von dem er noch nicht einmal mehr ein Atmen vernahm, ihn hier einfach zurückließ. Er wartete darauf, dass der Motor des Ladas startete und der Entführer mit dem Wagen für immer aus seinem Leben verschwand. Sollte der Kerl den Kombi doch behalten. Das war ein geringer Preis fürs Überleben.

Was dann geschah, dauerte nicht lange.

Sein Kopf wurde an den Haaren nach oben gerissen, und er stellte noch erstaunt fest, mit welcher Lautlosigkeit der Entführer sich bewegen konnte.

»Du hast es gründlich versaut«, sagte die heisere Stimme direkt neben seinem rechten Ohr.

Etwas, das noch kälter war als die eisige Nacht, die ihn umgab, wurde um seinen Hals geschlungen. Er zappelte, ruckte mit dem Kopf hin und her, und es gelang ihm, den Knebel auszuspucken. Aber so sehr er sich auch anstrengte, er brachte dennoch keinen Laut hervor. Schlimmer noch, er bekam keine Luft mehr in die Lunge. Die Welt war plötzlich von einem tosenden Geräusch, dem Rauschen seines Blutes in den Ohren, erfüllt. Sein Bewusstsein schwand, und ehe es vollständig erlosch, fühlte er sich mit einem Mal ganz leicht. Fast schwerelos.

Dann war es vorbei. Bis auf ein paar schwache elektrische Impulse in seinem Hirn, die nach und nach erloschen.

Kapitel 1

21. November 1989

Martin Keil erwachte aus einem Alptraum. Er fuhr sich mit der Hand über das Gesicht und stellte fest, dass er geweint hatte. Die Erinnerung an den Traum verflüchtigte sich wie feiner Rauch im Wind. Für ein, zwei Sekunden glaubte er den Geruch von Bohnerwachs wahrzunehmen, und er wusste, dass ihn im Schlaf die Erinnerungen an seine Kindheit eingeholt hatten.

Keil drehte ganz langsam den Kopf zur Seite und hörte die Sehnen in seinem Hals knacken. Die schwach grün leuchtenden Zeiger des Weckers standen auf halb sechs. Sein Dienst begann heute erst um acht. Er fühlte sich, als hätte er die Nacht bei schwerer Arbeit in einem Steinbruch verbracht. Dennoch war ihm klar, dass an Schlaf nicht mehr zu denken war. Wenn er die Augen schloss, würden die alten Bilder zurückkehren. Wie er im Schlafsaal vor den anderen Jungen stand und sie ihn mit einer Mischung aus Verachtung und Ungeduld anstarrten. Weil er zum wiederholten Male ins Bett gemacht hatte und so lange barfuß auf dem kalten Betonboden ausharren musste, bis das nasse Bettlaken, das ihm die Erzieherin um die Schultern gelegt hatte, halbwegs getrocknet war. Auch die anderen Jungen mussten auf das Frühstück verzichten. Kollektivstrafe. Dafür hatten sie sich jedes Mal an ihm gerächt. Nicht alle, aber die meisten.

Keil schaltete die Nachttischlampe ein, zog den Morgenmantel über und schlurfte zuerst ins Badezimmer. Die verrosteten Leitungen ächzten und gurgelten. Er klatschte sich eiskaltes Wasser ins Gesicht, auf die Unterarme und in den Nacken, in der Hoffnung, anschließend etwas klarer im Kopf zu sein. Er betrachtete sich im Spiegel über dem Waschbecken. Martin Keil war achtunddreißig, und normalerweise wurde er mit seinen schwarzen Haaren, den stechend blauen Augen und der durchtrainierten Statur für jünger gehalten, aber heute sah er blass, rotäugig und so mitgenommen aus, als hätte er mehrere Nächte durchzecht. Mit einem mürrischen Seufzer betastete er sein rechtes Ohr. Ein allmorgendliches Ritual, das er kaum noch wahrnahm. Bei einer Razzia im Frühjahr des Jahres 1980 hatte sich ein Volltrunkener der Festnahme widersetzt und ihm ein Stück des Ohrläppchens abgebissen und verschluckt. Obwohl damals sein Blut auf das Lenkrad des Gefangenentransporters getropft war, hatte Martin Keil darauf bestanden, den Barkas selbst zum Revier zurückzufahren.

Er hockte sich mit einer Tasse Mocca Fix mit extra viel Zucker an den Küchentisch und vervollständigte sein Frühstück mit der ersten Club Filter des Tages. Zu früher Stunde brachte er nie einen Bissen herunter. Vor ihm lag eine Zeitung vom Vortag, die er vom Revier mitgenommen hatte. Er versuchte, die Entwicklungen nach der Maueröffnung genau zu verfolgen, aber am gestrigen Abend war er einfach zu erschöpft gewesen, um auch nur einen Blick in die Zeitung zu werfen.

Die Schlagzeile lautete *Volkskammer wählt neue DDR-Regierung*. In dem dazugehörigen Bericht las Keil, dass es einen Ausschuss der Volkskammer zur Überprüfung von Fällen des Amtsmissbrauchs, der Korruption und anderer Handlungen mit Verdacht auf Gesetzesverletzungen geben sollte. Allein die Erwähnung, dass es in offiziellen Stellen möglicherweise Korruption gegeben haben könnte, war ungeheuerlich. Noch vor wenigen Wochen wäre eine solche Formulierung absolut undenkbar gewesen. Keil fragte sich, ob die neue Regierung unter Hans Modrow es mit ihren Reformen tatsächlich ernst meinte.

Im selben Artikel wurde auch erwähnt, dass der Generalstaatsanwalt einen Bericht über die Überprüfung der Übergriffe der Sicherheitsorgane auf Demonstranten am 40. Jahrestag der Republik vorgetragen hatte.

Keil hätte zu gern gewusst, ob er dabei die Formulierungen der Parteipresse in den Tagen nach den Ereignissen aufgegriffen hatte. Da war von gezielten Störaktionen die Rede gewesen. Angezettelt von Vorbestraften, Randalierern und westlichen Provokateuren. Er selbst hatte am 7. Oktober am Bassinplatz Position beziehen müssen und eine friedliche Menschenmenge erlebt, die sich mit Sprechchören wie »Wir bleiben hier, verändern wollen wir!« gegenseitig Mut gemacht hatte.

Einen Monat später war die Grenze geöffnet worden, Tausende Bürger waren nach Westberlin geflutet. Das Innenministerium hatte bereits vor Tagen mitgeteilt, dass die neuen Reiseregelungen auch für Angehörige der Volkspolizei gültig waren. Er selbst hatte sich dort noch nicht umgesehen. Zu viel Arbeit. Manchmal kam ihm die Stadt wie ein defekter Dampfkessel vor, der kurz davor stand, in die Luft zu fliegen.

Auf der Titelseite fand er ein Foto der Glienicker Brücke, auf der sich in beiden Fahrtrichtungen Autos aus Ost und West stauten. Allein am letzten Samstag sollten 800 000 DDR-Bürger Westberlin einen Besuch abgestattet haben.

Martin Keil zerdrückte die Zigarettenkippe im Aschenbecher und blickte zu dem Bild an der Wand. Es war der Nachdruck eines Gemäldes und zeigte zwei kleine Jungen, die am Strand miteinander spielten und Sand in eine Gießkanne schütteten. Ihre Gesichter zeigten dabei äußerste Konzentration und eine Ernsthaftigkeit, als ginge es darum, eine Arbeit von allerhöchster Wichtigkeit zu vollenden. Martin Keil hatte den gerahmten Druck gekauft, um der Küche ein wenig Farbe und so etwas wie eine persönliche Note zu verleihen. Seine Freundin Anne hatte nach kurzer Betrachtung bemerkt, die Kinder sähen wie Roboter aus.

Er hatte einfach kein Händchen für solche Dinge, sagte er sich.

Nach zwei weiteren Zigaretten klingelte das Telefon im Flur. Keil hatte den Kollegen vom Revier in der Bauhofstraße gesagt, dass sie ihm bei besonderen Vorkommnissen auch außerhalb seiner Dienstzeit Bescheid geben sollten. Unter allen Umständen wollte er verhindern, dass die ihm unterstellten Polizisten in dieser ungewissen Zeit nachlässig wurden. Erst vor zwei Tagen hatte er einen Wachtmeister streng verwarnen müssen, der angetrunken zum Dienst erschienen war.

Leutnant Harald Gröben war am anderen Ende der Leitung und hielt sich nicht mit langen Vorreden auf. »Wir haben eine männliche Leiche am Jungfernsee. Ecke Weideweg/Bertinistraße. Die Kollegen von der Schutzpolizei sind bereits vor Ort.«

»Verdacht auf Fremdeinwirkung?«, fragte Keil.

»Anzunehmen.« Gröben hustete kurz und heiser. »Was die durchgegeben haben, hört sich, sagen wir mal ungewöhnlich an.«

»Ich mache mich sofort auf den Weg.«

*

Keil stieg aus seinem Wartburg und hielt sein Gesicht in den Nieselregen. Die feinen Tropfen fühlten sich sehr kalt an. Nur ein, zwei Grad niedrigere Lufttemperatur würde sie in Eis verwandeln.

Am Straßenrand standen drei weitere Fahrzeuge: ein Barkas von der SMH, der Schnellen Medizinischen Hilfe, Leutnant Gröbens grauer Wartburg und ein Streifenwagen. Das Signallicht auf dem Dach blinkte unentwegt blau-weiß, blau-weiß …

Im Fahrzeug der SMH konnte er im Schein der Armaturenbeleuchtung zwei Männer ausmachen. Sie rauchten beide. Wenn der Gefundene tot war, wurden sie hier nicht mehr gebraucht, aber sie nutzten die Gelegenheit für eine Pause mit anschließendem Nickerchen. Beim Vorübergehen klopfte Keil gegen die Seitenscheibe. »Morgen, Jungs!«

Die beiden Männer zuckten zusammen, und der Fahrer kurbelte eilig das Seitenfenster herunter. »Wir konnten nichts mehr machen!«, rief er. »Mehr tot geht gar nicht. Sie werden es ja sehen.«

Ein weiteres Fahrzeug, ein Kombi der Spurensicherung, hielt hinter Keils Wagen. Drei Männer stiegen aus, murmelten einen Gruß in Keils Richtung. Mit lautem Getöse, als müssten sie so die Wichtigkeit ihrer Arbeit hervorheben, luden sie ihr Material aus.

Die Leiche befand sich etwa zwanzig Meter weiter im Gebüsch vor der Hinterlandmauer, die das Ufer des Jungfernsees vor unerlaubten Grenzüberschreitungen sichern sollte. Dort tanzten die Lichtkegel von zwei Taschenlampen über den Boden. Keil ging langsam näher. Eine Gestalt, die er zuvor nicht bemerkt hatte, löste sich aus dem Dunkel. »Genosse Hauptmann«, sagte eine jungenhafte Stimme. »Der Tatort wurde umgehend gesichert.«

Keil erkannte einen jungen Uniformierten, der erst vor kurzer Zeit den Dienst in der Bauhofstraße angetreten hatte. Den Kopf vermutlich noch voll von Studienfächern wie Marxismus-Leninismus, Sozialistisches Recht und Polizeitaktik. Sein Arbeitsalltag prallte jetzt mit einer sich beinahe täglich verändernden Realität zusammen, auf die ihn seine ideologisch geprägte Ausbildung nicht vorbereitet hatte. Soweit es möglich war, achtete Keil darauf, dass die Neulinge nur mit besonders erfahrenen und besonnenen Kollegen Dienst taten.

Einer von der Spurensicherung schleppte ein Stativ mit einem Scheinwerfer an ihnen vorbei, ein zweiter folgte mit einer Metallkiste, die seinem Ächzen zufolge ziemlich schwer sein musste.

»Scheißwetter«, knurrte er.

Aus dem halb geöffneten Fenster des Streifenwagens drang scharf das Knistern des Funkgeräts, unterbrochen vom Schnarren einer monotonen Stimme.

»Die Gerichtsmedizin ist ebenfalls verständigt«, meldete der junge Polizist und stand weiterhin stocksteif.

»Gut gemacht«, lobte Keil und machte sich auf zum Tatort. Dort flammte gerade der erste Scheinwerfer der Spurensicherung auf und tauchte Mauer und Gebüsch in grellweißes Licht. Keil erkannte dort Leutnant Gröben und einen weiteren Uniformierten. Im Gebüsch zu ihren Füßen schimmerte etwas fahl.

»Platz machen!«, bellten die Spurensicherer. »Obacht!« Ein weiterer Scheinwerfer wurde herangeschleppt.

»Was für eine Sauerei!«, empfing ihn Gröben. »Ich

hätte dich ja nicht geweckt, wenn du nicht ausdrücklich darauf bestanden hättest.«

Keil schlug ihm freundschaftlich auf die Schulter und schüttelte dann dem zweiten Uniformierten, der ein wenig amüsiert wirkte, die Hand. Gröben hingegen strahlte auf Keil, wie immer angesichts eines schweren Verbrechens, eine Mischung aus Trauer und Verzweiflung aus. Als wäre er für so viel Leid einfach nicht geschaffen. Mit seinen blonden Haaren, die trotz aller Bemühungen zerzaust in die Höhe standen, erinnerte er Keil an einen jungen Albert Einstein. Keil wusste, dass Gröbens äußere Erscheinung über seine kriminalistischen Qualitäten hinwegtäuschte und er sich jederzeit auf den 33-jährigen Leutnant verlassen konnte.

Der zweite Scheinwerfer wurde eingeschaltet, und Keil schloss für einen Moment geblendet die Augen. Ihn umgab ein intensiver Geruch nach Verfall: feuchte, ausgelaugte Erde, Schimmel, verrottende Vegetation. Als er die Augen wieder öffnete, sah er die Leiche unmittelbar vor sich. Es war der Körper eines älteren Mannes, etwa fünfzig Jahre alt, mit leichtem Bauchansatz, erschlaffter Muskulatur und ergrauten Brusthaaren.

Der Mann war nackt. Nur seine behaarten Beine steckten in schwarzen Nylonstrümpfen.

»Vermutlich ein Homosexueller«, bemerkte der ältere Uniformierte mit einem verächtlichen Unterton in der Stimme.

Keil ging in die Hocke, achtete aber auf genügend Abstand zur Leiche, um keine Spuren zu verwischen. Die starken Scheinwerfer offenbarten jedes Detail des Toten: eine nicht besonders kunstfertig vernähte Blinddarmnarbe, den zusammengeschrumpften Penis, der in der dichten, drahtartigen Schambehaarung beinahe verschwand, und vor allem das schlimm zugerichtete Gesicht. Auf die Mundpartie war mit Wucht eingedroschen worden. Zerplatzte Lippen, zertrümmerte Zähne, die nur noch als scharfkantige Stummel im geöffneten Mund zu erkennen waren. Über den weit aufgerissenen Augen klaffte eine Platzwunde auf der Stirn, und es schien so, als seien dem Mann, angesichts der unregelmäßig verteilten Kahlstellen auf dem Kopf, die grauen Locken büschelweise ausgerissen worden. Die Einschnitte am Hals deuteten auf Erdrosseln hin. Vermutlich mit einem Draht, der tief in die dünne Haut an der Kehle eingedrungen war.

Gröben wies auf die Einschnitte an den Handgelenken. »Der Mann war gefesselt.«

»Wer hat den Toten gefunden?«, fragte Keil.

»Ein Spaziergänger. Rentner. Hat mit seinem Hund eine Runde gedreht«, erwiderte Gröben. »Der Mann wartet in meinem Wagen. Die Personalien wurden bereits aufgenommen. Er heißt Karl Rossbach.«

»Vor kurzem hätte hier niemand so einfach eine Leiche ablegen können.« Keil deutete mit einem Kopfnicken auf die Mauer vor dem Jungfernsee. »Finden hier keine Kontrollen mehr statt?«

»Eher nicht«, antwortete der Uniformierte. »Wo die Leute doch überall über reguläre Grenzübergänge in den Westen können.« Es klang nicht so, als würde er diese Tatsache gutheißen. »Unsere Grenzer müssen jetzt die Westler kontrollieren. Die kaufen doch unsere Läden leer und schmuggeln alles nach drüben. Es soll schon vereinzelt zu Versorgungsengpässen gekommen sein.«

In der Nähe erstarb ein Zweitaktmotor, Wagentüren wurden geöffnet und zugeschlagen. Schritte näherten sich.

»Anne ist da. Sie hat heute Dienst«, sagte Gröben leise. »Mit ihrem Hugo.«

Anne Rösler trug einen weißen Overall und schützte sich gegen den anhaltenden Nieselregen mit einer schwarzen Wollmütze. Eine einzelne rotblonde Strähne war darunter hervorgerutscht. Sie arbeitete für das Potsdamer Institut für Gerichtsmedizin und war dort unter anderem für die Untersuchung von Leichen zuständig, deren Todesursachen nicht eindeutig auf natürliche Umstände zurückzuführen waren. Was bei diesem Toten absolut der Fall war.

Einer der Spurensicherer hielt sie mit erhobenen Armen auf. »Momentchen noch, die Dame! Wir sind gleich so weit.« Er wandte sich an Keil. »Wäre hilfreich, wenn Sie und Ihre Leute ebenfalls mal woanders hingehen.«

Anne Röslers Assistent, den alle nur als Hugo kannten, lugte über die Schulter seiner Vorgesetzten. »Herrje!« Beim Anblick des Toten in Damenstrümpfen stieß er einen leisen Pfiff aus. Hugo war geradezu erschütternd übergewichtig. Immer, wenn Keil ihm begegnete, verblüffte ihn die Leibesfülle des Mannes von neuem. Jedes Mal hatte er das Gefühl, ihn nicht dermaßen fett in Erinnerung gehabt zu haben. Schon die wenigen Meter vom Fahrzeug bis zur Leiche hatten ihn völlig außer Puste gebracht. Er schnaufte und wischte sich mit der Hand den Schweiß von der Stirn. Er trug ebenfalls einen Overall, der sich wie eine zweite Haut über seinen Körper spannte. Aber von Anne wusste Keil, dass sie sich keinen gewissenhafteren Mitarbeiter wünschen konnte. Seine ungewöhnliche Figur änderte nichts an der Tatsache, dass er ein überaus freundlicher und intelligenter Mann war. Mit einem Hang zum Spott über die Partei und ihre Vertreter, der ihn schon beinahe in den Knast gebracht hatte.

Um der Spurensicherung nicht im Wege zu stehen, kehrten sie alle zur Straße zurück. Dort stand der übereifrige junge Volkspolizist weiterhin auf Posten, als gelte es den Tatort von einer neugierigen Menschenmenge abzuriegeln. Dabei war weit und breit niemand zu sehen.

Am Himmel zeigte sich noch immer kein Anzeichen von Tageslicht, nur Westberlin strahlte hell am Horizont. Ein Windstoß bewegte die Äste der Bäume und schüttelte die Tropfen von ihnen ab.

Die zwei Männer von der Schnellen Medizinischen Hilfe waren in der Zwischenzeit in ihrem Einsatzfahrzeug eingeschlafen. Anne griff in der Dunkelheit nach Keils Hand und drückte sie kurz. Obwohl sie seit über zwei Jahren zusammen waren, vermieden sie den Austausch von Zärtlichkeiten in der Öffentlichkeit. Vor allem in der Gegenwart von Kollegen. Diese Übereinkunft war in erster Linie von Keil ausgegangen. Die Beziehung zu der Gerichtsmedizinerin war die erste, die länger als ein paar Wochen andauerte. Obwohl sie wie er in einem Heim aufgewachsen war, hatte Anne keine Probleme, sich anderen Menschen zu öffnen und ihre Gefühle zu artikulieren. Bis heute war es Keil nicht gelungen, die richtigen Worte zu finden, um ihr mitzuteilen, was er für sie empfand.

Keil wollte die Zeit nutzen, um mit dem Rentner zu sprechen, der die Leiche entdeckt hatte. Er setzte sich neben ihn auf die Rückbank von Gröbens Wartburg. Der alte Mann machte einen nervösen Eindruck und wich vor Keil zurück, bis er mit dem Rücken gegen die Tür stieß. Der Dackel auf seinem Schoß stieß ein leises Knurren aus. Beide waren durchnässt und rochen ein wenig nach alter Matratze.

Keil stellte sich vor und bemühte sich um eine sanfte Stimme, als er sagte: »Guten Morgen, Herr Rossbach. Ich habe nur ein paar Fragen an Sie.«

»Guten Morgen, Genosse Hauptmann! Ich ... ich wohne hier gleich um die Ecke.« Mechanisch streichelte er das Fell des Hundes. »Ich bin schon immer hier spazieren gegangen. Die Jungs vom Grenzschutz kannten mich und Samson. Die waren in Ordnung.«

»Ihr Hund heißt also Samson«, stellte Keil ruhig fest. »Und Sie beide sind allem Anschein nach Frühaufsteher.«

Der Mann nickte eifrig, sein Gesicht wurde vom Drehlicht auf dem Dach des Streifenwagens der Schutzpolizei immer wieder für Sekundenbruchteile in gespensterhaftes Blau getaucht.

»Seit meine Frau im Frühjahr gestorben ist, muss ich einfach früh raus.« Der Blick des Mannes verlor sich für einen Moment in weiter Ferne. »Samson hat den Toten gefunden«, fuhr er dann fort. »Dann bin ich zum nächsten Telefon gelaufen und habe die 110 gewählt. Ihre Kollegen sagten, dass ich zum Fundort zurückkehren soll. Ich habe da auch nichts angerührt.«

»Sind Ihnen hier Leute oder Fahrzeuge aufgefallen?«

»Nein, um diese Uhrzeit bin ich hier ganz allein.« Der Mann kramte eine kleine Taschenlampe aus der Manteltasche hervor. »Die habe ich stets dabei. Damit konnte ich sehen, dass der Tote ganz feine Frauenstrümpfe trägt. Das ist doch völlig verrückt. War das ein Mord unter Perversen? Vielleicht kommt der Kerl aus dem Westen.«

»Wir werden das schon noch feststellen«, sagte Keil mit sanfter Stimme. »Falls wir noch weitere Fragen haben, melden wir uns bei Ihnen. Sollen wir Sie nach Hause fahren, Herr Rossbach?«

Der alte Mann winkte ab. »Wie gesagt, ich habe es nicht weit.«

»Noch etwas.« Keil legte seine Hand auf Rossbachs Arm. Der Hund knurrte wieder und fletschte die Zähne. »Bitte bewahren Sie Stillschweigen. Sonst gefährden Sie möglicherweise unsere Ermittlungen.«

Ein Ruck ging durch den Mann. »Da können Sie sich auf mich verlassen, Genosse Hauptmann!«

Kaum war Keil ausgestiegen, näherte sich Annes Assistent Hugo mit seinem typisch wiegenden Schritt. »Wir haben unter der Leiche etwas gefunden«, schnaufte er. »Könnte wichtig sein.«

Anne und Hugo hatten den Toten in der Zwischenzeit umgedreht. Einer der Spurenermittler verpackte das Fundstück vorsichtig in einem transparenten Plastikbeutel.

»Lassen Sie mal sehen«, verlangte Keil.

»Es ist das Sandmännchen«, sagte Anne.

Der Spurenermittler hielt den Beutel direkt in das Licht eines Scheinwerfers. Es war eine mit Lehm verschmutzte Nachbildung des Sandmännchens aus dem Fernsehen. Seit Ewigkeiten schickte es die Kinder mit einem Abendgruß ins Bett. Die Puppe war etwa zwanzig Zentimeter groß, trug eine grüne Jacke aus einem Material, das Keil für Filz hielt, eine gleichfarbige Mütze und eine braune Hose.

»Kann die nicht schon vorher hier gelegen haben?«, fragte Keil.

»Möglich«, erwiderte der Spurenermittler. »Aber nicht allzu lange. Abgesehen davon, dass der arme Sandmann nass und verdreckt ist, ist seine Kleidung noch kein bisschen verrottet.«

Anne kniete neben der Leiche im Schlamm. »Der Mann wurde heftig geschlagen. Der Kiefer ist gebrochen, aber der Tod trat durch Erdrosseln ein. Die Leichenstarre ist noch nicht abgeschlossen«, erläuterte sie. »Unter Berücksichtigung der niedrigen Außentemperatur, bei der er wegen der fehlenden Kleidung noch schneller auskühlte, schätze ich, dass der Tod vor vier bis sechs Stunden eintrat. Für weitere Details muss ich ihn zur Sektion ins Bezirkskrankenhaus bringen.«

Hugo klatschte mit einem Mal so laut in die Hände, dass sich alle zu ihm umdrehten. »Jetzt weiß ich es!«, rief er. »So wie der Mann zugerichtet wurde ... und dann noch nackt bis auf diese schwarzen Strümpfe, habe ich ein wenig gebraucht.«

»Wer ist es?«, fragte Gröben.

»Er heißt Illner, den Vornamen habe ich vergessen. Oder Moment! Erwin ... oder Erich.«

»Woher kennen Sie ihn?«, wollte Keil wissen.

»Der ist von der Bezirksleitung der Partei. Dieser Illner war Mitte Oktober bei uns im Club der Volkssolidarität. Machte auf offenherzig und freundlich. Von wegen *Die SED sucht den Dialog* und so ein Blabla.«

Der ältere Uniformierte musterte den Assistenten skeptisch. Hugos Tonfall schien ihm nicht zu gefallen.

»Das bringt uns weiter«, sagte Keil und wandte sich an den Uniformierten. »Stellen Sie über Funk fest, wo ein gewisser Erich oder Erwin Illner von der Bezirksleitung wohnt. Und ob er vermisst wird.«

»Jawohl!« Der Mann warf Hugo einen letzten Blick zu, der besagte, dass er den Assistenten der Gerichtsmedizin vor nicht allzu langer Zeit noch wegen seiner forschen Ausdrucksweise an entsprechender Stelle gemeldet hätte.

»Es gibt Reifenspuren im Schlamm am Straßenrand«, berichtete der Leiter der Spurensicherung. »Sonst nichts.«

»Keine Fußspuren?«, fragte Keil.

»Fein säuberlich verwischt.«

Keil deutete auf den Beutel mit dem Sandmann in der Hand des Mannes. »Vielleicht bringt uns dieser kleine Bursche weiter.«

Anne betrachtete noch immer die geschundene Leiche. »Hier war viel Wut im Spiel«, stellte sie fest. »Aber gleichzeitig hatte der Täter sich genügend unter Kontrolle, um sein Opfer nicht gleich mit den ersten Schlägen zu töten.«

»Sehen wir uns?«, fragte Keil Anne so leise, dass nur sie ihn hören konnte.

»Bleibt das dein Fall?«

»Bisher ja.«

Sie sah ihn ernst an. »Es geht hier um einen Funktionär. Um solche Dinge kümmert sich die Staatssicherheit.«

Er zuckte mit den Schultern. »Die Zeiten ändern sich. Das Ministerium für Staatssicherheit hat jetzt sogar einen neuen Namen.«

Anne senkte die Stimme zu einem Flüstern. »Ich weiß: Amt für Nationale Sicherheit. Geleitet von Mielkes Stellvertreter. So viel zur Erneuerung.« Sie rollte mit den Augen. »Dann komm doch erst einmal am Nachmittag gegen vier ins Schloss. Dann habe ich weitere Ergebnisse von der Sektion.« Sie zog die Einweghandschuhe aus und strich ihm über die Wange. »Sei bloß vorsichtig, Martin.«

Er unterdrückte den Drang, sich umzusehen, ob sie bei dieser intimen Geste beobachtet worden waren. Leutnant Gröben wandte ihnen den Rücken zu, die anderen schienen sehr beschäftigt.

*

Der Morgen dämmerte, und mit ihm zog grauer Nebel auf. Himmel und Stadt verschmolzen zu einem diffusen Grau. Die Sichtweite jenseits der Frontscheibe schrumpfte auf wenige Meter. Passanten und parkende Fahrzeuge huschten als undeutliche Schlieren vorüber. Keil drosselte die Geschwindigkeit seines Wagens, bis er beinahe im Schritttempo fuhr.

Er hatte Leutnant Gröben zur SED-Bezirksleitung am Brauhausberg geschickt. Normalerweise wäre der Kollege von dem Auftrag wenig angetan gewesen, konnte er doch nur damit rechnen, auf mürrische Männer zu treffen, die seine Fragen bestenfalls wortkarg und von oben herab beantworteten. Aber für den sensiblen Gröben war das immer noch bedeutend erträglicher, als die Familie des Ermordeten aufzusuchen.

Die Nachfrage hatte ergeben, dass der Tote korrekt Erwin Illner hieß, einundfünfzig Jahre alt, verheiratet mit Sophie Illner, keine Kinder. Er wohnte im Stadtteil

Waldstadt, in einem erst vor wenigen Jahren errichteten, fünfstöckigen Gebäude in Großblockweise.

Über dem Hauseingang leuchtete eine runde Deckenlampe, in ihrem gelblichen Lampenschirm zeichneten sich die Umrisse einer Hundertschaft toter Insekten vom letzten Sommer ab. Noch ehe Keil nach der richtigen Klingel Ausschau halten konnte, näherten sich Schritte, und eine forsche Stimme hinter ihm fragte: »Kann ich Ihnen helfen?«

Er wandte sich um und sah sich einem gedrungenen Mann in einer Latzhose gegenüber. In seinen Händen hielt der einen großen, lilafarbenen Pappaufsteller mit der Aufschrift *Milka*.

»Hauptmann Keil, Volkspolizei Potsdam. Und wer sind Sie?«

»Oh!«, machte der Mann. »Meier! Ich bin hier der Hausvertrauensmann.« Er setzte den Aufsteller ab. »Den habe ich von drüben mitgebracht. Für meinen Sohn. Er will ihn als Regal für seine Schallplatten benutzen. Sie wissen ja, die jungen Leute stehen auf dieses West-Zeug.« Der Hausvertrauensmann lächelte unsicher. »Das Hausbuch ist einwandfrei geführt. Wenn Sie es überprüfen möchten ...«

Es war die Aufgabe des Hausvertrauensmanns, in einem Meldebuch alle Daten über die Mieter aufzulisten. Besucher aus der DDR, die länger als drei Tage zu Besuch waren, mussten sich vorstellen und wurden eingetragen. Bei Besuchern aus dem Ausland hatte der Eintrag bereits nach 24 Stunden zu geschehen.

»Später vielleicht.«

»Ach, dann wollen Sie gar nicht zu mir.« Meiers Erleichterung war offensichtlich.

»Zur Familie Illner.« Es machte keinen Sinn, es dem Mann zu verschweigen. Es würde ihm ohnehin nicht entgehen, und wahrscheinlich musste Meier noch befragt werden.

»Gute Nachbarn. Wohnen im zweiten Stock, die Tür links«, beeilte sich der Hausvertrauensmann zu sagen und blickte Keil neugierig an. Es war schließlich nicht alltäglich, dass ein ranghoher Volkspolizist in Zivil einen SED-Funktionär aufsuchte.

Keil ließ Meier mit seinem Regal aus lilafarbener Pappe im Treppenhaus vorangehen und klopfte dann an die Tür der Familie Illner. Der Hausvertrauensmann blieb ein paar Stufen höher stehen und glotzte über das Geländer.

»Wir sehen uns später«, sagte Keil, ohne sich umzuwenden, und hörte, wie Meier langsam weiterging. Pappe kratzte über Wandverputz.

Die Tür wurde von einer blonden Frau mit einem müden, hübschen Gesicht geöffnet. Obwohl Keil sich schon lange darum bemühte, unauffällig und halbwegs modisch gekleidet zu sein, und mittlerweile auch auf die SED-Anstecknadel verzichtete, konnte er ihr ansehen, dass sie ihn sofort als einen Offiziellen identifizierte.

»Frau Sophie Illner?«

Sie nickte.

Keil zeigte seinen Dienstausweis. »Ich muss mit Ihnen reden, Frau Illner. Darf ich hereinkommen?«

Ihre Stirn legte sich in Falten, als ahnte sie bereits, dass sein Besuch mit etwas sehr Unangenehmem verbunden war. Keil wartete, bis die Tür hinter ihm ins Schloss fiel, weil er damit rechnete, dass Hausvertrauensmann Meier im Treppenhaus auf Lauschposten war.

»Können wir uns setzen?«, fragte er.

Sie sah ihn nachdenklich an, brachte erst nach einigen unendlichen Sekunden ein »Selbstverständlich« hervor und führte Keil ins geräumige Wohnzimmer. Moosgrüne Sitzgarnitur, runder Tisch mit weißer Decke, an der Wand eine riesige Spanplatten-Schrankwand mit künstlichem Furnier. In den Regalen exakt platzierte Kristallvasen und zwei Dutzend gleichförmiger Bücher, die nach politischem Inhalt aussahen. Auf der Fensterbank standen Topfpflanzen, eine Glastür führte auf den Balkon. Eine typische Wohnung, gediegen, ohne Protz. Bis auf den modernen Farbfernseher aus westlicher Fabrikation und einen Videorekorder der japanischen Marke Sanyo. Die Geräte gab es seit September für über 7000 Mark zu kaufen. Gröben hatte ihm davon erzählt, weil er von der Möglichkeit, Filme im Fernsehen aufzuzeichnen, fasziniert war. Der Preis überstieg aber die finanziellen Möglichkeiten des Kollegen bei weitem.

»Ich habe gleich gewusst, dass Sie nicht von der Staatssicherheit sind«, sagte Frau Illner leise und setzte sich auf das Sofa. »Die sehen immer irgendwie gleich aus. Mit ihren komischen Gummijacken und diesen albernen Täschchen am Handgelenk.«

Keil nahm auf einem der beiden Sessel Platz und sank tief in die weichen Polster. Es kam ihm so vor, als wollte die Frau das Unausweichliche aufschieben: den Grund für seine Anwesenheit.

»Frau Illner, es geht um Ihren Mann«, begann er ruhig. »Er ist tot.«

Es war so, als würde der letzte Satz einfach in der Luft stehen bleiben.

Sophie Illners Haut wurde ganz blass, beinahe durchsichtig. Ihre Nasenflügel bebten. Sie strich mit den Handflächen immer wieder über ihre geblümte Nylonschürze und erzeugte dabei ein leises statisches Knistern.

»War es ein Autounfall?«, fragte sie.

»Allem Anschein nach war es Mord.« Keil beugte sich leicht nach vorn, bereit, sofort aufzuspringen, falls die Frau die Kontrolle über sich verlor. In solchen Momenten musste er immer an die junge Mutter denken, die, nachdem sie vom Tod ihrer fünfjährigen Tochter erfahren hatte, ihren Kopf ohne Vorwarnung gegen die Wand geschlagen hatte. Mit solcher Wucht, dass sie mit einem Schädelbruch ins Krankenhaus hatte eingeliefert werden müssen. Den Kerl, der sich an dem kleinen Mädchen vergangen hatte, um sie anschließend wie Abfall im Wald zu entsorgen, hatte Keil nur wenige Tage später gefasst. Bis dahin war es ihm nicht möglich gewesen, die Augen länger als für ein, zwei Stunden zu schließen.

Sophie Illner rastete nicht aus, sie erstarrte nur, und als sie sprach, klang sie eher verwundert. »Das kann nicht sein. Wer sollte Erwin denn ermorden wollen?«

Anne Rösler hatte bei der ersten Untersuchung festgestellt, dass Illner vor vier bis sechs Stunden umgebracht worden war. Es musste also mitten in der Nacht geschehen sein.

»Kann ich Ihnen ein paar Fragen stellen?«

Die Frau nickte mechanisch.

»Wann haben Sie Ihren Mann das letzte Mal gesehen?«

»Gestern zum Abendessen. Nach der *Aktuellen Stunde* musste er dann noch einmal weg. Dienstlich.« Sie griff nach der Illustrierten, einer aktuellen Ausgabe von *FÜR DICH – Illustrierte Wochenzeitung für die Frau*, die vor ihr auf dem Tisch lag. Einen Moment lang nahm Keil an, sie würde darin lesen wollen, um kurz der Realität zu entfliehen. Auch solche Reaktionen waren ihm nicht fremd.

»Kam das öfters vor, dass er so spät noch dienstlich unterwegs war?«, fragte er.

Sophie Illner schlug die Illustrierte zu und legte sie ganz behutsam wieder zurück.

»Ja«, sagte sie dann. »Gerade in der letzten Zeit. Er sucht ... ich meine ...«, sie räusperte sich, »er suchte im Auftrag der Partei den Dialog mit der Bevölkerung.« Der letzte Satz klang wie auswendig gelernt.

»Und dabei blieb er auch schon mal über Nacht?«, forschte Keil.

Sie nickte erneut und wich dabei seinem Blick aus. Keil überlegte, ob Sophie Illner genügend gefasst war, um ihr die nächste Frage stellen zu können. Er wünschte sich, einen Kollegen oder noch besser eine Kollegin an seiner Seite zu haben, aber die Volkspolizei war zurzeit personell völlig überlastet.

»Hatte Ihr Mann gewisse sexuelle Neigungen, die über das ... das Übliche hinausgingen?«

»*Die über das Übliche hinausgingen?*«, wiederholte sie. »Was meinen Sie damit?« Jetzt zitterte ihre Stimme.

Keil wusste, dass er sich auf ganz dünnes Eis begab. »Vielleicht mochte er es, sich Damenunterwäsche, Nylonstrümpfe anzuziehen?«

»Das ist doch krank!«

Dann kam der Weinkrampf. Sie schlang die Arme um ihre Knie, schrie und weinte zugleich.

»Frau Illner! Bitte!«

Sie reagierte nicht, war nur ein verzweifeltes Bündel Mensch. Nervenzusammenbruch. Keil ging zum Telefon und wählte die Nummer der SMH. Es wäre unverantwortlich, sie allein zurückzulassen. Er wartete, bis der Notarzt kam und ihr eine Beruhigungsspritze gab, um sie anschließend auf Keils Bitte hin zur weiteren Beobachtung ins Krankenhaus zu überweisen.

Anschließend sah Keil sich noch in der Wohnung um, kontrollierte die Kleiderschränke im Schlafzimmer und fand nirgendwo Hinweise auf *Neigungen, die über das Übliche hinausgingen*. Dabei kam er sich ein wenig schäbig vor.

Der Raum, der wohl in den meisten anderen Wohnungen im Haus als Kinderzimmer diente, wurde als Büro voller Unterlagen und Akten genutzt. In einer Schreibtischschublade entdeckte er Erwin Illners Parteibuch, der Mann war als Neunzehnjähriger der SED beigetreten.

Aus welchen Gründen fand ein augenscheinlich dermaßen fleißiger Parteisoldat einen so unwürdigen Tod?

*

Die Einrichtung von Keils Büro in der Bauhofstraße war auf das Notwendigste beschränkt. Ein Schreibtisch mit Bürostuhl, zwei bretthharte Besucherstühle und der verschließbare Aktenschrank, mehr gab es nicht. Den einzigen Wandschmuck bildeten ein Dauerkalender der Staatlichen Versicherung und ein offensichtlich retuschiertes Porträt des neuen Staatsratsvorsitzenden Egon Krenz. Der Mann sah auf dem Foto nicht nur gut zehn Jahre jünger aus, auch seine ausgeprägten Augenringe hatten sich auf wundersame Weise verflüchtigt.

Martin Keil verzichtete auf alles Persönliche, weil er glaubte, so nicht angreifbar zu sein. Wenn er jemanden verhörte, sollte sein Gegenüber nicht das Geringste über ihn in Erfahrung bringen können. Ein einziges Mal hatte er eine Grünpflanze, ein gutgemeintes Geschenk von Anne, auf dem Schreibtisch platziert. Aber schon ein paar Tage später war ein Mann, den man der schweren Körperverletzung verdächtigte, bei der Befragung durchgedreht und hatte die arme Becherprimel als Wurfgeschoss missbraucht.

Gerade als Keil den Kalender auf das korrekte Datum einstellte, kam Leutnant Gröben herein.

»Neuigkeiten! Erwin Illner besaß einen dunkelblauen Lada, und der wurde auf einem Parkplatz in der Friedrich-Ebert-Straße gefunden. Die Spurensicherung ist bereits unterwegs.« Er ließ sich auf einen der Stühle fallen und schien sich plötzlich daran zu erinnern, welche unangenehme Aufgabe Keil gerade hinter sich gebracht hatte.

»War's schlimm?«

»Ich musste Frau Illner von der SMH abholen lassen.« Keil berichtete kurz über die Befragung der Frau des Ermordeten. »Alles schien so verdammt normal, abgesehen davon, dass Illner öfters über Nacht wegblieb.«

»Dann hatte Illner vielleicht eine Liebschaft«, vermutete Gröben. »Dabei ist er in Schwierigkeiten geraten. Vielleicht trieb er es mit einer verheirateten Frau, und der Ehemann nahm ihm das übel.«

»Und zog ihm feinste Damenstrümpfe an?« Keil schüttelte den Kopf. »Was für ein Aufwand! Außerdem ist da noch die Sandmännchenfigur, das Einzige außer den Strümpfen, was wir bei ihm gefunden haben. Ich glaube, der Sandmann wurde dort bewusst platziert.« Er wechselte das Thema. »Wie war es bei der Kreisleitung?«

»Insgesamt kamen mir die Genossen ein wenig netter vor als sonst. Man hat mir sogar einen Kaffee angeboten.« Gröben holte einen Notizblock aus der Seitentasche seiner zerknitterten Anzugjacke hervor. »Also, Erwin Illner arbeitete im Sekretariat für Wirtschaftsfragen und war allgemein gut angesehen. Keinerlei Auffälligkeiten, ist mehrfach von der Partei ausgezeichnet worden. Ihm lag viel daran, die Bevölkerung von der Reformbereitschaft der Partei zu überzeugen. Er suchte, natürlich von oben genehmigt, die öffentliche Diskussion. Das war es auch schon.« Gröben klopfte eine filterlose Karo aus der Packung und versuchte, die Zigarette mit seinem antiken Benzinfeuerzeug anzuzünden. »Die Spurensicherung hat nichts weiter gefunden, aber immerhin sind sie jetzt an Illners Lada dran.«

Keil setzte sich auf die Kante seines Schreibtischs. »Dir ist klar, dass normalerweise längst die Stasi hier aufgetaucht wäre. Illner war immerhin in der Kreisleitung.«

»Die Zeiten ändern sich«, sagte Gröben, der das Feuerzeug endlich in Gang gebracht hatte. »Ich schätze, die Stasi hat im Moment ganz andere Sorgen. Das sieht unser Chef übrigens genauso. Die Befehlskette nach oben sei zerrissen, wir sollen uns selbständig um die Sache kümmern. Aber kein Wort zur Presse oder irgendwelchen Leuten von außen.« Gröben inhalierte tief und grinste schief. »Der Major hat einen ziemlich nervösen Eindruck gemacht. Man sagt ihm nicht mehr, was er zu tun hat. Das ist neu für ihn.«

»Dann machen wir einfach unsere Arbeit und finden den Mörder«, sagte Keil.

»Auch das funktioniert nicht mehr so wie früher«,

erwiderte Gröben. »Der kann schon längst im Westen sein.« Er beschrieb mit der Zigarette einen Halbkreis in der Luft. »Und wir können absolut nichts dagegen tun. So funktioniert die neue Zeit.«

*

Gegen vier Uhr nachmittags bog Keil mit seinem Wagen in die schmale Straße zur Gerichtsmedizin ein. Er war jedes Mal von neuem fasziniert, wenn er Annes Arbeitsplatz erblickte. Schloss Lindstedt machte auf ihn einen höchst uneinheitlichen Eindruck, so als hätten mehrere Architekten gleichzeitig Hand angelegt und ihre Arbeit nicht zu Ende gebracht. Da waren das Hauptgebäude mit dem aufgesetzten Turm, ein tempelartiger Anbau mit steiler Freitreppe und der lange Säulengang, der zur Straße führte. Das alles wirkte pompös und gleichzeitig ein wenig einschüchternd, fast wie ein Spukschloss aus den tschechoslowakischen Märchenfilmen, die Keil heute noch mochte. Die Anlage war von einem Wäldchen namens Katharinenholz umgeben, das diesen Eindruck mit den hohen und kahlen Bäumen noch verstärkte.

Keil durchfuhr das Eingangsportal mit den riesigen Adlerfiguren zu beiden Seiten und parkte vor dem Zugang mit der Freitreppe.

An diesem Ort hatte er am 8. Oktober des Jahres 1987, einen Tag nach dem Nationalfeiertag – er würde das Datum niemals vergessen –, Anne Rösler zum ersten Mal getroffen. Er hatte damals in einem komplizierten Tötungsdelikt mit mehreren Verdächtigen ermittelt, und dank der Ergebnisse ihrer Untersuchungen war es ihm endlich gelungen, den Täter zu überführen. Zunächst war er von der Einrichtung ihres Büros überrascht gewesen. Ein scheinbar nicht zu entwirrendes Chaos aus Notizzetteln, zerfledderten Fachbüchern und Fotos, die zumeist Narben, Hämatome und blutige Wunden in Nahaufnahme zeigten, und Proben in Glasbehältern, nach deren Bedeutung er lieber gar nicht erst fragte. Den Kontrast dazu bildeten die vielen Pflanzen, die überall im Raum verteilt waren, darunter Orchideen, deren Blüten von einer solchen Farbintensität waren, wie er sie nie zuvor gesehen hatte. Die Pflanzen seien für sie die ständige Erinnerung an die Schönheit des Lebens, hatte sie ihm erklärt. Ein Ausgleich für ihre Arbeit mit dem Tod, und außerdem vertrieben sie den für sie allgegenwärtigen Geruch des Formaldehyds.

Zwei Tage später war Keil zu ihr zurückgehrt, um sich für ihre Hilfe zu bedanken. Mit einer rot blühenden Pflanze, deren Namen er sich nicht hatte merken können, und einer Schachtel gefüllter Mokkabohnen. Die Blume hatte in der Blütenpracht ihres Büros auf einmal ziemlich mickrig ausgesehen, und später hatte sie ihm gestanden, dass sie Mokkabohnen verabscheute. Dennoch verliebte sie sich genau in diesem Moment in ihn, wie er ein wenig hilflos und tapsig, mit den Geschenken in den Händen, vor ihr gestanden hatte. Im darauf folgenden Gespräch, bei dem sie tapfer und ohne eine

Miene zu verziehen mehrere Mokkabohnen verspeist hatte, hatten sie eine Gemeinsamkeit entdeckt: Sie waren beide in Heimen aufgewachsen. Während Keil ihr gleich erzählt hatte, dass seine Eltern, er war gerade erst sechs Jahre alt gewesen, bei einem Busunfall ums Leben gekommen waren und der einzige Verwandte, ein Bruder seiner Mutter, ihn aus beruflichen Gründen nicht hatte aufziehen können, hatte Anne erst Monate später über ihr Schicksal sprechen können. Ihre Eltern waren 1962 wegen landesverräterischer Westspionage zu langjährigen Haftstrafen verurteilt worden. Man hatte ihnen die Vormundschaft über die Tochter entzogen. Die Mutter war fünf Jahre später im Gefängnis gestorben, ihr Vater hatte wenige Monate später Suizid begangen.

Mittlerweile kannte sich Keil im Schloss gut aus, grüßte zwei Mitarbeiter, die ihm im Flur entgegenkamen, und klopfte an die ausladende Tür von Annes Büro. Als er hereinkam, sprang sie von ihrem Bürostuhl auf, rannte um den Schreibtisch herum und fiel ihm in die Arme. Anfangs hatten ihn ihre bisweilen überraschenden und ungestümen Liebesbekundungen gefrieren lassen, doch nach und nach gelang es ihm, sich an ihre Spontanität zu gewöhnen, und mittlerweile genoss er sie sogar.

»Magst du Kuchen? Mit Zitrone«, fragte Anne. Auf ihrem Schreibtisch stand ein Teller mit einem angeschnittenen Rührkuchen von so intensiv gelber Farbe, dass Keil die Geschmacksrichtung auch ohne Annes

Erklärung erraten hätte. Sie schnitt ihm eine Scheibe ab, brach sie in der Mitte durch und steckte ihm eine Hälfte in den Mund. Der Kuchen schmeckte köstlich, und Keils Magen machte ihn darauf aufmerksam, dass er den ganzen Tag über nur von Kaffee, einer Flasche Margon Mineralwasser und vielen Zigaretten gezehrt hatte.

»Den hat die Sabine für mich gebacken«, erklärte Anne und schnitt ihm gleich ein weiteres Stück ab, das er dankend annahm. Sabine Sudkowsi war Annes Nachbarin in der Wollestraße und so etwas wie eine enge Vertraute. Häufig traf er die beiden in Annes Küche an, wo sie bei einer Tasse Kaffee und einem Glas Likör zusammen lachten und über die Nachbarn tratschten. Er mochte die stämmige Mittvierzigerin, nicht nur, weil sie Anne, die über eher rudimentäre Kochkünste verfügte, immer wieder mit Essen versorgte, sondern vor allem weil Sabine Sudkowsi seiner Freundin Einblicke in ein ganz normales Alltagsleben, jenseits von Gewalt und Tod, ermöglichte. Die Nachbarin arbeitete in einem Konsum und wusste endlos und humorvoll über die seltsamsten Kunden und haarsträubende Versorgungsengpässe zu berichten.

»Soll ich mit dem Bericht warten, bis du den ganzen Kuchen aufgegessen hast?«, fragte Anne lächelnd.

Er schüttelte den Kopf und versuchte, den letzten Bissen herunterzuschlucken.

»Das Opfer wurde bekanntermaßen erdrosselt«, begann Anne. »Punktförmige Blutungen um die Augen, tiefe Einschnitte am Hals, die von einem ziemlich dünnen Draht stammen. Zuvor wurde der Mann aber regelrecht gefoltert. Schläge gegen den Hinterkopf, die Stirn und vor allem gegen die Mundpartie bis zum Kieferbruch. Der Täter benutzte dazu einen stumpfen Gegenstand. Vielleicht eine Metallstange oder ein Rohr. Obwohl dem Opfer auch Haare ausgerissen wurden, was eigentlich auf unkontrollierte Wut schließen lässt, waren die Schläge nicht tödlich. Er wurde vermutlich auch geknebelt, da wir im Mund- und Rachenraum Stofffasern und Spuren von Reinigungsbenzin fanden. Der Lappen muss vorher mit dem Benzin in Kontakt gekommen sein.«

»Der Täter hat also nicht völlig die Kontrolle verloren.« Keil rief sich das Bild des toten Erwin Illner in Erinnerung. Nackt, geschunden, der Mund eine zerfetzte Wunde. »Die Verletzungen beschränkten sich also auf den Kopf?«

»Wenn man von den Schnitten absieht, die durch die Fesseln entstanden. Auch dazu wurde Draht benutzt. Dann sind da noch Abschürfungen, die er sich beim Transport zugezogen haben muss. Schließlich wird er nicht zu Fuß zum Jungfernsee spaziert sein.«

»Wir haben Erwin Illners Wagen, einen Lada Kombi, auf einem Parkplatz gefunden«, sagte Keil. »Die Reifenabdrücke stimmen mit denen am Tatort überein. Der Täter muss ihn dort abgestellt haben, nachdem er zuvor Illner am Jungfernsee erdrosselte.«

»Ein Kombi«, stellte Anne fest. »Das passt. Die Abschürfungen und Blutergüsse am Rest des Körpers zeigen, dass Illner bereits während des Transports nackt war. Sonst hätte seine Kleidung die meisten dieser Verletzungen verhindert.«

»Der Täter hat ihn also nackt auf der Ladefläche des Wagens durch die Stadt kutschiert.« Keil verzehrte die letzten Krumen des Kuchens. »Auch bei Dunkelheit ist das ein ziemliches Risiko.«

»Es war kalt und regnete, da wird kaum jemand unterwegs gewesen sein. Und die Polizei hat weder die Zeit noch das Personal, um sich mit Fahrzeugkontrollen zu beschäftigen.«

»Da hast du recht«, stimmte ihr Keil zu. »Und du bist dir sicher, dass Illner nicht schon tot war, als er am See abgeladen wurde?«

»Erdrosseln und Schlagverletzungen am Kopf fanden in einem zeitlichen Abstand von einigen Stunden statt. Außerdem hatte er Lehm vom Tatort unter den Fingernägeln. Der konnte nur dorthin gelangen, wenn er sich zu dem Zeitpunkt noch bewegt hat.«

»Hätten ihn die Drahtfesseln nicht daran gehindert?«

»Nicht, wenn er direkt auf dem Boden lag. Er wurde auch an den Fußgelenken gefesselt, aber die Strümpfe wiesen keinerlei Beschädigungen auf.«

»Also wurden die Strümpfe dem Toten erst angezogen, nachdem die Fesseln entfernt wurden. Da wird Illner wohl schon tot gewesen sein«, ergänzte Keil.

»Gibt es ein Motiv?«, fragte Anne.

»Nur Mutmaßungen«, gab Keil zu. »Eifersucht, Rache an einem ungeliebten SED-Funktionär.« Er dachte kurz nach. »Wobei die Strümpfe auf einen sexuellen Hintergrund schließen lassen.«

»Vergiss nicht das Sandmännchen«, sagte Anne.

Er schwieg einen Moment und blickte zum Fenster. Das Tageslicht verblasste, und die Bäume zeichneten sich wie Schattenrisse vor dem tiefgrauen Himmel ab. »Daran denke ich ständig. Was, meinst du, hat es zu bedeuten?«

»Es beendet den Tag mit einer Geschichte, danach geht es zum Schlafen ins Bett«, sagte Anne. »Das Sandmännchen richtet sich nicht an uns Erwachsene, sondern an die Kinder.«

Sie sprach aus, was Keil den ganzen Tag über schon beunruhigt hatte.

Er hörte sie nicht kommen, ihre Schritte wurden von dem weichen Teppich verschluckt, den sie in ihrem Büro auf eigene Kosten ausgelegt hatte, weil sie das Klacken von Absätzen auf dem Parkett, das fast den gesamten Boden im Schloss bedeckte, bei der Arbeit störte. Keil spürte ihre Hand an seiner Wange, so wie am frühen Morgen, und fragte sich, wie er all die Jahre ohne diese Berührungen überlebt hatte.

»Ich könnte heute etwas früher Feierabend machen«, sagte sie. »Und du kommst zu mir. Sagen wir gegen acht.«

*

Keil parkte den Wagen vor seiner Wohnung. Von dort waren es nur ein paar Minuten Fußweg bis zu Annes kleinem Haus in der Wollestraße. Ein Blick in den Badezimmerspiegel zeigte ihm, dass er in der morgendlichen Eile versäumt hatte, sich zu rasieren. Weil es ihm wichtig war, diese alltäglichen Prozeduren nicht zu vernachlässigen, holte er die Rasur nach. Danach stieg er kurz unter die Dusche und fluchte zum hundertsten Male darüber, dass die Temperatur des Wassers auch mit viel gutem Willen nicht einmal als lauwarm zu bezeichnen war.

Als er eine Viertelstunde später auf dem Weg zu Anne in eine Seitenstraße einbog, hörte er Rufe, Gelächter und dann ein lautes Klirren. Im Schein der Laternen sah er eine Gruppe von vier Personen, die sich um einen parkenden Trabant scharte. Sie hatten eine Scheibe des Wagens eingeschlagen. Dem trunkenen Grölen ihrer Stimmen zufolge musste es sich um Jugendliche handeln. Einer von ihnen trat jetzt gegen den Außenspiegel, der im hohen Bogen auf das Kopfsteinpflaster prallte und zersplitterte.

Keil beschleunigte seine Schritte und rief: »Aufhören! Polizei!«

Sie sahen ihn kommen, bauten sich provozierend auf und lachten. In den Häusern wurden Fenster geöffnet, Menschen lugten neugierig hinaus. Erst als er die Randalierer fast erreicht hatte und sie den zornig entschlossenen Ausdruck in seinem Gesicht sehen konnten, wichen sie zunächst langsam und mit aufgesetzter

Lässigkeit zurück, um schließlich einfach davonzulaufen. Die vier Jungen mochten nicht älter als fünfzehn, sechzehn gewesen sein.

Keil wandte sich an einen Anwohner, den der Lärm vor die Haustür gelockt hatte. »Kennen Sie die Jungen?«

»Nee«, erwiderte der Mann.

»Wissen Sie denn, wem das Fahrzeug gehört?«

»Der Trabbi steht schon seit vorgestern hier. Hat jemand einfach abgestellt. Die Kennzeichen sind auch abmontiert.«

Keil sah sich den Wagen kurz an. Es war ein älteres Modell aus den Sechzigern, das auch ohne die zusätzlichen Beschädigungen durch die Jugendlichen einen ziemlich ramponierten Eindruck machte. Der Pflasterstein, der die Frontscheibe durchschlagen hatte, lag auf dem Beifahrersitz.

»Sind Sie wirklich von der Polizei?«, fragte der Mann.

»Ja, bin ich.«

Der Mann zuckte mit den Schultern. »Solche Sachen sind früher jedenfalls nicht vorgekommen. Der Respekt geht verloren.«

*

Annes winziges Haus unterschied sich von außen nicht von den anderen Gebäuden in der Straße, doch sobald Keil über die Schwelle trat, wähnte er sich in einer anderen Welt. Es dominierte der Geruch nach Pflanzen, die hier noch viel zahlreicher als in ihrem Büro waren, und nach dem Wachs der Kerzen, die alles in ein warmes, flackerndes Licht tauchten. Auf dem niedrigen Tisch im Wohnzimmer standen eine geöffnete Flasche Rotwein und zwei Gläser. Anne schenkte ein und prostete ihm zu.

»Alles in Ordnung?«, fragte sie, als er das Glas mit drei hastigen Schlücken leerte. Normalerweise reichte ihm ein einziges Glas für den ganzen Abend.

»Es war heute ein bisschen viel«, sagte er.

Annes Fernseher war eingeschaltet und zeigte die Tagesschau des ersten Programms der BRD. Keil hatte sich schon in der Vergangenheit hin und wieder Westfernsehen angesehen, aber nach anfänglicher Verblüffung über die Vielfalt und Farbenpracht war er vor allem von den zahllosen amerikanischen Serien mit ihren flapsigen Dialogen und der eindimensionalen Handlung genervt gewesen. Wobei ihm die endlosen Monologe des DDR-Fernsehens über Staatsbesuche, Ordensverleihungen und Verbesserungen der sozialistischen Produktion auch nicht gerade zusagten.

Auf dem Bildschirm des Colormats blieb ein ihm unbekannter Mann, vermutlich ein Politiker aus der BRD, stumm. Erst als ein Foto von Ernst Modrow eingeblendet wurde, drehte Anne den Ton lauter.

»Nur einen Moment«, sagte sie entschuldigend.

Ministerpräsident Modrow wurde von der Sprecherin zitiert. Die Bürger der DDR müssten sich auf unpopuläre Maßnahmen einstellen, wenn sich die Regierung mit Wirtschafts- und Währungsproblemen auseinandersetze, die durch die neue Reiseregelung entstünden.

»Hast du das gehört, Martin?« Anne starrte gebannt auf den Bildschirm, aber das Thema war bereits abgeschlossen. Es folgte ein Bericht über die schlechte medizinische Versorgungslage in der DDR.

»Vielleicht ist es noch gar nicht vorbei«, sagte Anne. »Vielleicht machen Sie alles wieder rückgängig.«

»Das können sie nicht mehr.« Keil rückte näher an sie heran und legte den Arm um ihre Schultern.

»Und wenn sie es wie die Chinesen machen?« Er spürte, dass sie zitterte. »Krenz hat das brutale Vorgehen der chinesischen Regierung auf dem Platz des himmlischen Friedens doch wenige Tage danach gutgeheißen. Das ist erst ein paar Monate her.« Anne löste sich aus seiner Umarmung und fixierte ihn. »Vielleicht schwenken auch die Russen um. Was würdest du dann tun, Martin? Du bist Polizist.«

»Glaubst du wirklich, ich würde auf unsere Leute schießen?«

»Nein«, sagte sie. »Du nicht.«

Die Tagesschau zeigte den Wetterbericht für die beiden deutschen Staaten. Es standen kühle Tage bevor.

Später schliefen sie miteinander. Keil spürte ihre Hände an seinem Körper, wie sie streichelten, liebkosten. Er schmeckte ihre Lippen und ihre Haut. Er ließ sich von ihr willig führen, weil er so wenig Erfahrung hatte und noch immer fürchtete, etwas falsch zu machen.

Als Anne eingeschlafen war, lauschte er eine Weile ihrem gleichmäßigen Atem und stahl sich dann ganz leise aus dem Bett. Keil löschte die zwei Teelichter auf dem Nachtschrank und suchte nach seiner Kleidung. So machte er es immer, und Anne akzeptierte, dass er nie über Nacht blieb. Keil hatte ihr gesagt, dass es ihm noch nicht möglich war, bei ihr zu bleiben, weil er die Vertrautheit der eigenen Wohnung benötigte, um ruhig schlafen zu können. Eine noch nicht ganz verheilte Wunde auf seiner Seele aus der Zeit im Kinderheim, wo er jede Nacht damit hatte rechnen müssen, von den Älteren gepeinigt zu werden.

In einer kalten Dezembernacht, auf den Fenstern des Schlafsaals wuchsen bizarre Eisblumen, hatten sie ihn dazu gezwungen, fast eine Stunde lang im Freien auszuharren. Er hatte zitternd im Hof gestanden und zugesehen, wie sein Atem in kurzen, milchigen Schwaden aus seinem Mund gestiegen war. Am nächsten Morgen hatte er so erbärmlich gekeucht und gehustet, dass selbst die strenge Erzieherin nicht umhingekommen war, ihn auf die Krankenstation zu schicken. Dort war es herrlich ruhig gewesen, sogar das Essen hatte ein wenig besser geschmeckt. Aber das Beste war, dass ihn die anderen Jungen dort nicht hatten erreichen können. Danach hatte er bald gelernt, sich zu wehren.

Dieses Gefühl – er vermied den Ausdruck Angst – würde mit der Zeit vergehen. Er hatte aber nicht die ganze Wahrheit gesagt, denn er wollte vor allem vermeiden, dass Anne erleben musste, wie er fast jede Nacht schreiend, bebend und tränenüberströmt aus einem seiner Alpträume hochschreckte. Jene, die von seiner Erinnerung zehrten, waren erträglicher, weil er die Qualen, so furchtbar sie auch gewesen waren, nur erneut durchleben musste. Schlimmer waren die nicht greifbaren, konturlosen Träume, in denen ihm vorgegaukelt wurde, er sei wach und würde von etwas bedroht, das sich in der Dunkelheit seines Schlafzimmers verbarg. Nur wenige Schritte von ihm entfernt, starrte es ihn an. Da, an der Stelle, wo die Dunkelheit ... sich veränderte. Dann kam es – rasend schnell – und erwischte ihn.

Danach dauerte es stets minutenlang, in die Realität zurückzufinden.

Keil gab nur sehr wenig von seiner Zeit im Heim preis. Annes Erinnerungen hingegen, so sagte sie, verflüchtigten sich nach und nach. Übrig blieb bei ihr ein Gefühl der Geborgenheit. Die Erzieherinnen hätten sie immer gut behandelt.

Er war froh, dass es Anne so viel besser ergangen war.

Kapitel 2

22. November 1989

Keil hatte sich bis drei Uhr in der Früh in seinem Bett von einer Seite auf die andere gewälzt, während ihm alte Fälle und die Gesichter der Opfer durch den Sinn gegangen waren, bis er endlich Schlaf gefunden hatte.

Zum Glück waren die wenigen Stunden traumlos geblieben. Er sah aus dem Fenster auf die regennasse Straße und wusste sofort, dass es auch heute keine rosige Morgenröte geben würde, nur ein stumpfes Dunkelgrau, das von Minute zu Minute lediglich ein wenig aufhellte.

Nach der zweiten Zigarette am Küchentisch entschloss er sich dazu, das Bild mit den beiden Jungen am Strand abzunehmen. Er würde sich nach einem fröhlicheren Ersatz, vielleicht einer Sommerlandschaft mit vielen Blumen, umsehen. Einen Moment lang hielt er den gerahmten Druck ratlos in der Hand und schob ihn dann schließlich in den Spalt zwischen Wand und Kühlschrank.

Im Hauseingang hingen sechs Briefkästen aus Metall an der Wand, je einer für jede Mietpartei. Obwohl es noch viel zu früh für den Postboten war, steckte ein kleines Paket in seinem Briefkastenschlitz. Keil zog es heraus, dabei riss das grobe Packpapier an der Seite ein. Es war nur mit seinem Namen in großen Druckbuchstaben beschriftet, die Adresse fehlte. Der Absender hatte einen Bleistift benutzt und die Mine so fest aufgesetzt, dass die beiden i-Punkte in Vor- und Nachnamen das Papier durchstoßen hatten. Als er das Päckchen in der Hand wog, klapperte es im Innern. Er öffnete es vorsichtig und konnte den Inhalt sofort identifizieren, weil er sich vor gar nicht allzu langer Zeit mit Gröben über die teuren Videorekorder unterhalten hatte, die es nun in der DDR zu kaufen gab. Es war eine unbeschriftete VHS-Videokassette aus westdeutscher Produktion.

Wer sollte ihm eine solche Kassette zukommen lassen? Und warum?

Auf dem Revier gab es kein Abspielgerät. Die Staatssicherheit verfügte bestimmt über entsprechende Technik, aber es war nicht klug, sich mit denen in Verbindung zu setzen, wenn er nicht die geringste Ahnung hatte, was man auf der Kassette zu sehen bekam. Außerdem hatte doch sein direkter Vorgesetzter, der Major, ausdrücklich verlangt, dass Leutnant Gröben und er nun eigenverantwortlich handeln sollten. Es war nicht ausgeschlossen, dass die Kassette etwas mit einem der Fälle zu tun hatte, an denen er gerade arbeitete.

Keil entschloss sich dazu, seinen alten Freund Thilo

Brockmann anzurufen, den er seit der gemeinsamen Zeit bei der NVA kannte. Brockmann war ein unglaublich geschickter Techniker, dessen Stärke im Improvisieren mit einfachsten Mitteln lag. Beim Militär hatte er heimlich einen leistungsstarken Radioempfänger aus Teilen zusammengebastelt, die in Keils Augen maximal für einen Brotröster gereicht hätten. Sein Talent war allerdings nicht unbemerkt geblieben, und so war er später zum Militärischen Nachrichtendienst versetzt worden. Thilo Brockmann arbeitete heute als, wie er es bezeichnete, freier Mitarbeiter der Staatssicherheit und verdiente zusätzliches Geld, indem er elektronische Anlagen aller Art installierte oder überholte, bei allen, die es sich leisten konnten. Hin und wieder arbeitete er aber auch umsonst bei einflussreichen Leuten, die als Gegenleistung dazu beitrugen, dass er seinen halbwegs unabhängigen Status beibehalten konnte. Hinzu kam der gute Ruf seines Vaters, einem der führenden Kardiologen der DDR. Thilo Brockmann hatte Keil anvertraut, dass sein Vater die Herzen von Honecker, Mielke und anderen Größen der Partei in Schwung hielt und häufig ins Regierungskrankenhaus in Berlin eilen musste. Wer dort als Patient behandelt wurde, war vom Präsidium des Ministerrates genau festgelegt: hohe Politiker, Botschafter befreundeter Staaten, prominente Künstler und Wissenschaftler. Normalsterbliche hatten dort keinen Zugang.

Brockmann nahm erst nach mehrmaligem Läuten ab, und der Tonfall seiner Stimme machte deutlich, dass

Keil ihn geweckt hatte. Keil berichtete in knappen Worten von seinem morgendlichen Fund.

»Komm einfach vorbei«, sagte Brockmann und gähnte. »Es ist nämlich so, dass ich auf unbestimmte Zeit Urlaub habe.«

*

Thilo Brockmann wohnte im Stadtzentrum, in einer Seitenstraße unweit vom Nauener Tor. Der Putz des Hauses war fast vollständig abgeblättert, mehrere notdürftig geflickte Risse überzogen die Frontseite vom Boden bis zum Dach. Direkt vor dem Eingang parkte ein roter Wartburg, dessen glänzender Lack das Licht der Straßenlaternen reflektierte. An einigen Details wie dem veränderten Kühlergrill erkannte Keil, dass es sich um das neueste Modell handeln musste.

Im abgenutzten Treppenhaus funktionierte das Licht nicht. Es wäre für Brockmann eine Kleinigkeit gewesen, die Sache in Ordnung zu bringen, aber vermutlich fühlte er sich nicht zuständig.

Thilo Brockmann öffnete die Tür in einem lachsfarbenen Bademantel, den er eigentlich immer trug, so lange er seine Wohnung nicht verlassen musste. Das Ding war so hässlich, dass er damit die Leute auf der Straße in hellen Aufruhr versetzt hätte. Hinzu kam, dass Brockmann fast zwei Meter groß war und er den Mantel von seinen Eltern zu seinem zwölften Geburtstag geschenkt bekommen hatte. Danach war er noch etliche Zentimeter gewachsen.

Keils Freund schien sich seit mindestens einer Woche nicht rasiert zu haben. Aus der Wohnung drang der Geruch von kaltem Fett und den Zigarren, die Brockmann so sehr schätzte.

Er musterte das Päckchen in Keils Hand und trat zur Seite. »Komm rein. Ich hoffe nur, dass du nicht in Schwierigkeiten steckst.«

Keil schloss aus Gewohnheit zuerst die Tür hinter sich, bevor er reagierte. »Wie meinst du das?«

»Vielleicht wurdest du heimlich gefilmt, und auf der Kassette ist etwas, was dich belastet. Womit man dich erpressen könnte.« Brockmann nahm ihm das Päckchen ab und befreite die Videokassette von dem grauen Packpapier, in das Keil sie aus Furcht vor neugierigen Blicken wieder eingewickelt hatte.

»Es gibt nichts, was man mir vorwerfen könnte«, sagte Keil. »Außerdem müsste dann doch wohl ein Erpresserbrief dabei sein.«

»War nur Spaß, Martin!« Brockmann grinste breit. »Wenn einer noch sauber ist in diesem Land, dann bist du es.« Er ging in die Küche, nahm einen erkalteten Zigarrenstumpen aus dem überquellenden Aschenbecher und zündete ihn an.

»Ich kann uns leider keinen Kaffee machen. Die Propangasflasche vom Herd ist leer. Wollte später eine neue holen.« Brockmann paffte heftig und setzte die kleine Küche unter übelriechenden Dampf. Obwohl er gut verdiente, bevorzugte er billige Zigarren von minderer Qualität.

»Hast du den roten Wartburg vor der Tür gesehen?«, fragte Brockmann, während sein fast kahler Schädel in den Rauchschwaden verschwand.

»Gehört der etwa dir?« Keil konnte es kaum erwarten, endlich zu sehen, was sich auf der Videokassette befand, aber er kannte seinen Freund lange genug, um zu wissen, dass man ihn nicht drängen durfte.

»Eine Woche bevor unser Schabowski den antifaschistischen Schutzwall einfach mal so nebenbei geöffnet hat, hab ich den bekommen.« Brockmann hörte sich ziemlich sauer an. »Der Wartburg hat einen Volkswagen-Motor. Hat mich ein Vermögen in Westmark gekostet. Und jetzt hab ich mitbekommen, dass man sich gebrauchte Wagen aus der BRD kaufen kann. Echte Volkswagen, Opel und mit dem nötigen Kleingeld einen Mercedes. Mein Bruder hätte mir da sicher was besorgen können.«

»Dein Bruder?«, fragte Keil.

»Der hat vor drei Tagen rübergemacht. Sieht hier keine Perspektive mehr.«

Glut sprühte über Brockmanns Handrücken, als er die letzten Zentimeter der Zigarre im Aschenbecher zerquetschte. »Sehen wir uns dein Video an.«

Im Wohnzimmer musste Keil sich an Kartons und diversen Geräten vorbeizwängen. Auf dem Tisch lagen die Eingeweide eines elektronischen Bauteils, Messgeräte mit winzigen Skalen und jede Menge Werkzeug bis hin zu Schraubenziehern im Miniaturformat. In einem bis zur Decke reichenden Regal waren so viele

Bücher untergebracht, dass es sich bedenklich zur Seite neigte.

Brockmann besaß drei Fernseher, zwei aus DDR-Produktion und einen riesigen Klotz der Marke Blaupunkt, der mit einem Videorekorder verkabelt war. Ein identisches Gerät hatte in Erwin Illners Wohnung gestanden.

Der Rekorder schluckte die Kassette, Brockmann drückte die Start-Taste und schaltete den Fernseher ein. Keil konnte hören, wie die Videokassette mit einem leisen Quietschen anlief. Einige Sekunden lang blieb der Bildschirm schwarz, dann begann die Aufzeichnung so abrupt, dass Keil und sein Freund zeitgleich einen Laut völliger Überraschung ausstießen.

Kaltes Neonlicht erhellte einen Raum bis in den letzten Winkel. Keine Schatten, das Bild von einer beinahe dreidimensionalen Schärfe. Die Wände waren mit weißen und hellgrünen Fliesen gekachelt, wie Keil sie aus Schwimmbädern kannte.

»Verdammt!«, knurrte Brockmann. »Wer ist die arme Sau?«

In der Mitte des Raums saß ein Mann auf einem Metallstuhl, die Handgelenke mit Draht an die Lehnen gefesselt. Erwin Illner. Nackt wie ein Wurm. Er zerrte kurz an den Fesseln, hörte aber sofort damit auf, als die Drähte dadurch nur noch tiefer in sein Fleisch schnitten. Die Augen irrlichterten, sein Gesicht wurde zuerst rot, dann violett. Direkt neben ihm entdeckte Keil ein kreisrundes Gitter im Boden. Wahrscheinlich ein Abfluss.

»Gibt es keinen Ton?«, fragte Keil.

Brockmann beugte sich vor und richtete die Fernbedienung auf den Fernseher. »Kein Ton«, stellte er fest, ohne den Blick vom Bildschirm abzuwenden.

Plötzlich ruckte Illners Kopf mit geweiteten Augen nach vorn. Er musste etwas erblickt haben, was sich außerhalb des Aufnahmebereichs der Kamera aufhielt. Eine Gestalt trat jetzt vor die Linse. Man konnte sie nur von hinten sehen. Sie trug einen schwarzen Kapuzenmantel, der bis zum Boden reichte. Illner reagierte immer panischer, als würde er bereits etwas sehen können, was Keil und Brockmann bisher verborgen blieb. Vermutlich sagte der Fremde auch etwas zu dem Gefesselten. Etwas, das Erwin Illner furchtbare Angst machte.

Die Bewegung erfolgte so schnell, dass Keil erst gar nicht erkennen konnte, was Illner da am Kopf getroffen hatte.

Brockmann ächzte laut und rutschte auf seinem Hocker hin und her. »Ist das irgendein perverser Film aus dem Westen? Oder soll das etwa real sein, Martin?«

»Real«, sagte Keil. »Du musst dir das nicht ansehen.«

Es war eine große Rohrzange, die Illner an der Stirn getroffen hatte. Sein Peiniger hielt sie jetzt deutlich sichtbar in der rechten Hand. Es war nun auch zu erkennen, dass die Gestalt schwarze Handschuhe trug. Die Zange traf Illner nur deshalb an der Stirn, weil er unmittelbar vor dem Aufprall versucht hatte, den Kopf zu senken.

Daher stammt die Platzwunde, dachte Keil. *Die nächsten Schläge werden viel schlimmer sein.*

Ehe er Brockmann vor dem hätte warnen können,

was nun folgte, landete die Rohrzange mit Wucht in Illners Gesicht. Blut spritzte bis an die Wände, wo es wie roter Sprühregen an den Fliesen kleben blieb.

Obwohl die Aufnahme ohne Ton war, konnte Keil sich das Geräusch – Rohrzange gegen Lippen, Zähne und Kieferknochen – genau vorstellen.

Illner wurde noch nicht bewusstlos, das geschah erst nach dem zweiten Schlag. Sein Kopf sackte nach vorn, bis das Kinn die Brust berührte. Blut klatschte jetzt in großen, zähen Tropfen von seinem Gesicht auf den Boden. Die Gestalt im Kapuzenmantel trat zur Seite, ohne sich der Kamera zuzuwenden, und betrachtete ihr Werk.

»Was ist das?«, fragte Brockmann.

»Ein Mordfall, an dem ich arbeite.«

»Dann ist der Bursche auf dem Stuhl also tot.«

»Zu dem Zeitpunkt noch nicht, aber bald danach.«

Die Aufnahme brach abrupt ab und lief dann weiter. Die Szenerie hatte sich verändert. Zwar hockte Erwin Illner noch immer ohne Bewusstsein auf dem Stuhl, allerdings hatte man seinen Kopf in den Nacken gelegt, so dass der Blick auf sein verwüstetes Gesicht frei war. In der Zwischenzeit waren ihm auch die Haare ausgerissen worden. Mehrere Büschel lagen auf den Bodenfliesen. Das Bild wackelte plötzlich, und die Kamera wurde so schnell gedreht, dass die Aufnahme für eine Sekunde verschwamm. Dann zeigte sie die Rückseite des Raumes, die sich bisher außerhalb ihres Aufnahmebereichs befunden hatte. An der Wand klebten mehrere Fotos. Sie waren zu klein, um Details erkennen zu können. Erst als die Kamera näher heranzoomte, sah Keil, dass es sich um die Fotos von jungen Frauen oder Mädchen handelte.

»Bekommst du die Bilder schärfer?«, fragte Keil.

»Nicht mit diesem Gerät«, sagte Brockmann.

Die Aufnahme endete.

»Ich brauche diese Fotos. Sie sind wichtig. Möglichst vergrößert und als Abzüge. Ist das technisch machbar?«

»Wie gesagt: nicht hier. Gib mir Zeit bis morgen.«

»Du müsstest damit zur Stasi?«

Brockmann glotzte noch immer auf den Bildschirm, als erwartete er eine Fortsetzung des grausamen Ereignisses. »Nicht direkt, es gibt da ein paar Orte, wo sie die entsprechenden Geräte untergebracht haben. Außerdem ist die Staatssicherheit oder wie auch immer sie jetzt heißt, dabei, sich ganz neu aufzustellen und Teile ihrer Vergangenheit zu bereinigen. Du verstehst, was ich meine, Martin? Ich weiß, dass es schon vor der Maueröffnung einen Befehl von oberster Stelle gegeben hat, Spuren zu verwischen. Da laufen die Schredder und Öfen heiß.«

Keil nickte wortlos. Thilo Brockmann hatte ihm gegenüber nie einen Hehl daraus gemacht, dass er für die Stasi wenig Sympathie empfand. Er stellte den Überwachern nur einen Teil seines technischen Könnens gegen gute Bezahlung zur Verfügung, um sich ein möglichst freies Leben ohne feste Arbeitszeiten leisten zu können. Als Keil ihm einmal in einem freundschaftlichen Disput vorwarf, er sei ein Opportunist, konterte

Brockmann grinsend, die Bezeichnung Hedonist wäre wohl die treffendere.

»Vertrauen gegen Vertrauen«, fuhr Brockmann fort. »Ich helfe dir, und du verrätst mir, was wir da gerade gesehen haben.«

Keil erzählte ihm das Wenige, was er bisher in Erfahrung gebracht hatte, und sagte dann: »Mein Kollege Leutnant Gröben muss die Aufnahme auch sehen. Kann er hierherkommen?«

»Wenn er in Ordnung ist.«

»Das ist er.«

»Da ist noch eine Sache«, sagte Brockmann. »Der Mistkerl in der Kapuze war nicht allein. Er hatte einen Helfer. Als die Kamera zwischendurch gestoppt wurde, stand er neben dem Opfer und somit vor der Linse. Demzufolge kann nicht er die Kamera angehalten haben.«

*

Leutnant Gröben brauchte einen Moment, um das Gesehene zu verarbeiten. Als die Rohrzange mit Wucht gegen Erwin Illners Kopf geprallt war, hatte er eine Hand vors Gesicht geschlagen und den Rest des Videos zwischen gespreizten Fingern hindurch betrachtet.

»Wir müssen dem Major Bescheid geben«, sagte er schließlich. »Ganz egal, was er bisher angeordnet hat.«

Keil und Gröben fuhren mit ihren Wagen in die Bauhofstraße. Bevor sie gemeinsam ins Revier gingen, fragte Gröben: »Ich weiß, dass Thilo Brockmann dein

Freund ist. Aber bist du sicher, dass es richtig war, ihn einzubeziehen?«

»Ich vertraue ihm«, sagte Keil. »Thilo hält dicht, und wir brauchen ihn.«

Im Flur kam ihnen ein junger Kollege entgegen. Er war kreidebleich.

»Es ist der Genosse Kirschke«, sagte er. »Bitte helfen Sie mir.«

Leutnant Günther Kirschke, zehn Jahre älter als Keil und aus unbekannten Gründen noch immer einen Dienstgrad unter ihm, saß völlig aufgelöst hinter seinem Schreibtisch. Tränen liefen ihm über das feuerrote Gesicht, und er hatte die Arme gegen die Tischplatte gestemmt. Die flehende Geste eines Mannes, der um Fassung rang. Die Dienstwaffe lag nur wenige Zentimeter von seiner rechten Hand entfernt.

»Was ist los, Günther?« Keil näherte sich ihm, während Gröben und der junge Kollege auf der Türschwelle verharrten.

Kirschke schluchzte, sein Oberkörper bebte. Keil registrierte, dass die Finger des Leutnants nach der Pistole tasteten.

»Sicherheit besteht nur dort, wo Ordnung herrscht.« Kirschke hörte sich an, als würde er aus einem Lehrbuch der Volkspolizei rezitieren. »Ordnung entsteht nicht von selbst, sie muss von Menschen geschaffen werden. Von uns!« Er hob die Arme in einer beschwörenden Geste zur Decke und ließ sie dann wieder sinken. Die rechte Hand landete auf der Dienstwaffe.

»Beruhige dich erst einmal«, sagte Keil. »Und erzähl uns, was passiert ist.«

»Ordnung entsteht nicht von selbst!« Kirschke brüllte jetzt ohrenbetäubend. »Aber jetzt geht hier alles vor die Hunde!«

»Rede mit uns«, drängte Keil.

Kirschkes Zeigefinger berührte jetzt den Abzug der Dienstwaffe, er hob sie aber noch nicht auf. Der Leutnant lachte und weinte jetzt zugleich. »Ich bin bespuckt worden! Sie haben mich geschlagen!«

Keil hörte die Verzweiflung in Kirschkes Lachen und sah sie in seinem hysterisch verzerrten Gesicht.

»Was wird aus uns?«

»Lass die Waffe los«, sagte Keil energischer, als er es eigentlich wollte.

Er hörte, wie hinter ihm Gröben mit dem jungen Kollegen flüsterte.

Kirschkes Augen starrten senkrecht nach oben, hinauf zur Decke, wo eine der Neonröhren unruhig flackerte und dabei leise klickte. Aber er ließ zu Keils Erleichterung die Pistole los, verstummte und verschränkte die Arme vor der Brust. Kirschke sah aus wie ein Mann, der seine Hinrichtung erwartete.

Keil sprintete zum Tisch und nahm die Waffe an sich.

»Der ist fertig mit den Nerven«, sagte Gröben leise. Der junge Polizist war verschwunden, aber vom Flur näherten sich die eiligen Schritte mehrerer Männer.

Der Major tauchte auf, schob Gröben zur Seite und

stemmte die Arme in die Hüften. »Mann! Mann! Was ist denn das für ein Theater?«

Haltung und Stimme waren der Versuch, Autorität auszustrahlen, aber Keil konnte sehen und riechen, dass sein Vorgesetzter getrunken hatte.

*

Der Major beurlaubte Leutnant Kirschke für den Rest der Woche, obwohl Keil es wagte, darauf hinzuweisen, dass der Mann einen Nervenzusammenbruch erlitten hatte.

Ihr Vorgesetzter bat sie in sein Büro und deutete auf die Sitzecke unter dem gerahmten Foto, das ihn in einer Gruppe hochdekorierter Polizisten bei einer gemeinsamen Feier mit Erich Mielke zeigte. Der Major stand ganz außen in der zweiten Reihe und hatte damals noch etliche Kilo weniger auf die Waage gebracht.

»Kirschke wird schon wieder«, sagte er.

Von seiner Position aus konnte Keil eine fast leere Flasche sehen, die hinter dem ausladenden Schreibtisch des Majors mit den zwei Telefonen stand.

»Es gibt Neuigkeiten im Fall Illner«, begann Keil.

Der Major winkte ab. »Obwohl ich die Staatssicherheit ... ich meine ... das Amt für Nationale Sicherheit informiert habe, gab es bisher nur eine Reaktion: Der Sachverhalt wurde registriert, und man erwartet, dass wir unsere Pflicht tun.«

»Ich habe eine Videoaufnahme erhalten, auf der zu

sehen ist, wie Erwin Illner von einem Unbekannten übel zugerichtet wird«, sagte Keil.

»Ich habe mir die Aufnahme ebenfalls angesehen. Furchtbar!«, pflichtete ihm Gröben bei.

»Eine ... Videoaufnahme?« Der Major schien nicht zu verstehen.

»Ich fand sie heute Morgen in meinem Briefkasten«, sagte Keil. »Natürlich ohne Absender.«

»Und Sie konnten sich diese Aufnahme ansehen?«

»Ich kenne jemanden, der ein Abspielgerät besitzt«, wich Keil aus. »Man sieht zunächst nur den gefesselten Illner in einem gekachelten Raum. Dann kommt eine zweite Person hinzu, die allerdings nicht zu identifizieren ist, und schlägt brutal auf ihn ein.«

Dem Major schien das Gespräch mit einem Mal unangenehm zu sein, er schielte zu der Wanduhr. Vielleicht war er aber auch nur zu angetrunken, um das notwendige Interesse aufzubringen.

»Was will der Mörder damit bezwecken?«, fuhr Keil fort. »Und warum habe ausgerechnet ich die Kassette erhalten?«

»Weil Sie in der Sache ermitteln.« Der Major wirkte mit einem Mal etwas klarer. »Der Täter muss das in Erfahrung gebracht haben.« Er machte eine Pause und stach dann mit dem Zeigefinger in die Luft. »Vielleicht hat er Sie sogar am Tatort gesehen.«

»Sie meinen, der Mörder hat sich da irgendwo in der Nähe versteckt?«, fragte Gröben.

Der Major nickte, aus seinem Magen drang dumpfes

Grollen. »Das ist schon vorgekommen«, sagte er und hielt sich die Hand vor den Mund, um ein Rülpsen zu unterdrücken. »Sommer 1983, in der Gegend von Güstrow. Zwei Morde ohne Motiv. Einfach, weil es dem Scheißkerl Spaß bereitet hat, und jedes Mal hockte er mit dem Fernglas im Gebüsch und schaute der Spurensicherung bei der Arbeit zu. Beim dritten Mord wurde er dann von einem Forstarbeiter entdeckt.« Der Major sah sie an, als hätte er den Fall gerade zur Hälfte aufgeklärt. »Es war doch auch noch dunkel, als die Leiche des Genossen Illner gefunden wurde. Also kann sich der Täter unbemerkt in unmittelbarer Nähe aufgehalten haben.«

»Dann müsste er mich bis zu meiner Haustür beschattet oder mich bereits gekannt haben«, stellte Keil fest.

»Die Leute auf der Straße kennen Sie«, sagte der Major. »Sie sind schließlich einer unserer besten Männer.«

»Der Mordfall Illner wird also auch weiterhin von mir bearbeitet?«, fragte Keil.

»Sicher, sicher«, bestätigte der Major und stellte sich mühsam auf die Füße. »Tun Sie, was Sie für richtig halten.«

Als sie das Büro des Majors verlassen hatten, hielt Gröben seinen Kollegen am Arm fest und wisperte: »Warum hast du ihm die Fotos von den jungen Frauen verschwiegen? Die hingen da doch nicht ohne Grund in diesem Folterkeller,«

»Weil ihn der Fall überhaupt nicht interessiert«, sagte Keil. »Oder ihn nicht zu interessieren hat.«

»Das kann nicht sein.«

»Doch«, beharrte Keil. »Unser guter alter Major hat nie zuvor im Dienst getrunken und jetzt ist er mindestens halb voll, obwohl ein hoher Funktionär in Strumpfhosen erdrosselt wurde.«

*

Eine halbe Stunde danach fuhr er zu Annes Arbeitsplatz. Er hielt neben einem grauen Transporter, aus dessen Laderaum gerade zwei Männer stiegen. Ehe sie die Türen schließen konnten, erhaschte Keil einen Blick auf eine Leiche. Sie lag auf einer Trage und war mit einem Laken abgedeckt. Nur die Füße, schlank mit fliederfarben lackierten Zehennägeln, ragten darunter hervor. Eine Frau.

Der Transporter, ein ziemlich neuer Barkas, gehörte nicht zur SMH. Die Männer trugen keine Kittel, sondern Kunstlederjacken mit aufgestellten Kragen.

»Wer ist die Tote?«, fragte Keil. »Ich dachte, Untersuchungen an Leichen werden in erster Linie in den Krankenhäusern und nicht hier im Schloss durchgeführt.«

»Wer will das wissen?«, blaffte einer der Männer. Auf beiden Wangen war er voller Narben, blassrot gefleckt.

Keil zückte seinen Dienstausweis.

»Hauptmann der Volkspolizei! Aha!« Das Narbengesicht pfiff durch die Zähne und schenkte ihm ein Lächeln, so kalt und freudlos wie Neonlicht.

Der zweite Mann, etwas älter, Anfang vierzig,

Schnauzbartträger, schaltete sich ein. »Ein Notfall. Es handelt sich um eine Künstlerin. Verdacht auf Selbstmord. Wir brauchten nur die Bestätigung.« Er schlug einen kumpelhaften Ton an. »Solche Dinge machen sich gerade nicht gut in der Öffentlichkeit. Verstehen Sie, Genosse Hauptmann? Außerdem sitzen wir doch in einem Boot.«

Schnauzbart nickte Keil freundlich zu, ehe er sich ans Lenkrad setzte. Narbengesicht würdigte ihn keines Blickes mehr.

Der Motor des Transporters wurde erst gestartet, als Keil die oberste Stufe des Treppenaufgangs zum Schloss erreicht hatte.

Im Eingang wurde er von Annes Assistenten erwartet. Hugo musste Keils Zusammentreffen mit den beiden Männern beobachtet haben.

»Wer waren die beiden?«, fragte Keil.

Hugo blickte an Keil vorbei nach draußen, blähte die fleischigen Wangen und beobachtete, wie der Barkas hinter dem Portal mit den beiden Adlerfiguren auf die Straße einbog. »Bestimmt irgendeine Abteilung der Stasi. Da liegt eine tote Frau im Wagen. Die Kerle wollten die Leiche einfach mal eben so zu Anne bringen.«

»Und was wollten die von ihr?«

»Keine Ahnung.« Hugo stieß ein Lachen aus. »Aber sie hat die Kerle einfach abgewiesen. Ganz schön mutig, was?«

»In der Tat. Ist Anne in ihrem Büro?«

Hugo nickte und spähte noch einmal in Richtung

Straße, als befürchtete er, die beiden Männer hätten es sich anders überlegt und würden zurückkommen. Doch das Motorengeräusch des Barkas war längst in der Ferne verebbt.

*

Anne beugte sich über ihrem Schreibtisch in ein Oval gelben Lichts und studierte durch ein Vergrößerungsglas ein Foto.

»Ich habe die Burschen von der Stasi und ihre Leiche noch kennengelernt«, sagte er zur Begrüßung. »Die waren doch von der Stasi, oder?«

»Ja, sie sagten, es sei wichtig zu bestätigen, dass die Frau einen plötzlichen Herztod erlitten hat. Das wollten sie gern schriftlich.«

Keil konnte sehen, dass die Hand mit dem Vergrößerungsglas zitterte.

»Und ist sie wirklich so gestorben?«, fragte er.

»Ich habe gesagt, dass ich die Leiche zuerst genau untersuchen müsste. Sie waren der Meinung, das sei überflüssig.«

»Und da hast du sie weggeschickt? Haben Sie dir ihre Dienstausweise gezeigt?«

Anne nickte und seufzte tief. »Was soll ich jetzt tun? Mich beschweren? Wenn ja, bei wem?«

»Mir wollten sie weismachen, die Tote sei eine bekannte Künstlerin, die Selbstmord begangen hat.«

»Das ist doch alles Unsinn, Martin.«

»Das Vorgehen dieser Männer ist auf jeden Fall absolut gesetzeswidrig«, sagte Keil. »Kannst du dich an ihre Namen erinnern?«

»Nur an einen«, antwortete Anne. »In seinem Ausweis stand Heinz Mertens. Was hast du vor?«

»Mich erkundigen.« Keil wollte klingen wie jemand, der mehr Lösungen als Probleme hatte, aber sie nahm es ihm nicht ab.

»Die Spurensicherung hat Blut in Erwin Illners Wagen gefunden«, wechselte Anne das Thema. »Es stammt von ihm. Bist du in dem Fall weitergekommen?«

Er rückte den Besucherstuhl ganz nahe an sie heran und erzählte ihr in allen Details von der Aufnahme auf der Videokassette.

»Ich will die Aufnahme auch sehen«, sagte Anne. »Vielleicht entdecke ich etwas, das dir helfen kann.«

Keil öffnete den Mund, um zu antworten, aber sie legte ihren Zeigefinger auf seine Lippen. »Erzähl mir jetzt bitte nicht, es wäre zu schrecklich für mich. Es gehört zu meinem Beruf, Bäuche aufzuschneiden, um nachzusehen, ob der Tote zuletzt Kartoffeln oder Soljanka verputzt hat. Ich seziere Leute, die einen Winter auf dem Grund der Havel zugebracht haben. Was soll mich da noch schockieren, Martin?«

»Ich habe verstanden«, sagte er.

»Dein Freund Thilo ist wirklich in der Lage, diese Fotos von den Mädchen zu vergrößern?«, fragte Anne.

»Er will es zumindest versuchen. Wenn Thilo es nicht schafft, schafft es keiner. Es ist klar, dass die Fotos etwas mit Illners Tod zu tun haben.«

Sie öffnete eine Schublade und holte einen Aschenbecher hervor. Klein, rund, aus geschliffenem Glas und völlig sauber. Ein richtiges Kunstwerk. »Für Besucher«, sagte sie. Anne selbst war Nichtraucherin. »Ich kann verstehen, wenn du jetzt eine Zigarette rauchen willst.« Sie lächelte. »Ich kann es dir sogar ansehen. Du fängst dann immer an, mit deinen Fingern zu spielen.«

Ertappt breitete er die Handflächen auf den Oberschenkeln aus. »Sehen wir uns heute?«

Anne blickte zu dem Papiergebirge, das sich auf ihrem Schreibtisch auftürmte. »Überstunden«, sagte sie.

Er zündete eine Zigarette an, um noch ein wenig Zeit mit ihr verbringen zu können.

*

Es war erst früher Nachmittag, und Keil verspürte wenig Lust, in sein winziges Büro zurückzukehren. Der Major hatte ihm ausdrücklich versichert, dass er im Mordfall Illner tun sollte, was er für richtig hielt. Antworten würde er bestimmt nicht finden, wenn er in der Bauhofstraße hockte. Keil beschloss, der Witwe des Ermordeten einen zweiten Besuch abzustatten. Vielleicht war sie schon wieder aus dem Krankenhaus entlassen worden. Wenn nicht, würde er sie dort aufsuchen.

Während der Fahrt hielt er im Rückspiegel nach Verfolgern Ausschau. Wenn man ihm vielleicht bis zu seiner Wohnung nachgefahren war, um dort die Videokassette in den Briefkasten zu stopfen, konnte es möglich sein, dass er noch immer beschattet wurde. Er fuhr an Illners Wohnblock vorbei, hielt erst fünfzig Meter weiter an und wartete. Zwei Jugendliche auf Fahrrädern, bis über die Ohren vermummt in Winterkleidung, fuhren lachend vorbei, gefolgt von einem Fahrzeug der Stadtreinigung. Eine Frau mit zwei Tragetaschen, gebeugt vom Alter, überquerte die Straße. Er konnte in der Kälte ihren Atem sehen.

Es gibt keine Verfolger, sagte er sich. *Ich darf mich nicht verrückt machen lassen.*

Trotzdem ertappte er sich dabei, wie er auf dem Weg zum Wohnblock mehrmals über die Schulter blickte und jene Ecken, die vom schwachen Tageslicht nicht erreicht wurden, argwöhnisch betrachtete.

Im Hausflur bemerkte Keil, dass die Wohnungstür der Illners nur angelehnt war. Das allein war noch kein Grund zur Beunruhigung. Wenn die Ärzte Sophie Illner bereits aus dem Krankenhaus entlassen hatten, konnte sie auf einen Sprung bei den Nachbarn sein.

Er stieß die Tür mit der Schuhspitze ein Stück weit auf und lauschte. Stille. Gerade als er nach der Frau des Ermordeten rufen wollte, fiel im Innern der Wohnung etwas klirrend zu Boden, gefolgt von einem unterdrückten Fluchen, das eindeutig männlich klang.

Keil schloss die Wohnungstür hinter sich, wobei er ein lautes Einrasten des Schnappschlosses vermied. Seine Hand lag auf dem Pistolenholster unter seinem Mantel. Er bewegte sich so behutsam vorwärts, dass ihn der Boden unter seinen Schuhen nicht auch nur mit dem leisesten Knirschen verraten konnte. In der Küche am Ende des Flurs, Keil hatte sich bei der Durchsuchung den Grundriss automatisch eingeprägt, wurde eine Schranktür zugeschlagen. Wer immer sich dort aufhielt, es war ihm egal, dass er ziemlichen Lärm verursachte.

Keil schob sich am Türrahmen vorbei und spähte in die Küche. Meier, der Hausvertrauensmann, war gerade dabei, diverse Schränke und Regale zu durchsuchen. Auf dem Küchentisch hatte er bereits ein umfangreiches Sortiment an Besteck ausgebreitet.

»Darf man fragen, was Sie da treiben?«, fragte Keil mit erhobener Stimme. Meier fuhr erschrocken zusammen und ließ den gläsernen Salzstreuer, den er gerade noch taxiert hatte, fallen. Der Streuer zerbrach nicht, verlor aber seinen silbernen Schraubverschluss, der unter den Heizkörper rollte, und ergoss den Vorrat an Salz über den Linoleumboden.

»Sie?« Es war offensichtlich, dass er Keil sofort wiedererkannte. »Ich darf das«, sagte Meier. »Frau Illner hat mir ausdrücklich die Genehmigung erteilt, alles in ihrer Wohnung an die anderen Mieter zu verteilen.«

»Das haben Sie sicher schriftlich«, erwiderte Keil.

»Und ob! Der Zettel mit Frau Illners Unterschrift liegt in meiner Wohnung im Parterre. Warten Sie, ich hole ihn.«

Meier wollte sich umgehend in Bewegung setzen, aber Keil hielt ihn mit erhobener Hand auf. »Wo ist Frau Illner überhaupt? Warum überlässt sie Ihnen alles hier?«

»Nicht nur mir, sondern allen Mietern«, beharrte der

Hausvertrauensmann. »Frau Illner ist heute Morgen aus dem Krankenhaus zurückgekehrt. Ich bin ihr im Flur begegnet.«

Keil konnte sich vorstellen, dass dieses Zusammentreffen nicht zufällig geschehen war. Meier hatte sie vermutlich schon vom Fenster aus kommen sehen.

»Und weiter?«, drängte Keil.

»Sie hat nicht viel gesagt.« Meier wiegte den Kopf hin und her. »Das kann man ihr ja auch nicht verübeln. Wo doch ihr Mann tot ist.«

Keil wusste, dass über Erwin Illners Ermordung noch nichts verlautet worden war. »Woher wissen Sie davon, Herr Meier?«

»Sie hat es mir selbst erzählt. Ein Autounfall.«

Keil konnte sehen, wie der Mann darauf lauerte, in Erfahrung zu bringen, ob Sophie Illner die Wahrheit gesagt hatte.

»Was geschah dann? Ich habe noch immer keine Antwort auf die Frage, wo Frau Illner jetzt steckt.« Keil wurde langsam ungeduldig.

»Ungefähr eine halbe Stunde später klopfte sie an meine Tür und sagte mir, dass ich alles von ihr verteilen soll. Sie will nämlich von hier wegziehen. Das mit dem Verteilen habe ich mir, wie gesagt, quittieren lassen.« Meier wippte auf den Zehenspitzen und zog die Augenbrauen in die Höhe. »Ein Mann und eine Frau haben sie abgeholt. Mit einem silbergrauen Mercedes.«

Keil wurde hellhörig. »Haben Sie sich das Kennzeichen merken können?«

»Nee, nicht ganz. Der Wagen stand auf der anderen Straßenseite in Fahrtrichtung. Da hätte ich ja rüberlaufen müssen. Aber als der Mercedes losfuhr, sah ich, dass die ersten Buchstaben HH waren.«

Hansestadt Hamburg. Einige BRD-Kennzeichen waren Keil geläufig.

»Können Sie das Paar beschreiben?«

»Waren eher Allerweltstypen.« Meier kratzte sich hinter dem Ohr und ließ sich Zeit. »Nicht groß, nicht klein. Vielleicht so alt wie Sie. Sie mit schulterlangen blonden Haaren. Er trug einen Hut. Ich hab sie leider nicht aus der Nähe gesehen.«

»Hatten die Illners früher schon Besucher aus der BRD?«

»Nein!« Meier schüttelte energisch den Kopf. »Das hätte ich doch wissen müssen. Herr Illner war als Mitglied der Bezirksleitung über alle Zweifel erhaben.«

Keil überlegte, dass vielleicht Verwandte von Sophie Illner in der BRD lebten, die sie in ihrer Verzweiflung um Hilfe gebeten hatte. Eigenartig nur, dass die so schnell hier aufgetaucht waren. Ein Mann wie Erwin Illner konnte es sich eigentlich nicht erlauben, dass seine Ehefrau Westkontakte pflegte. Keil musste das überprüfen lassen.

»Der Fernseher und der Videorekorder müssen aus ermittlungstechnischen Gründen beschlagnahmt werden«, verkündete Keil. Ihm war plötzlich eingefallen, dass Anne darauf bestanden hatte, die Videoaufnahme von Illner sehen zu wollen. Dabei war ihm überhaupt nicht wohl, aber wenn, dann sollte das auf keinen Fall bei Thilo Brockmann geschehen. Außerdem war es für ihn auch wichtig, die Aufnahme nochmals und mit höchster Konzentration zu betrachten. Bei den ersten beiden Malen hatte er vielleicht irgendetwas übersehen.

An Meiers entsetztem Gesicht konnte er ablesen, dass der die Geräte eigentlich schon für sich reserviert hatte.

»Ich wäre Ihnen dankbar, wenn Sie mir beim Transport zu meinem Wagen behilflich sein könnten, Herr Meier.«

Der Hausvertrauensmann schien einen Einwand vorbringen zu wollen, aber dann überwog doch sein Gehorsam gegenüber einer staatlichen Autoritätsperson.

Nachdem die Geräte im Wagen verstaut waren und Meier außer Sichtweite war, verbarg Keil Fernseher und Videorekorder unter der Wolldecke aus seinem Kofferraum, für die er immer dann dankbar war, wenn er wegen eines Falles mal wieder stundenlang bei Kälte im Wartburg ausharren musste.

Er fuhr zum Revier, wo er Gröben von Sophie Illners plötzlicher Abreise in die BRD berichtete und ihm den Auftrag gab, etwas über mögliche Westverwandte der Frau in Erfahrung zu bringen.

»Wie soll das gehen?«, fragte Gröben. »Wir haben keine Akten über jemanden wie Illner. Und so wie die Dinge stehen, glaube ich nicht, dass uns die Staatssicherheit freudig Auskunft erteilen wird.«

Keil schlug ihm vor, noch einmal bei der SED-Bezirksleitung anzuklopfen. Vermutlich fänden die Genossen es hochinteressant, dass Erwin Illners Witwe nichts Eiligeres zu tun hatte, als dem Sozialismus den Rücken zu kehren.

Keil versuchte vom Revier aus, Anne im Schloss Lindstedt anzurufen. Als sie den Hörer abnahm und sich meldete, hörte er sofort, dass sie überarbeitet und gereizt war. Sie erkannte seine Stimme, entspannte sich ein wenig und fragte nach seinen Ermittlungen. Er erzählte ihr von dem Fernseher und dem Rekorder aus Illners Wohnung und dass sie die Aufnahme sehen könnte, sobald Thilo Brockmann die Kassette mit den Vergrößerungen der Fotos zurückgebracht hätte. Zum Abschluss sagte Anne, dass sie ihn liebe, und legte danach sofort auf, um Keil die Peinlichkeit zu ersparen, etwas erwidern zu müssen, wozu er noch nicht in der Lage war.

Keil wusste, dass er die zwei gemeinsamen Jahre ihrem Einfühlungsvermögen und ihrer Geduld zu verdanken hatte.

Am Abend, nachdem er Illners Fernseher und den Videorekorder in seine Wohnung gebracht hatte, um dabei festzustellen, dass er das Verbindungskabel für die beiden Geräte vergessen hatte, legte er eine Platte der Rolling Stones auf. Eine Originalpressung aus dem Westen, die ihm Anne zu seinem letzten Geburtstag geschenkt hatte. Als sein Lieblingslied *You can't always get what you want* erklang, nippte er an seinem Pfefferminztee und überlegte, dass er sich Anne gegenüber mehr öffnen wollte. Wenn der Mordfall Illner geklärt worden war. Ganz bestimmt.

*

Gregor war gekommen, um Strack einen Besuch abzustatten.

Er erwartete keinerlei Schwierigkeiten, war aber auf alle Eventualitäten vorbereitet. Sein innerer Motor beschleunigte immer mehr, dennoch verspürte er keinerlei Nervosität. Eher eine Art Hochgefühl, das entstand, wenn man sich sicher war, auf der richtigen Seite zu stehen. Wenn man Gutes bewirkte, indem man Schlechtes ausmerzte. Platz schafft für jene, die all die Fehler der Vergangenheit vermeiden werden.

Gregor blieb stets wachsam, nichts auf der Welt würde ihn überraschen können.

Frostiger Novemberwind wehte durch die Straße. Der Raureif auf den geparkten Wagen glitzerte im Licht der Laternen. Die Ladas, Wartburgs und Skodas wirkten wie Tiere, die sich vor der Kälte verkrochen.

An der Straße ragten zwei- und dreigeschossige Häuser auf, die meisten machten einen guterhaltenen Eindruck. Nur wenige der Fenster waren zu dieser späten Stunde noch erleuchtet.

Mit ein paar schnellen Schritten erreichte Gregor den Eingang des auserwählten Hauses. Während er die wenigen Treppenstufen hinaufstieg, ertappte er sich dabei, leise Selbstgespräche zu führen. Satzfetzen, die keinen

Sinn ergaben, manchmal nur eine Kette von Lauten, die mit menschlicher Sprache nichts gemein hatten. Gregor schüttelte den Kopf und atmete ein paarmal tief ein, um sich zu sammeln. Sachte, ohne das geringste Geräusch zu verursachen, stellte er die Tragetasche auf dem Boden ab. Der Inhalt, Flaschen und diverses Zubehör für seine Arbeit, war in weiche Tücher gewickelt und zusätzlich mit Watte gepolstert worden.

Der Haustürschlüssel passte perfekt, Gregor hatte auch nichts anderes erwartet. Die Vorbereitungen wurden immer akribisch genau ausgeführt. Er schaltete die Taschenlampe ein. Im Haus war es angenehm warm.

In dem Mosaik auf dem Boden des Flurs, einem Achteck mit orientalischem Muster, fehlten ein paar der bunten Steinchen.

Gregor verfügte über einen gutgeschulten Geruchssinn. Er nahm den Gestank von einem Badewasserzusatz wahr, der vergeblich den Duft von Äpfeln zu imitieren versuchte. Und von Mottenkugeln. Beides überdeckte beinahe den allgegenwärtigen Gestank des Schimmels, der aus den Eingeweiden des Gebäudes strömte. Gregor konnte den Schimmel auf der Zunge schmecken. Bitter und unangenehm. Der Bewohner nahm ihn vermutlich längst nicht mehr war. Zudem befand der sich in einem Alter, in dem die Sinne langsam verblassen wie alte Fotografien.

Strack schlief schon seit Stunden. Er bewohnte zwar die beiden unteren Etagen des Hauses, die Dachwohnung war an ein Lehrerehepaar vermietet, nutzte aber nur das Parterre. Eine unerhörte Verschwendung von Wohnraum, die aber zu seinem Lebenswandel passte, fand Gregor.

Die Schlafzimmertür war nur angelehnt, die Nachttischlampe brannte, konnte dem Dunkel aber nur einen winzigen Bereich – Kissen und Oberkörper des Mannes – entreißen. Stracks Perücke aus Kunsthaar, eher gelbblonde Perversion denn Frisur, ruhte wie ein verendetes Meerschweinchen neben der Lampe. Die Narbe auf Stracks kahlem Schädel, tief und zerfranst, zeugte von einem schweren Unfall, der ihn vor langer Zeit fast das Leben gekostet hatte. Er musste bei der Lektüre eines Taschenbuchs eingeschlafen sein, das seinen Fingern entglitten war und jetzt auf dem schmalen Teppich neben dem Bett lag. Strack schürzte im Schlaf die Lippen und wirkte wie ein schmollendes Kleinkind.

Gregor platzierte zwei Paar Handschellen auf dem Brustkorb des Schlafenden, nahm die Pistole mit dem Schalldämpfer aus der Manteltasche, setzte die Kapuze auf und drückte den Lauf der Waffe gegen Stracks linke Schläfe.

»Zeit, aufzuwachen«, sagte Gregor halblaut.

Strack runzelte die Stirn, als würde ihn die Stimme in seinen Träumen stören.

Gregor verstärkte den Druck der Waffe. »Strack! Mach schon!«

Der Mann öffnete die Augen, blickte orientierungslos, bis er die Anwesenheit einer fremden Person registrierte. Und die Tatsache, dass eine Pistole gegen seinen

Kopf gepresst wurde, um eine Kugel direkt oberhalb der Augenbraue eindringen zu lassen. Strack erstarrte und brachte mühsam über die Lippen: »Was wollen Sie? Ich kenne Sie nicht!«

»Nun, ich weiß, wer *Sie* sind, Herr Strack.« Gregor nahm die Pistole von der Stirn des Mannes und trat einen Schritt zurück. »Aber es ist alles halb so wild.« Er deutete mit dem Lauf auf die Handschellen. »Sie legen die Handschellen um beide Gelenke und fesseln dann die rechte Hand an den Bettpfosten.«

Strack blickte auf die Handschellen und schüttelte den Kopf.

Gregor blies den Atem durch die Nase. »Es gibt zwei Möglichkeiten. Nummer eins: Sie gehorchen, und ich entwende nur ein paar Wertgegenstände. Nummer zwei: Sie gehorchen nicht, und ich schieße Ihnen mehrmals ins Gesicht. Und entwende danach die Wertgegenstände. Wofür entscheiden Sie sich? Drei Sekunden Bedenkzeit.«

Gregor zählte von drei an rückwärts. Bei zwei begann Strack damit, die Handschellen anzulegen.

»Eine gute Wahl«, lobte Gregor und fesselte Stracks linke Hand an den Bettpfosten. »Ich muss die Sache noch komplettieren«, sagte er dann, öffnete die Tragetasche, die Strack bisher noch gar nicht aufgefallen war, und entnahm ihr einen Draht.

Strack verrenkte sich beinahe den Hals, um ins Innere der Tasche blicken zu können. Gregor riss die Decke von Stracks Körper und musste angesichts des altmodischen Nachthemdes, aus dem die spindeldürren Unterschenkel des alten Mannes hervorragten, ein wenig grinsen.

»Ich lege den Draht um Ihre Fußgelenke«, sagte Gregor. »Also fest aneinanderdrücken. Falls Sie nach mir treten oder sonst irgendwie rabiat werden, muss ich annehmen, dass Sie sich doch für Möglichkeit zwei entschieden haben. Die Konsequenz ist Ihnen bekannt.«

Strack gehorchte und presste die bleichen, blaugeäderten Füße zusammen. Als Gregor den Draht straffzog, stieß der Mann ein leises Schluchzen aus.

»Aua!«, machte Gregor, griff noch einmal in seine Tasche und präsentierte dem Gefesselten einen großen Plastiktrichter. Der extralange Hals des Trichters war an der Außenseite mit einer Kerbe versehen, die dazu diente, Luft aus dem zu befüllenden Gefäß entweichen zu lassen. Das erleichterte die Zufuhr von Flüssigkeiten ganz enorm.

»Ich habe Sie angeschwindelt«, sagte Gregor und schritt zur Tat, ehe Strack mit dem Geschrei anfing. Das taten sie immer, wenn es ernst wurde.

Der Kameramann betrat das Zimmer.

Kapitel 3

23. November 1989

»So ein Dreck!«

Keil fluchte so laut, dass der Passant auf der gegenüberliegenden Straßenseite abrupt stehen blieb und sich verwundert umsah. Am Abend zuvor hatte Keil seinen Wagen gut hundert Meter von seiner Wohnung entfernt parken müssen. Die Straße war voller Fahrzeuge gewesen, einige davon sogar aus der BRD. Er hatte gesehen, dass in einem Haus schräg gegenüber eine Feier stattfand. Trotz der geschlossenen Fenster, hinter denen sich die Silhouetten tanzender Menschen abzeichneten, war Musik mit einem monoton stampfenden Rhythmus nach draußen gedrungen. Kurz hatte er sich gefragt, was da wohl gefeiert wurde, war aber dann in seiner Wohnung verschwunden.

Die Seitenscheibe an der Fahrerseite seines Wartburgs war eingeschlagen worden. Einige Scherben, fein wie zersplittertes Eis, lagen auf dem Bürgersteig, aber die meisten verteilten sich über Fahrersitz und Armaturenbrett. Als Keil die Tür öffnete, erwartete er, einen

Stein vorzufinden, der die Scheibe durchschlagen hatte – als Racheakt der Jugendlichen, die er nur ein Stück entfernt von hier vertrieben hatte. Aber da war kein Stein, und zum Glück schien es auf den ersten Blick auch keine weiteren Beschädigungen zu geben. Selbst das Radiogerät war noch an seinem Platz. Vielleicht hatte einer der Nachbarn seinem Zorn auf die Volkspolizei Luft gemacht, jetzt, wo die Achtung vor den alten Autoritäten schwand. Den Leuten in der Straße war sicher nicht entgangen, dass Keil Polizist war.

Er blickte zu den Fassaden hoch, aber dort zeigte sich kein feixendes Gesicht. Nur ein Fenster des Hauses, in dem gestern die Party stattgefunden hatte, stand trotz der Novemberkälte weit offen. Vermutlich, um den Gestank von Alkohol und Zigaretten entweichen zu lassen.

Keil stieg in den Wagen und wischte die Splitter von Sitz und Armaturenbrett. Er legte beide Hände ums Lenkrad und fühlte so etwas wie Trauer. Trauer und Enttäuschung. Weil er bisher immer stolz auf seinen Beruf gewesen war und von den Menschen nicht nur Respekt, sondern auch, wie er meinte, echte Anerkennung erhalten hatte. Seine Aufgabe war es, Gewaltdelikte bis hin zum Mord aufzuklären. Er schikanierte und bespitzelte nicht, er wollte die Bürger beschützen.

Keil startete den Motor und entdeckte das Päckchen im Beifahrerfußraum erst, als er bereits im Auto saß: graues Packpapier. Beschriftet in großen Druckbuchstaben.

Deshalb war die Scheibe also eingeschlagen worden.

Eine zweite Videobotschaft. OTTO STRACK stand auf dem Packpapier. Keil war sofort klar, dass es sich dieses Mal nicht um den Namen des Empfängers handelte. Strack musste das nächste Opfer sein.

Keil ging zurück in seine Wohnung, rief Thilo Brockmann an, der erstaunlicherweise schon hellwach war, und bat ihn, ein passendes Kabel für Fernseher und Videorekorder zu besorgen. Als er erwähnte, dass eine zweite Kassette aufgetaucht war, versprach Brockmann, sich prompt in Bewegung zu setzen.

Keil schlug das Telefonbuch auf. Wenn Otto Strack in einer ähnlich wichtigen Position wie der ermordete Erwin Illner war, verfügte er höchstwahrscheinlich über einen Telefonanschluss. Es war eine einzige Person unter dem Namen eingetragen, wohnhaft in der Berliner Straße im Ortsteil Berliner Vorstadt. Der Name brachte bei ihm nichts zum Klingeln, der Mann war ihm völlig unbekannt. Aber Keil hatte sich vor der Maueröffnung auch nie besonders mit Politik und den damit verbundenen Personen beschäftigt.

Er war bei der vierten Zigarette angelangt, als Brockmanns neuer Wartburg direkt vor dem Haus hielt. Trotz der morgendlichen Kälte hatte Keil das Fenster zur Straße einen Spaltbreit geöffnet. Es war irritierend, dass das neue Modell den typischen Klang des Zweitaktmotors vermissen ließ. Brockmann stemmte seinen hünenhaften Körper aus dem Wagen und ging mit weit ausholenden Schritten auf den Hauseingang zu. Er hielt einen Leinenbeutel in der linken Hand und winkte, als er Keil am Fenster entdeckte.

»Ich habe die Fotos aus dem Video vergrößern können«, sagte er, und marschierte an Keil vorbei in die Küche. »Hast du Kaffee? Ich bin immer noch nicht dazu gekommen, mir eine neue Gasflasche zu besorgen.«

»Zeig mir zuerst die Fotos«, drängte Keil. »Hast du auch die Videokassette wieder mitgebracht?«

Der Küchentisch war mit den Resten eines hastig zubereiteten Abendmahls übersät. Ein Teller mit Brotkrümeln und getrockneten Senfflecken, schmutziges Besteck, ein leeres Gurkenglas. Wenn er allein war, machte sich Keil nie große Mühe mit dem Essen.

Brockmann schob den Teller zur Seite und legte vier Fotos auf den Tisch, gefolgt von der Videokassette und einem Kabel. »Mach dir nicht zu viel Hoffnung«, sagte er und deutete nacheinander auf die ersten drei Fotos.

Sie waren unscharf und grobkörnig, die jungen Frauen erschienen nur als Schemen. Aber das vierte Foto zeigte das von hellen Locken umrahmte Gesicht eines Mädchens mit vollen Lippen und großen dunklen Augen. Da ihr Foto in Schwarzweiß aufgenommen war, ließ sich die Augenfarbe – vielleicht braun – nicht genau bestimmen, während Keil die Haarfarbe für hellbraun, möglicherweise aber auch rotbraun hielt. Das Alter des Mädchens schätzte er auf fünfzehn bis siebzehn Jahre, aber da wollte er sich nicht genau festlegen. In der Vergangenheit hatte er mit seinen Schätzungen schon einige Male danebengelegen.

»Sieht nicht gerade gutgelaunt aus«, bemerkte Brockmann, und während er die zweite Kassette, die absolut identisch mit der ersten war, begutachtete, schien er den Gedanken an Kaffee schon wieder vergessen zu haben. »Ich habe noch weitere Kopien von diesem Bild bei mir deponiert, falls du sie benötigst.«

»Traurig«, sagte Keil und hielt das Foto unter die Küchenlampe. »Sie ist traurig. Es geht ihr nicht gut.«

Da das Foto nur den Kopf und die Schultern zeigte, konnte er auch über die Kleidung des Mädchens nur Mutmaßungen anstellen. Der weiße Kragen konnte ebenso gut zu einer Bluse wie zu einem Kittel gehören. Den Hintergrund bildeten Kacheln. Größer als die aus dem Raum, in dem Erwin Illner so schrecklich zugerichtet worden war, und von ausschließlich heller Farbe.

»Auf jeden Fall ist sie hübsch«, stellte Brockmann fest. »Kannst du mit dem Abzug was anfangen?«

»Das hoffe ich«, sagte Keil. »Das Mädchen hat etwas sehr Markantes. Wer sie gesehen hat, wird sie nicht so schnell vergessen.«

Und weil sie etwas Besonderes ist, hängt ihr Bild in diesem Raum, überlegte er. *Sie wurde auserwählt.*

Er deutete auf die Videokassette in Brockmanns schaufelartigen Händen. »Ich habe im Telefonbuch nachgesehen. Ein Otto Strack wohnt hier in Potsdam. Berliner Vorstadt.«

»Ich schließe dann mal schnell das Kabel an.« Brockmann ging ins Wohnzimmer, Keil hörte ihn dort hantieren und konnte den Blick nicht von der Vergrößerung lassen. *Wo bist du jetzt?*, fragte er sich. *Was haben sie mit dir gemacht? Lebst du noch?*

»Ich bin so weit!«, rief Brockmann aus dem Wohnzimmer.

Auf Erwin Illners Fernseher erschien ein schwarzes Bild, das nur am oberen Rand einen Streifen nervös zuckenden, blaugrünen Lichts zeigte. Da Keil vergessen hatte, die Fernbedienung einzustecken, drückte Brockmann die Starttaste am Rekorder.

Keil setzte sich in einen Sessel, versuchte, sich für das Folgende zu wappnen und bohrte seine Fingerspitzen in die Lehnen. Brockmann trat zur Seite, um den Blick freizugeben und verharrte in der Mitte des Zimmers.

Keine Anlaufzeit, die Vorführung begann sofort.

Grelles Licht zentrierte sich auf einen Mann, beinahe ein Greis. Er trug nur ein schlabberiges Altmännernachthemd und lag in einem Bett. Der Scheinwerfer – Keil war davon überzeugt, dass hier ein professioneller Scheinwerfer zum Einsatz kam, wie er beim Film oder von der Spurensicherung benutzt wurde – entriss dem Rest des Raums genügend Konturen, um zu zeigen, dass es sich dabei um ein ganz normales Schlafzimmer und nicht um einen gekachelten Folterkeller handelte. Der Mann, vermutlich Otto Strack, war mit Handschellen ans Bett gefesselt, zusätzlich hatte man Draht um seine Fußgelenke geschlungen. Strack war fixiert.

Wieder gab es keinen Ton, denn Keil konnte deutlich sehen, dass der alte Mann die Lippen bewegte. Eine längliche Narbe leuchtete tiefrot auf seinem kahlen Schädel.

»Da ist er!« Thilo Brockmann klang so erschrocken, als hätte er gerade einen Geist erblickt. Die Gestalt im dunklen Kapuzenmantel war vor die Kamera getreten. Wie beim ersten Mal tat sie Keil nicht den Gefallen, sich von vorn zu zeigen.

»Ist das ein Trichter in seiner Hand?«, fragte Brockmann, um dann vor Entsetzen laut aufzuschreien.

Die Gestalt rammte übergangslos den Trichter in den Hals des Opfers. Die Aufnahme war erneut so gestochen scharf, dass Keil den Schmerz und die Panik im Gesicht des Mannes sehen konnte. Der Trichter ragte aus dem Mund des Gefesselten, der Würgereflex trieb ihm die Tränen in die Augen.

Bei diesem Anblick verlor Brockmann die Beherrschung: »Ganz egal, was die arme Sau verbrochen hat, das hat niemand verdient!«

Der Kapuzenträger griff in eine Tasche, die vor dem Bett stand, und holte daraus eine Flasche mit einer klaren Flüssigkeit hervor. Der Gefesselte geriet jetzt völlig in Panik, und fast wäre es ihm gelungen, den Trichter auszuspucken, aber sein Peiniger drückte den Hals des Trichters vehement tiefer in dessen Kehle. Anschließend schraubte er den Drehverschluss von der Flasche und begann damit, langsam, aber stetig den Inhalt in den Trichter zu schütten.

Keil hatte von solchen Folterungen in einem Geschichtsbuch gelesen, sie gehörten während des Dreißigjährigen Krieges zur Standardprozedur der Eroberer. Damals flößten sie den Opfern so viel Flüssigkeit ein, bis die Bäuche platzten.

Der Mann im Bett war völlig wehrlos, er zuckte, schloss die Augen, riss sie wieder auf, und als er es mit der Gegenwehr zu weit trieb, hielt ihm der Peiniger mit der rechten Hand die Nase zu und kippte den Rest des Flascheninhalts in den Trichter hinein. Er griff nach einer zweiten Flasche, dieses Mal mit bräunlich-transparentem Inhalt, und wiederholte die Prozedur. Es folgte eine dritte, wieder mit klarer Flüssigkeit gefüllte Flasche. Dann wurde der Trichter herausgezogen und blitzschnell durch einen Lappen ersetzt, der als Knebel diente, um zu verhindern, dass sich der alte Mann erbrach.

Die Kamera zoomte auf den Oberkörper des Mannes. Er lag jetzt ganz still, nur die Brust hob und senkte sich in einem unregelmäßigen Rhythmus.

»Da haben wir es wieder!«, stieß Brockmann hervor. »Den Komplizen vom Kapuzenmann. Die Kamera bedient sich nicht von allein.«

Der Kapuzenträger trat zur Seite und sah auf sein Opfer hinab. Keil fragte sich, was in dem Mörder vor sich ging. Verschaffte ihm das Quälen eine intensive Form der Befriedigung? Oder blieb er bei seinem Tun völlig gefühlskalt? Wahrscheinlich nicht, denn dafür war die Vorgehensweise viel zu perfide.

Nach diesem Augenblick des Innehaltens holte der Fremde einen dünnen Draht aus der Manteltasche, legte ihn dem mittlerweile bewusstlosen Strack um den Hals und zog ihn zu.

Dieses Mal wurde die Kamera nicht gedreht, um Fotos an den Wänden oder irgendetwas anderes von Bedeutung im Raum aufzunehmen. Sie zoomte auf das Zifferblatt des altmodischen Weckers, der auf dem Nachtschrank stand: kurz nach drei.

Brockmann hatte den Kopf eingezogen und die Arme um seinen Oberkörper geschlungen. Er sah aus wie ein kleines Kind, das sich vor einem Gewitter fürchtete. »Warum macht er das? Der Alkohol hätte ihn doch sicher sowieso umgebracht.«

»Ich habe keine Ahnung«, sagte Keil. »Vielleicht will er absolut sichergehen, dass sein Opfer tot ist.«

Er wollte wütend über das Gesehene sein, aber er kam über den Zustand der Bestürzung nicht hinaus. In all den Jahren als Polizist hatte er niemals eine solche Skrupellosigkeit bei einem Täter erlebt.

»Du musst etwas unternehmen«, drängte Brockmann. »Du weißt doch, wo dieser Strack wohnt. Aber du darfst da auf keinen Fall allein hinfahren.«

»Das hatte ich auch nicht vor. Strack ist ohnehin seit Stunden tot, daran kann ich nichts mehr ändern.«

»Ich mache mir Sorgen«, sagte Brockmann. »Die Täter kennen dich, sie schicken dir Aufnahmen der Morde. Was ist, wenn sie es auch auf dich abgesehen haben?«

»Ich glaube nicht, dass ich zu den potentiellen Opfern zähle. Erwin Illner hat etwas mit den Mädchen auf den Fotos zu tun gehabt.«

»Und dieser Strack?«, fragte Brockmann. »Er war ein alter Mann, und die Narbe an seinem Kopf lässt auf einen üblen Unfall in der Vergangenheit schließen.«

»Ich glaube an eine Verbindung zwischen Illner und Strack«, sagte Keil. »Und was meine Person betrifft, hatte unser Major vielleicht doch recht. Er hat von einem Doppelmörder erzählt, der seine perverse Freude nicht nur am Töten hatte, sondern auch an der Beobachtung der Spurenermittler und Polizisten. Wie die notorischen Brandstifter, die sich in der Menge der Schaulustigen verbergen, um der Feuerwehr beim Löschen zuzusehen. Es ist für sie ein Akt der Selbstbestätigung. Sie verspüren Macht.«

Brockmann blickte unwillkürlich zum Fenster. »Dann beobachten dich diese Dreckskerle?«

»Es ist nur eine Vermutung«, sagte Keil. »Ich fahre jetzt erst mal aufs Revier und dann zu Stracks Wohnung.« Er steckte das Foto von den Mädchen mit den großen, traurigen Augen in seine Aktentasche. »Und über sie will ich alles in Erfahrung bringen.«

»Ich möchte nicht in deiner Haut stecken.« Brockmann erhob sich aus dem Sessel und wich reflexartig der Deckenlampe aus, die für den Zweimetermann ein wenig zu tief hing. »Aber wenn du meine Hilfe benötigst, brauchst du mir nur ein Zeichen zu geben.«

»Danke«, sagte Keil. »Ich weiß.«

*

Keil verließ eine Minute nach seinem Freund das Haus. Er sah noch, wie Brockmanns roter Wartburg um die nächste Ecke bog. Das Foto von dem Mädchen steckte in Keils Aktentasche. Er wollte es Gröben zeigen. Die zweite Videokassette hatte er mit der ersten in einem Schrank eingeschlossen; auf dem Revier gab es keine Möglichkeit, die Aufnahmen abzuspielen.

Ein Wagen schoss heran, bremste scharf und setzte rückwärts in die frei gewordene Parklücke.

Der Fahrer sprang aus dem dunkelbraunen Wolga und kam direkt auf Keil zu. Sein blonder Bürstenhaarschnitt, diese besondere Art, sich geradezu katzenartig zu bewegen und ein muskulöser Oberkörper, der die Anzugjacke zu sprengen drohte, all das deutete auf eine Eliteeinheit der NVA oder der Staatssicherheit hin. »Steigen Sie in den Wagen«, forderte der Mann ihn auf.

Keil wich zurück. »Wer sind Sie?«, fragte er und führte die rechte Hand zum Pistolenholster unter seinem Mantel.

Da wurde die hintere Tür des Wagens geöffnet. »Steig schon ein, Martin. Ich bin es.«

Keil spähte in das Innere des Wolgas. Er erkannte seinen Onkel sofort. Das noch immer volle, ehemals schwarze Haar war jetzt von grauen Strähnen durchzogen, aber es gab keinen Zweifel, auf der Rückbank saß Paul Gerlach, der Bruder seiner Mutter.

Ihr letztes Telefongespräch hatte vor über drei Jahren an Keils Geburtstag stattgefunden, danach waren die Anrufe ausgeblieben. Nur die Geschenke mit praktischer Kleidung, anspruchsvoller Literatur und Sekt von der Krim, den Keil nicht mochte und an Kollegen verschenkte, kamen weiterhin in gewohnter Regelmäßigkeit. Er wusste nicht, welchen Beruf sein Onkel hatte, nur dass er häufig auf Auslandsreisen war. Für die Gründe hatte er sich nie interessiert, Paul Gerlach war immer ein Fremder für ihn geblieben.

»Ich muss mit dir sprechen«, hörte er ihn jetzt sagen.

Keil zögerte noch immer. Das blonde Muskelpaket stand neben der Fahrertür und beobachtete ihn scharf.

»Worum geht es?«, fragte Keil.

»Um Erwin Illner«, sagte sein Onkel. »Wir wissen, dass du in dem Fall ermittelst.«

»Wer ist *wir*?«, fragte Keil.

»Das sollten wir nicht auf der Straße besprechen.« Paul Gerlach machte eine einladende Geste, lächelte aber nicht. »Es gibt keinen Grund zur Besorgnis. Ganz im Gegenteil. Ich will dir helfen, Martin.«

Schemenhaft konnte Keil sich daran erinnern, wie ihn der Onkel einmal nach einem schlimmen Sturz ins Krankenhaus gefahren hatte. Ungefähr ein Jahr vor dem Unfall seiner Eltern. Keil war von einem Apfelbaum gefallen und hatte sich den Arm gebrochen.

Konnte er diesem Mann heute noch vertrauen?

»Bist du bei der Staatssicherheit?«, fragte Keil provozierend und benutzte bewusst die ehemalige Bezeichnung.

»Ich bin wohl eher so etwas wie ein Überwacher der Staatssicherheit«, erklärte Paul Gerlach.

Keil hatte nicht die geringste Ahnung, was das zu bedeuten hatte, aber er stieg in den Wolga ein. Allein die Erwähnung des ermordeten Erwin Illner hatte ihn neugierig gemacht.

»Gut.« Jetzt lächelte sein Onkel zufrieden. »Sehen wir uns Potsdam an.«

Der Fahrer startete den Wagen und fuhr in nördlicher Richtung zur Humboldt-Brücke.

Obwohl Keil dem Onkel nur wenige Male begegnet war, hatte sich dessen Äußeres in seine Erinnerung gebrannt. Weil Paul Gerlach ihn mit den feingezeichneten Gesichtszügen, den hohen Wangenknochen und den blauen Augen an seine Mutter erinnerte. Nur die Augen, einst intensiv blau wie die von Keil, waren verblasst. Beim letzten Zusammentreffen hatte er auch noch keine Brille getragen.

»Was hast du mit Erwin Illner zu tun?«, fragte Keil.

»Er stand auf einer Liste.« Paul Gerlach beugte sich nach vorn zum Fahrer. »Wir haben es nicht eilig.«

»Jawohl, Genosse Generalmajor.« Der Mann verringerte die Geschwindigkeit.

»Generalmajor?«, staunte Keil. Er hatte seinen Onkel nie in Uniform gesehen, auch jetzt trug er einen gutsitzenden, grauen Anzug.

»Was ich dir jetzt anvertraue, muss unter uns bleiben.«

Keil nickte und fragte sich, wieso er nie zuvor nach dem Beruf des Onkels gefragt hatte. War er immer zu sehr mit dem eigenen Leben beschäftigt gewesen, oder lag es daran, dass gewisse Dinge einfach nie angesprochen wurden? Er wusste auch nichts Genaues über den Tod seiner Eltern. Nur, dass sie in einem Bus gesessen hatten, der in einen schlimmen Unfall mit vielen Opfern verwickelt gewesen war.

»Ich gehöre der Zentralen Auswertungs- und Informationsgruppe innerhalb des Ministeriums für Staatssicherheit an. Kurz ZAIG.«

»Das sagt mir nichts«, gab Keil zu.

»Wir waren auch nie an Öffentlichkeit interessiert.« Paul Gerlach lächelte. »Die ZAIG entstand 1953 nach dem Aufstand des 17. Juni. Offiziell hieß es ja, es sei ein vom Westen gesteuerter faschistischer Putschversuch gewesen. In Wirklichkeit hatte die Partei den Bogen überspannt, und die Erhöhung der Arbeitsnormen war die Provokation, die das Fass zum Überlaufen gebracht hat. Wären die Sowjets damals nicht zu Hilfe geeilt, hätte es schlecht um das Überleben der DDR gestanden.«

Gerlach zückte eine grünweiße Zigarettenschachtel und bot Keil eine Zigarette an.

Kenton Menthol las Keil auf der Packung.

»Danke, nein.« Er mochte keine Mentholzigaretten.

»So ziemlich mein einziges Laster.« Der Onkel zündete sich eine Zigarette an. »Ich kam als junger Offiziersanwärter zur ZAIG«, fuhr er dann fort. »Unsere Aufgabe war es, die Parteispitze über die Stimmung der Bevölkerung, Missstände und Fehlverhalten von Verantwortlichen auf dem Laufenden zu halten. Der Aufstand hatte die Staatsführung in Panik versetzt. So etwas durfte sich niemals wiederholen. Klugerweise sahen einige Genossen ein, dass es da mit Repression allein nicht getan war.«

»Also hat die ZAIG auch intern ermittelt? Gegen führende Genossen?«

»Korrekt«, bestätigte Gerlach. »Häufig ging es um Korruption. Etwas, das es ja angeblich gar nicht geben kann. Allerdings wurden auch uns bisweilen Grenzen gesetzt.«

Der Generalmajor sah mit zusammengekniffenen Augen einem Sportwagen mit Westberliner Kennzeichen nach, der sie mit hoher Geschwindigkeit überholte. »Hätte man uns unsere Arbeit machen lassen, wäre das Land jetzt nicht in dieser bedrohlichen Situation.«

Einen Moment lang überlegte Keil, ob es überhaupt angebracht war, seinen Onkel, der im Rang eines Generalmajors stand, weiterhin zu duzen. Aber er entschied, es beim Du zu belassen.

»Was ist mit Erwin Illner?«, fragte er. »Du sagtest, dass er auf einer Liste stand.«

»Korrekt.« Das Wort schien im Sprachgebrauch des Generalmajors einen hohen Stellenwert zu besitzen. »Wir bekamen einen anonymen Tipp. Vor etwa einem Monat. Die Entwicklung der letzten Wochen hat es uns allerdings unmöglich gemacht, Illner zu überprüfen.«

»Und jetzt ist er ermordet worden«, sagte Keil. »Weißt du Genaueres über die Tat?«

Gerlach verzog angewidert das Gesicht. »Man hat ihn in Damenstrümpfen gefunden. Ansonsten war er splitternackt. Widerlich!«

Bis zu diesem Zeitpunkt hätte Keil sich niemals getraut, solch eine Frage an einen hohen Offizier der Staatssicherheit zu stellen: »Woher weißt du von den Details?«

»Unsere Organisation hat ein gut funktionierendes Netz von Informanten.« Gerlach drückte die Mentholzigarette im Aschenbecher aus und zündete sich gleich eine neue an. »Dabei handelt es sich nicht um Denunzianten, die Leute anschwärzen, weil sie Westfernsehen einschalten oder Honecker-Witze erzählen.«

Keil überlegte, wer der Informant sein könnte. Einer der Uniformierten, die am Tatort waren? Jemand von der Spurensicherung? Vielleicht sogar sein Vorgesetzter in der Bauhofstraße, der Major höchstpersönlich.

»Ich will, dass du im Fall Illner weiter ermittelst«, sagte Gerlach. »Weil ich weiß, dass du den Mord aufklären wirst.«

»Bisher wissen wir nicht sehr viel«, gestand Keil ein.

Gerlach legte seine Hand in einer väterlichen Geste auf Keils Arm. »Hast du dich nie gewundert, dass du als Hauptmann deine Arbeit machen konntest, ohne je von der Staatssicherheit behelligt zu werden?«

Keil blickte seinen Onkel stumm an.

»Weil ich dafür gesorgt habe«, fuhr Gerlach fort. »Wir brauchen bei der Volkspolizei gute Männer, frei von unnötiger Bevormundung. Mit hoher Aufklärungsquote. Das sind wir der Bevölkerung schuldig. Und du bist einer unserer Besten.«

Der Wagen hatte die Humboldt-Brücke überquert und fuhr in gemächlichem Tempo am Bezirkskrankenhaus vorbei.

»Also, was hast du bisher über Erwin Illners Ermordung in Erfahrung gebracht?«, fragte Gerlach.

Keil zögerte. Das plötzliche Auftauchen des Onkels, der behauptete, gegen parteiinterne Missstände vorzugehen, und dessen Interesse an dem Mordfall machten ihn misstrauisch.

Selbst bei Kollegen, die Keil seit Jahren kannte, hatte er es stets vermieden, durchscheinen zu lassen, dass er nicht mit allen Anordnungen von Partei und Führungsspitze der Volkspolizei einverstanden gewesen war. Die Augen und Ohren der Stasi waren allgegenwärtig.

Es begann zu regnen. Die Scheibenwischer des Wolgas wischten mit einem monotonen Quietschen über die Windschutzscheibe.

»Erwin Illners Frau hat sich abgesetzt«, sagte Keil. »Sie wurde von einem Paar mit einem Mercedes abgeholt. Hamburger Kennzeichen. Ein Nachbar hat alles beobachtet.«

Gerlach machte ein erstauntes Gesicht. »Ich werde überprüfen lassen, ob die Illners Westkontakte haben.«

»Das habe ich bereits veranlasst«, erwiderte Keil.

Gerlach setzte die Brille ab und rieb sich die Augen. »Mir ist klar, dass du über meine plötzliche Einmischung überrascht bist. Aber wie gesagt, ich habe deine Arbeit immer wohlwollend betrachtet. Es wäre schön, wenn du mir vertrauen würdest. Wir können uns mit Sicherheit ergänzen. Wir stehen beide auf der richtigen Seite.«

Der Regen verwandelte sich in Hagel und prasselte laut gegen das Wagendach. Gerlach erhob die Stimme, um gegen den Lärm anzukommen. »Unser Staat hat nur dann eine Überlebenschance, wenn wir zu wirklichen Reformen bereit sind. Dazu gehört es, kriminelle Elemente dingfest zu machen, die uns bisher geschadet haben. Egal in welcher Position.«

»Ich habe in meinem Briefkasten eine Videokassette gefunden. Darauf ist zu sehen, wie Illner von einem Unbekannten, den man nur von hinten sieht, gequält wird.« Die Worte waren wie von selbst aus Keils Mund gekommen. Er wünschte sich beinahe, er könnte das Gesagte irgendwie rückgängig machen.

»Dann kann man den Täter also nicht identifizieren«, stellte sein Onkel fest.

»Es sind mindestens zwei Leute an den Morden beteiligt«, sagte Keil. »Der Mörder und jemand, der die Kamera bedient.«

Keil öffnete seine Aktentasche, die er die ganze Zeit mit einer Hand festgehalten hatte. Er betrachtete das Mädchen auf dem Foto kurz, ehe er den Abzug an Gerlach weitergab. In präzisen Sätzen fasste er zusammen, was er über Illners Ermordung wusste.

»Ein Racheakt? Das wäre eine Möglichkeit.« Gerlach hielt das Foto nah an die Seitenscheibe, um es im Tageslicht besser begutachten zu können. »Die Qualität ist gut genug, um das Mädchen identifizieren zu können. Vorausgesetzt, es gibt irgendeine Akte über sie. Kann ich das Bild eine Zeitlang behalten?«

Keil stimmte zu. Zum Glück hatte Brockmann ja noch weitere Abzüge.

»Heute Morgen habe ich eine zweite Videokassette gefunden«, sagte Keil. »In meinem Wagen. Das Seitenfenster ist eingeschlagen worden.«

»Du rückst mit deinem Wissen nur stückweise raus.« Sein Onkel stieß den Zigarettenqualm durch die Nasenlöcher aus. »Hast du dir die zweite Kassette bereits ansehen können?«

»Habe ich. Dieses Mal war der Umschlag, in dem sie steckte, mit dem Namen Otto Strack versehen. Ein Mann mit diesem Namen wohnt in der Berliner Straße.«

»Strack. Otto Strack.« Gerlach schloss die Augen. »Diesen Namen habe ich schon einmal gehört. Ich nehme an, dass es sich dabei nicht um Illners Mörder handelt.«

Keil schüttelte den Kopf. »Eher um ein zweites Opfer. Auf dem Video wird ein alter Mann von dem unbekannten Täter im eigenen Schlafzimmer ermordet. Strack steht nicht zufällig auch auf einer eurer Listen?«

»Nein, das tut er nicht.« Gerlach schlug so heftig mit der Faust gegen die Verkleidung der Autotür, dass sich der Fahrer kurz nach ihnen umwandte. »Ausgerechnet jetzt haben wir es mit Serienmorden zu tun. Das können wir überhaupt nicht gebrauchen«, stieß er hervor. »Hast du den zweiten Mord bereits gemeldet?«

»Nein«, erwiderte Keil. »Aber da die erste Videokassette unmittelbar nach Erwin Illners Ermordung bei mir aufgetaucht ist, könnte es sein, dass dieser Strack letzte Nacht getötet wurde.«

»Es darf nichts nach außen dringen. Wie gehst du weiter vor, Martin?«

»Ich werde Leutnant Gröben über die neue Videoaufnahme informieren und dann mit der Spurensicherung zu Otto Strack fahren.«

»Ist Gröben zuverlässig?«

»Wir arbeiten seit Jahren zusammen«, erwiderte Keil.

»Das ist kein Grund ihm zu vertrauen.« Gerlach wandte sich an den Fahrer. »Halten Sie kurz an.«

Der Mann parkte den Wolga in zweiter Reihe am Straßenrand.

»Ich glaube nicht, dass ich dich darauf aufmerksam machen muss, dass ich dir in meiner Position befehlen kann, für uns zu arbeiten.«

Keil wollte etwas sagen, aber sein Onkel hob begütigend die Hand. »Dein Vorgesetzter, der Major, ist bereits informiert. Für dich ändert sich nur, dass wir uns von nun an gegenseitig auf dem Laufenden halten.«

Es trat eine Pause von mehreren Sekunden ein, dann sagte Keil: »Wenn ich Gröbens Zuverlässigkeit in Frage stellen soll, wie kann ich dann sicher sein, dass ich dir trauen kann?« Er war selbst überrascht, wie gelassen sich das anhörte.

Sein Onkel blinzelte. Seine Stimme blieb völlig ruhig. »Eine mutige und völlig angebrachte Frage. Etwas anderes hätte ich von dir auch nicht erwartet.« Er legte eine Hand auf Keils Schulter. »Die Zeit des Kadavergehorsams ist vorbei, Junge. Die alte DDR mit ihren Kadern ist dem Untergang geweiht, aber wir können daraus etwas erschaffen, das unseren einstigen Idealen entspricht.«

»Wer ist *wir*?«, fragte Keil. »Die ZAIG?«

»Nicht nur die ZAIG. Eine Menge Leute in der Partei sind dabei.« Gerlach verstärkte den Druck seiner Hand auf der Schulter seines Neffen. »Und ich möchte dich dabeihaben. Gib mir vierundzwanzig Stunden, und ich werde dir beweisen, dass du mir voll und ganz vertrauen kannst. Die Mordfälle müssen schnellstmöglich aufgeklärt werden. Ich glaube, dass es für die zukünftige Existenz unserer DDR von großer Bedeutung sein kann.« Gerlach lehnte sich zurück und schloss kurz die Augen. »Die Zeit läuft uns davon.«

»Einverstanden«, sagte Keil. »Ich kann deine Hilfe gut gebrauchen. Aber da ist noch eine Angelegenheit, die mich beschäftigt. Sie hat nichts mit Illner und Strack zu tun.«

»Nur zu«, forderte ihn Gerlach auf.

»Gestern sind zwei Männer von der Staatssicherheit bei der Gerichtsmedizin im Schloss Lindstedt aufgetaucht. In ihrem Barkas lag die Leiche einer Frau. Sie wollten ohne weitere Untersuchung einen plötzlichen Herztod der Frau attestiert haben. Angeblich soll es sich um eine Künstlerin handeln.«

»Hast du die Namen der Männer?« Gerlach zeigte sich überaus interessiert.

»Einer der Männer legte einen Dienstausweis mit dem Namen Heinz Mertens vor.«

»Zerfall!« Der Onkel ließ das Wort wie einen Fluch klingen. »Es ist, als wären alle Instanzen von einer Art Wundbrand befallen, die sie alle Regeln vergessen lässt. Ich werde mich auch darum kümmern.« Er grinste freudlos. »Dafür bin ich Spezialist.«

*

Paul Gerlach hatte Keil vor dessen Wohnung absetzen lassen. Keil sah dem Wolga nach und versuchte, seine Gedanken zu ordnen. War sein Onkel tatsächlich so etwas wie eine moralische Instanz, die versuchte, gegen Korruption und Ungerechtigkeit in diesem Land anzugehen? Wo war sein Onkel am 7. Oktober gewesen, als Polizei und Staatssicherheit auf Befehl mit aller Brutalität gegen die Demonstranten vorgegangen waren? Keil beschloss, Gerlach die Chance zu geben, seine guten Absichten zu beweisen.

Er dichtete das Seitenfenster seines Wartburgs provisorisch mit Folie und Klebeband ab, fuhr in die Bauhofstraße und besprach sich in seinem Büro mit Gröben. Dabei verschwieg er jedoch das Treffen mit seinem Onkel.

»Eine zweite Videokassette!«, staunte der Leutnant. »Ich verstehe das nicht! Was bezweckt der Mörder damit? Will er uns lächerlich machen?«

»Wir zwei werden zunächst allein in die Berliner Straße fahren«, beschloss Keil. »Wir können dann von der Wohnung aus die Spurensicherung und die Gerichtsmedizin anrufen.«

»Ganz, wie du meinst«, erwiderte Gröben in irritiertem Tonfall.

Otto Strack lebte in einem Teil der Stadt, den man allgemein als bessere Wohngegend bezeichnete. Sein Haus wies einen hellgrauen Anstrich auf, der erst vor kurzer Zeit erneuert worden war. Im unteren Stockwerk waren alle Rollläden heruntergelassen. Keil bat seinen Kollegen, die Haustür mit einem Dietrich zu öffnen. Darin war Gröben im Gegensatz zu ihm immer sehr geschickt gewesen. Während sich der Leutnant am Schloss zu schaffen machte, betrachtete Keil die Namensschilder neben den drei Klingelknöpfen. Strack stand neben dem unteren, der mittlere war unbeschriftet, und auf dem obersten las er den Namen Nowak.

Im Hausflur erwartete sie eine unangenehme Hitze. Keil legte eine Hand auf den alten Heizkörper an der Wand und zuckte zurück; die Heizrippen waren glühend heiß.

Zur Rechten führte eine Treppe zu den oberen Wohnungen und in den Keller. Von dort unten stieg der Gestank von Feuchtigkeit und Schimmel empor. In einer Ecke des Flurs hatte sich eine Tapetenbahn zur Hälfte gelöst und raschelte träge im Luftzug, der durch die geöffnete Haustür hereinwehte.

Die Tür zur Wohnung im Erdgeschoss war nicht verschlossen. Gröben trat automatisch zur Seite, um Keil den Vortritt zu lassen. Es herrschte vollständige Dunkelheit. Keil stand ein paar Sekunden da, ohne das Licht anzumachen. In der Wohnung war es ebenfalls sehr warm, mindestens fünfundzwanzig Grad. Keil starrte in die Schwärze und nahm den Geruch von Stracks Welt auf. Mottenkugeln, kürzlich gekochter Kohl und der Duft eines Parfüms oder eines Schaumbads. Er tastete nach dem Lichtschalter, und eine schwache Glühbirne tauchte den Wohnungsflur in trübes Licht.

Das einzige Möbelstück im Flur war ein Schuhregal aus dunklem Holz. Ein Paar gefütterte Winterstiefel und mehrere Paare hellbrauner, absolut identischer Slipper aus Kunstleder standen darin. Strack mochte offensichtlich weder Schnürbänder noch Reißverschlüsse. Vielleicht, so überlegte Keil, war der alte Mann nicht mehr allzu gelenkig gewesen, um sich bücken zu können.

Am Ende des Flurs drang Licht unter einem Türspalt hervor. Keil knöpfte seinen Mantel auf, um mit einem schnellen Griff an seine Dienstwaffe gelangen zu können.

Hinter der Tür lag Otto Strack auf dem Bett. Die Nachttischlampe brannte. Handschellen und Fesseln waren entfernt worden. Nur der Lappen, ein grauer Fetzen, steckte noch immer in seinem Mund. Der linke Arm baumelte über den Bettrand, die Fingerspitzen berührten den Boden. Das ganze Zimmer stank penetrant nach Alkohol. Keil näherte sich dem Bett. Außer dem Lappen hatte der Täter nichts hinterlassen.

Gröben knipste die Deckenlampe an, die nur einen kreisrunden Lichtschein unter die Decke warf. Keil beugte sich vor und musterte schweigend Stracks Gesicht und die tiefe Narbe auf dessen Schädel. Er trat einen Schritt zurück, warf einen kurzen Blick auf die Perücke auf dem Nachttisch, deren Farbton ihn an Senf erinnerte, und entdeckte dann das Buch auf dem Boden. Ein Karl-May-Band : *Durch Wüste und Harem.*

»Hier muss es irgendwo ein Telefon geben«, sagte Keil zu Gröben. »Wir brauchen jetzt Spurensicherung und Gerichtsmedizin. Wenn möglich, sollen sie Anne schicken.«

»Anne! Geht klar«, erwiderte Gröben.

»Und sieh bitte nach, ob in der Dachwohnung jemand da ist«, fuhr Keil fort. »Vielleicht haben die etwas gesehen oder gehört.«

Strack schien eine Vorliebe für hohe Temperaturen und diffuse Beleuchtung gehabt zu haben. Keil zog die Rollläden im Schlafzimmer hoch, und erst im Licht des Tages konnte er erkennen, dass die Wände von feinen Spinnweben überzogen waren und sich in den Ecken der Staub in dicken Flocken sammelte. Auf dem Fußboden lag ein rotbraun gemusterter Teppich, so dass der Mörder in diesem Raum keine offensichtlichen Fußspuren hinterlassen haben konnte.

Keil hörte, wie Gröben in einem der anderen Zimmer telefonierte, dann schnellen Schrittes in den Hausflur zurückkehrte, um sich bei den Nachbarn im Obergeschoss zu erkundigen. Keil zog sich Handschuhe aus dünnem, weichem Leder an – ein weiteres Geschenk von Anne – und öffnete die Schublade im Nachttisch. Aus Erfahrung wusste er, dass man ausgerechnet an dieser Stelle häufig intime oder für den Besitzer besonders wertvolle Dinge fand. In der Schublade lagen eine fast leere Packung Schmerztabletten und ein Flugschein der DDR-Fluglinie Interflug, der in einer Klarsichthülle steckte. Die rote Farbe des Flugscheins war ein wenig verblichen, und als Keil ihn vorsichtig betrachtete, stellte er fest, dass er bereits vierzehn Jahre alt war. Ausgestellt am 1. September 1975 für die Strecke Stuttgart – Leipzig mit der Flugnummer 1107.

Es musste einen besonderen Grund geben, warum Strack den Flugschein aufgehoben hatte. Was hatte der Mann damals in Westdeutschland gesucht?

Keil verließ das Schlafzimmer und kehrte in den Wohnungsflur zurück. Hinter der ersten Tür verbarg sich ein geräumiges Badezimmer mit einer riesigen Zinkwanne, die Platz für zwei Personen bot. Unter der Decke blühte blassgrüner Schimmel in großflächigen Flecken. Der nächste Raum war das Wohnzimmer. Ein achtarmiger Kronleuchter hing unter der Decke, nur zwei der Glühbirnen brannten. Gröben musste ihn zum Telefonieren eingeschaltet haben. Keil zog die Rollläden hoch und sah sich um. Zwei Wände mit hohen Bücherregalen, ein monströser Schreibtisch mit Telefon, auf dem sich weitere Bücher stapelten, und eine Sitzecke mit einem runden Glastisch. Auf dem Tisch stand eine Porzellanschüssel, fast bis zum Rand mit runden Keksen gefüllt. Einige der Kekse waren auf den Boden gefallen und dort zertreten worden. Die Glasplatte des Tisches war mit weiteren Krümeln und getrockneten Kaffeeflecken übersät. Es war die Wohnung eines alternden Mannes, der, weil es ihm egal war oder aus körperlichem Unvermögen, sein Umfeld einem fortgeschrittenen Zustand der Verwahrlosung preisgegeben hatte.

Hinter dem Schreibtisch hing ein großes, buntes Werbeplakat der DDR-Fluglinie. Es zeigte die vereinfachte Zeichnung einer Passagiermaschine vor der Weltkugel. Otto Strack besaß entweder eine besondere Vorliebe für Interflug, oder er hatte mit der Fluglinie beruflich zu tun gehabt. Die Bücher in den Regalen bestätigten diese Vermutungen. Neben weiteren Karl-May-Bänden bestand ihr Inhalt aus Fachbüchern über Flugzeugtechnik und die Entwicklung der Luftfahrt. Einige der verstaubten und mit Stockflecken übersäten Bücher stammten noch aus der Nazizeit. Es gab auch einige Aktenordner, die Keil sich noch genauer ansehen wollte.

Zunächst widmete er sich dem Inhalt des Schreibtischs. In der obersten Schublade entdeckte er zwischen Bleistiften, Scheren und diversen Brieföffnern einen Vaterländischen Verdienstorden in Silber. Strack schien dem Orden nicht allzu viel Bedeutung beigemessen zu haben, sonst hätte er ihn an einem sichtbaren Ort aufgehoben.

In einer weiteren Schublade fand Keil Unterlagen, die, obwohl er ihren Inhalt nur überflog, deutlich machten, dass Otto Strack einst eine leitende Position innerhalb der Fluglinie innegehabt hatte. Keil zog einen Aktenordner aus dem Regal, setzte sich in einen der Sessel und begann zu lesen. Zwischen den Seiten fand er ein Sepiaporträt, handschriftlich datiert auf das Jahr 1943: eine vierköpfige Familie vor einem Kamin. Eine hochgewachsene, blonde Frau blickte mit einem milden Lächeln in die Kamera. Ihr Ehemann, einen halben Kopf kleiner als sie und untersetzt, hatte die Hand auf die Schulter eines etwa vierzehnjährigen Jungen gelegt, der eine kurze Hose und ein Hemd der Hitlerjugend trug. Sein Gesicht hatte der Vater aber einem jungen Mann in Uniform zugewandt, der so aussah, als könnte er es kaum erwarten, wieder in den Krieg zu ziehen. Konnte der energisch wirkende junge Mann Otto Strack sein?

Keil überflog die ersten Seiten, bis Gröben zurückkehrte.

»Oben wohnt eine junge Familie mit einem Säugling«, sagte er. »Der Mann ist Lehrer und ist gerade auf Arbeit. Sie sagt, ihnen sei nichts aufgefallen. Es hat wohl ohnehin kaum Kontakt zu Otto Strack gegeben, der Typ muss ein ziemlicher Eremit gewesen sein. Hat das Haus wohl nur selten bis nie verlassen.«

Eine Viertelstunde später kam die Spurensicherung an. Gröben führte die Spezialisten ins Schlafzimmer.

Der Leutnant kehrte zurück und schielte auf den Aktenordner auf Keils Knien. »Und? Was herausgefunden?«

»Otto Strack muss ein hohes Tier bei der Interflug gewesen sein«, sagte Keil.

»Ein SED-Funktionär und ein Boss bei der Interflug. Wenn wir einen Zusammenhang zwischen den beiden Opfern herstellen könnten, wären wir einen riesigen Schritt weiter«, stellte Gröben fest.

»Das könnte der Schlüssel sein.« Keil nickte bedächtig. »Die Spurensicherung wird nichts finden. Unser Mörder und sein Kameramann sind viel zu geschickt.« Er klappte den Aktenordner zu. »Hier stinkt es. Ich werde draußen auf Anne warten. Die Ordner nehmen wir zur Sichtung mit aufs Revier.« Er stand auf, ging noch einmal zum Schreibtisch und nahm den kleinen hölzernen Kasten an sich, der ihm bereits aufgefallen war. Er enthielt eine Reihe von alphabetisch geordneten Karteikärtchen, mit Namen und Telefonnummern in ungelenker Handschrift.

Anne Rösler erschien mit Hugo nach einer weiteren Viertelstunde. Sie wusste, dass die Spurensicherung darauf bestand, sich zunächst allein am Tatort austoben zu können.

Beinahe hätte Keil sie in den Arm genommen, beschränkte sich aber auf einen freundlichen Händedruck.

»Da haben wir heute schon die zweite Leiche«, sagte Hugo und schien bester Laune.

»Mord?«, fragte Gröben reflexartig.

»Eher nicht«, sagte Anne. »Der Tote, ein Riesenkerl, muss stockbetrunken in die Havel gefallen sein. Er war so schwer, dass ich von der Untersuchung des Leichnams einen Muskelkater bekommen werde.«

»Hier ist auch Alkohol im Spiel«, bemerkte Keil. »Allerdings hat das Opfer sich nicht freiwillig betrunken.«

»Ach?«, machte Hugo neugierig.

Anne lächelte Keil an. »Wollen wir zwei ein Stück gehen?«

»Geht ruhig«, sagte Gröben. »Das dauert hier sicher noch eine Weile.«

Anne hakte sich bei Keil unter und zog ihn auf den Bürgersteig. Es gefiel ihm, wie sie sich an ihn drückte und sie wie ein frisch verliebtes Paar die Straße entlangspazierten.

»Ich habe eine zweite Videokassette erhalten«, sagte er und erklärte ihr die Einzelheiten.

»Ich will beide Aufnahmen sehen«, sagte Anne.

»Dann musst du heute Abend zu mir kommen.« Er drückte ihr, nicht ohne sich zuvor umzusehen, einen Kuss auf die Wange. Sie hielt seinen Kopf mit beiden Händen fest und küsste ihn leidenschaftlich auf den Mund. Keil wurde ein wenig schwindlig.

»Wir können loslegen!«, rief Hugo aus einiger Entfernung.

Keil überlegte, ob er Anne von der Begegnung mit seinem Onkel erzählen sollte. *Besser nicht,* sagte er sich. *Sie darf nicht zu tief in die Sache hineingezogen werden.*

Es konnte noch sehr gefährlich werden. Der Mörder schien auf einem Kreuzzug zu sein. Keil war mittlerweile davon überzeugt, dass es nicht bei diesen beiden Toten bleiben würde.

*

Keil hatte Otto Stracks Aktenordner in seinem Büro in der Bauhofstraße durchgesehen. Sie enthielten genügend Informationen, um sich ein Bild vom Leben des Ermordeten zu machen: 1921 in Berlin geboren, im Krieg Pilot der Luftwaffe, 1948 der SED beigetreten, dann Flugzeugführer an der damaligen Fliegerschule am Flugplatz Bautzen. Mitte der Sechziger war er zur Hauptabteilung für zivile Luftfahrt gekommen und schließlich zum stellvertretenden Generaldirektor von Interflug aufgestiegen. Vor über einem Jahr war er aus Gesundheitsgründen in den Ruhestand getreten.

Strack hatte unter den Spätfolgen der schweren Kopfverletzung gelitten, die er sich am 1. September 1975 bei der Kollision einer Passagiermaschine mit dem Sendemasten eines Funkfeuers auf dem Flughafen Leipzig/Halle zugezogen hatte. Er hatte das Unglück in kurzen, emotionslosen Sätzen protokolliert. 27 der 34 Insassen waren dabei ums Leben gekommen. Zu den tödlich Verunglückten hatte auch Stracks zwanzig Jahre jüngere Frau gehört, die er erst drei Monate zuvor geheiratet hatte. Strack hatte das lapidar in einem Nebensatz erwähnt. Der Flug hatte die Nummer 1107 gehabt. Den zugehörigen Flugschein hatte Keil in der Nachttischschublade des Toten entdeckt.

Keil öffnete nun das Holzkästchen mit den Telefonnummern. Viele waren es nicht. Keil zählte lediglich neun Stück, die beschriftet waren. Verdammt wenige für ein langes Leben in einer so verantwortungsvollen

Position, fand er. Unter der ersten Nummer meldete sich niemand, bei der zweiten teilte ihm eine junge Frauenstimme mit, dass ihr Großvater bereits vor fünf Monaten verstorben war. Auf seine Nachfrage erfuhr Keil, dass der Mann einem langwierigen Krebsleiden erlegen war. Den nächsten, einen Lothar Jordan, der ebenfalls in Potsdam wohnte, bekam er persönlich an den Hörer. Jordan kannte Otto Strack von seiner beruflichen Tätigkeit bei der Potsdamer Stadtverwaltung. Strack hatte ihn dort des Öfteren kontaktiert, um sich zu beschweren, über den maroden Zustand der Straße oder die Verspätung der Müllabfuhr, was überhaupt nicht in Jordans Aufgabenbereich gehörte. Er sah es aber als Dienst am Bürger an, alle Beschwerden weiterzuleiten. Keil konnte sich vorstellen, dass in erster Linie Stracks einflussreiche Stellung zu dieser Dienstbeflissenheit geführt hatte.

»Was ist denn eigentlich mit Herrn Strack?«, fragte Jordan schließlich.

»Er ist Opfer eines Verbrechens geworden«, antwortete Keil. »Mehr kann ich Ihnen aus ermittlungstechnischen Gründen nicht sagen.«

»Oh!«, machte Jordan. »Ihm ist doch nichts Ernsthaftes geschehen?«

Keil bedankte sich für das Gespräch und legte auf. Ehe er die nächste Nummer aus Stracks Kartei wählen konnte, klingelte das Telefon. Obwohl er mit dem Mann nur wenige Worte gewechselt hatte, erkannte er die militärisch-zackige Stimme sofort. Es war der Fahrer seines Onkels. Er teilte Keil mit, dass dieser sich in zehn Minuten vor dem Revier bereithalten sollte.

*

Der Wolga raste am Eingang vorbei und hielt erst fünfzig Meter weiter an.

»Man muss uns nicht unbedingt zusammen sehen«, erklärte Paul Gerlach, als er ihm von innen die Tür öffnete. Keil stieg ein, und der Wagen setzte sich sofort in Bewegung, um erst wieder auf dem Parkplatz des Ernst-Thälmann-Stadions zu stoppen.

»Lass uns aussteigen«, schlug Gerlach vor.

Ein kalter Wind trieb die tiefhängenden Wolken über den Himmel. Die feuchte Kälte ließ Keil frösteln. Er fühlte sich ein wenig fiebrig, auf keinen Fall durfte er jetzt krank werden.

»Wir konnten die Identität des Mädchens herausfinden«, sagte Gerlach. »Ihr Name war Alexandra Fischer.«

»*War*?«, wiederholte Keil. »Dann ist sie also tot.«

Sein Onkel seufzte. »Ich gehe davon aus. Sie ist seit über zehn Jahren verschwunden. Sie wurde 1978 als Vierzehnjährige in den Jugendwerkhof Rühn im Bezirk Schwerin eingewiesen. Als Grund wurde Schwererziehbarkeit angegeben.«

Keil hatte in seiner Laufbahn mit ehemaligen Insassen von Jugendwerkhöfen, die rückfällig geworden waren, zu tun gehabt. Was er von ihnen erfahren hatte, ließ seine Kindheit in einem staatlichen Waisenheim beinahe wie eine Wohltat erscheinen. Obwohl seit 1968 entwürdigende Strafen und körperliche Züchtigungen verboten waren, kam es laut Aussagen der Insassen immer wieder zu Arrest, Isolierung und körperlichen Übergriffen. Geduldet oder sogar gefördert wurde das Misshandeln der Jugendlichen untereinander. Mit dieser sogenannten Form der Selbsterziehung hatte er damals im Heim seine eigenen Erfahrungen gemacht.

»Alexandra Fischer gilt seit dem 20. Februar 1980 als vermisst. Formal wurde sie erst drei Tage später mit dem Status Heimentweichung zur Fahndung ausgeschrieben. Die Polizei beschränkte sich auf Nachfragen in der Umgebung. Ihre Bemühungen blieben äußerst oberflächlich. Auch, weil andere Mädchen aus dem Heim zu Protokoll gaben, Alexandra habe Kontakt zu sowjetischen Soldaten gesucht, weil sie illegal in die Sowjetunion gelangen wollte.«

»Das hört sich für mich nicht sehr glaubwürdig an«, sagte Keil.

»War es wohl auch nicht«, entgegnete Gerlach. »Sonst hätte Alexandras Foto wohl kaum an der Wand des Raumes gehangen, in dem Erwin Illner gefoltert wurde.«

»Illner hat etwas mit dem Verschwinden des Mädchens zu tun«, stellte Keil fest. »Und da es noch mehr Fotos gab, war Alexandra Fischer nicht das einzige Opfer.«

»Ich habe bereits zwei meiner Leute zum Jugendwerkhof Rühn geschickt«, sagte Gerlach. »Allerdings hat sich dort seit 1980 vieles verändert. Aber wir dürfen nichts unversucht lassen.«

»Es wäre interessant zu erfahren, ob damals auf die Ermittlungen der Polizei Einfluss genommen wurde«, bemerkte Keil. Er war insgeheim froh, dass ihm sein Onkel den Besuch im Jugendwerkhof abgenommen hatte. Es war schon schlimm genug, dass er fast jede Nacht von den Erinnerungen seiner eigenen Kindheit im Heim verfolgt wurde.

»Berichte mir von Otto Strack«, forderte Gerlach.

Keil erzählte in allen Details von dem zweiten Mordfall.

»An die Flugzeugkatastrophe von 1975 kann ich mich noch gut erinnern«, sagte Gerlach, nachdem Keil seinen Bericht beendet hatte. »Ausgerechnet ein Sonderflug zur Leipziger Messe. Am liebsten hätten sie die Angelegenheit vertuscht. Das klappte aber nicht. Zu viele Opfer, zu viele Zeugen.« Er schützte die Flamme des Feuerzeugs mit gewölbten Händen, als er sich eine seiner Mentholzigaretten anzündete. »Die Maschine kam damals aus Stuttgart. Jemand wie dieser Strack konnte dank seiner Position bei der Fluglinie wohl jederzeit in den Westen fliegen. Das sollten wir beachten.«

»Glaubst du etwa, dass die BRD oder die Amerikaner mit drinstecken?«, fragte Keil.

»Denen ist alles zuzutrauen.« Der Generalmajor spie die Wörter aus wie Gift. »Dank ihrer Kampagnen zur Destabilisierung unseres Staates ist es überhaupt so schnell zur aktuellen Misere gekommen.«

»Konntest du feststellen, ob Illner Westkontakte hatte?« Keil wusste, dass Gröben bisher noch nicht dazu gekommen war, eigene Nachforschungen in diese Richtung anzustellen.

»Da gibt es keine Hinweise«, sagte Gerlach. »Was aber nichts zu bedeuten hat. Illner kann trotzdem im Geheimen für den Westen gearbeitet haben. Da wär er nicht der Erste.«

Ein grünes Simson-Moped mit zwei Jugendlichen näherte sich knatternd. Als sie Keil und seinen Onkel erblickten, wendete der Fahrer das Moped und fuhr davon.

»Schon die Jüngsten haben einen Riecher für Leute wie uns. Aber wir werden uns ihr Vertrauen wieder verdienen.« Gerlach blieb stehen und wandte sich Keil zu. »Du hast mir doch von den beiden Männern von der Staatssicherheit und der Frauenleiche bei der Gerichtsmedizin erzählt.«

»Ja«, bestätigte Keil. »Einer von ihnen hieß Heinz Mertens.«

»Die Frau war tatsächlich eine Künstlerin. Sie haben ihr bei einem Verhör so hart zugesetzt, dass sie vor Aufregung starb. Sie war herzkrank. Mertens und sein Kollege werden dafür zur Rechenschaft gezogen.«

»Das ist gut«, erwiderte Keil und fühlte jetzt so etwas wie Dankbarkeit für seinen Onkel. Weil der dafür sorgte, dass zumindest diese Angelegenheit nicht einfach unter den Tisch gekehrt wurde.

»Am besten, ich bringe dich jetzt zurück zum Revier«, sagte Gerlach.

»Ich gehe die kurze Strecke lieber zu Fuß«, erwiderte Keil. »Das macht den Kopf frei.«

Gerlach nickte und zertrat den Rest seiner Mentholzigarette mit der Schuhspitze. »Wir sehen uns sehr bald wieder, Martin.«

Wie auf ein geheimes Zeichen näherte sich der Wolga. Die Reifen des Wagens knirschten über den rissigen Asphalt.

Zurück im Büro arbeitete Keil die letzten Telefonnummern aus Stracks Kartei ab. Ohne Erfolg. Hinter den Nummern verbargen sich weder Freunde noch nähere Bekannte. Es handelte sich um ehemalige Arbeitskollegen, die über Strack nichts Privates sagen konnten oder wollten.

Am frühen Abend rief Anne an. Die Obduktion der Leiche hatte ergeben, dass Strack an einer schweren Leberzirrhose gelitten hatte. Das Organ befand sich in einem Zustand fortgeschrittener Zersetzung. Die zwangsweise zugeführte Menge Alkohol hätte ihn vermutlich eh umgebracht. Das Erdrosseln hatte den Tod nur beschleunigt.

»Bleibt die Frage, warum der Täter sich überhaupt die Mühe mit dem Alkohol gemacht hat«, wunderte sich Anne.

»Es sind zwei Täter. Jemand hat die Kamera bedient«, sagte Keil. »Vielleicht wollen sie damit auf die Sünden ihrer Opfer aufmerksam machen. Bei Erwin Illner muss es sich um Sexualdelikte handeln, während Strack offensichtlich ein schweres Alkoholproblem hatte.«

»Das allein dürfte nicht der Grund sein, warum man ihn umgebracht hat«, erwiderte Anne. Keil konnte hören, wie sie in ihrem Büro mit Papier raschelte. »Ich möchte mir heute Abend die Videos ansehen. Ist das möglich?«, fuhr sie fort. »Ich denke, ich kann gegen halb neun bei dir sein.«

*

Anne war sogar eine Viertelstunde zu früh. Keil hatte gerade ein Glas Letscho über die Nudeln in der Pfanne geschüttet, als es an der Tür klingelte. Er wusste, dass sie dieses ungarische Schmorgericht aus Paprika, Tomaten und Zwiebeln besonders gern mochte, und da man es fertig zubereitet in Gläsern bekam, wurden seine geringen Kochkünste damit auch nicht überfordert.

»Das Bild mit den Roboterkindern ist ja weg«, stellte Anne fest, während sie sich an den Küchentisch setzte.

»Ich suche noch nach einem Ersatz«, antwortete Keil und füllte Letscho mit Nudeln auf ihren Teller. »Vielleicht was mit Blumen.«

Sie lächelte und zog ihn an sich. Keil vergrub sein Gesicht in ihrem Haar und war wieder einmal erstaunt, wie gut sie roch. Fast, als hätte sich der Duft ihrer Orchideen auf sie übertragen.

Während des Essens rang er mit sich, ob er ihr doch von den Treffen mit seinem Onkel erzählen sollte. Wenn es eine Person auf der Welt gab, der er voll und ganz vertrauen wollte, dann war es Anne. Er beschloss, zuerst die Videos mit ihr anzusehen.

Als die beiden im Wohnzimmer Platz nahmen, setzte sich Keil so, dass er Anne im Auge behalten konnte, um gegebenenfalls die Aufnahme stoppen zu können. Er hatte kein gutes Gefühl dabei, sie mit diesen Gewaltexzessen zu konfrontieren.

Der gefesselte Erwin Illner tauchte auf dem Bildschirm auf. Anne ertrug sein Martyrium mit regungsloser Miene. Keil machte sie beim Schwenk der Kamera zu den Mädchenfotos an der Wand darauf aufmerksam, dass eine zweite Person im Raum sein musste, um die Szenerie zu filmen.

»Wir konnten eines der Mädchen auf den Fotos identifizieren«, sagte er. »Sie verschwand 1980 aus einem Jugendwerkhof im Bezirk Schwerin. Sie war noch minderjährig. Gerade erst sechzehn.«

»Das Sandmännchen.« Anne sprach so leise, dass Keil sich vorbeugen musste, um sie zu verstehen. »Illner muss mit den Mädchen zu tun gehabt haben. Vielleicht hat er sich auch an noch Jüngere rangemacht.«

»Trotzdem können wir diese Form der Selbstjustiz nicht zulassen«, erwiderte Keil. »Es gibt auch noch keine Beweise, dass tatsächlich eine Verbindung zwischen Illner und den verschwundenen Mädchen besteht. Bei Otto Strack tappen wir völlig im Dunkeln. Wir wissen nur, dass er vor seinem Ruhestand stellvertretender Generaldirektor der Interflug war.«

»Zeig mir die Aufnahme von seinem Tod«, verlangte Anne.

Strack lag fixiert auf seinem Bett. Die Gesichtszüge

vor lauter Angst zu einer Grimasse entstellt. Welke Lippen bewegten sich bebend und tonlos. Als der Kapuzenträger dem alten Mann den Trichter in die Kehle rammte, übergab sich Anne auf den Teppich. Mit einer blitzschnellen Bewegung schaltete Keil den Fernseher aus. Die Videokassette lief leise quietschend weiter.

»Das tut mir leid«, ächzte Anne. Sie bot ein Bild absoluter Verzweiflung. Sie erinnerte Keil an ein krankes Mädchen, das sich vor den Erwachsenen schämte, weil es die Kontrolle über sich verloren hatte. Schwankend stand sie auf, wich dem Erbrochenen zu ihren Füßen aus und taumelte in Richtung Badezimmer. »Einen Lappen«, stammelte sie. »Ich hole ... einen Lappen. Ich mach das schon sauber.«

Keil holte sie ein, legte einen Arm um ihre Hüften und führte sie behutsam zum Sofa zurück.

»Komm, setz dich wieder, Anne.«

Sie machte einen schwachen Protestversuch, aber Keil drückte sie sanft in die Polster. Danach eilte er ins Badezimmer, befeuchtete ein Handtuch mit Wasser und wischte ihr damit das Gesicht ab.

Sie sah mit geröteten Augen zu ihm auf. »Das ist mir noch nie passiert.«

Er versuchte ein Lächeln und strich ihr über den Kopf. »Weil du noch nie zuvor so etwas gesehen hast.«

»Ja«, sagte sie. »Ich habe es unterschätzt.«

Keil sah eine Träne aus ihrem linken Auge kullern.

»Das ist entsetzlich krank.« Anne schniefte. »Ganz egal, was Illner und dieser alte Mann mit der Narbe angestellt haben, auf diese Art dürfen sie nicht bestraft werden. Du musst das stoppen.« Ihre Stimme war kaum mehr als ein Flüstern.

»Das werde ich«, sagte Keil und versuchte so zu klingen, als wäre er davon wirklich überzeugt. Er ging vor ihr in die Knie, umarmte sie, dann ließ er sie los und hob ihr Kinn hoch. »Was möchtest du jetzt tun?«

»Schlafen«, sagte sie und deutete auf die Pfütze aus Erbrochenem. Sie schien ausschließlich aus Paprikastücken zu bestehen. »Aber zuvor muss ich das da noch wegmachen.«

»Da mach ich schon. Ruh du dich so lange noch aus.«

*

Anne bestand darauf, die kurze Strecke zu ihrem Haus zu Fuß zu gehen. Keil begleitete sie, weil sie noch immer ein wenig wackelig auf den Beinen war und weil ihm die Stadt längst nicht mehr so ruhig und verschlafen wie noch vor einigen Wochen vorkam.

Sie gingen schweigend, und er hielt ihre Hand. »Ob es noch weitergeht? Bekommst du noch weitere von diesen Aufnahmen?«, fragte Anne.

»Ich hoffe nicht«, sagte Keil.

Sie schüttelte den Kopf, als müsste sie ihn frei machen. »Ich weiß nicht warum, aber ich habe so ein Gefühl, als sei es noch nicht zu Ende.«

Ich muss sie schützen, dachte Keil. *Es war ein Fehler, ihr die Aufnahmen zu zeigen. Sie verkraftet es nicht.*

Ein kleiner Hund, ein überfütterter Dackel, wackelte heran, umrundete sie mit heiserem Bellen und sprang dann an Annes Beinen hoch.

»Lass das, Ralfi!«, rief eine Frauenstimme. Ein Pärchen, einträchtig untergehakt, kam näher. Keil erkannte Sabine Sudkowski, Annes Nachbarin und gute Bekannte, mit ihrem Mann. Mit ihrer stämmigen Figur und dem breiten, stets gutgelaunten Gesicht konnte er sich gut vorstellen, dass ihre Kundschaft selbst den obligatorischen Satz »Haben wir nicht mehr« ohne Protest hinnahm.

»Wir waren gerade im Sportrestaurant Hiemke«, sagte sie. »Es gab Bulette mit Schmorgurke. Manchmal sind die einfachen Dinge am köstlichsten.«

Ihr Mann, ein gutmütiger Kahlkopf mit der Figur eines Ringers, schnalzte mit der Zunge. »Und ob!«

»Ihr Zitronenkuchen war ebenfalls ein Gedicht«, antwortete Keil.

»Wie schön!«, gab Sabine Sudkowski zurück. »Können wir euch zwei Hübschen noch auf ein Bier und einen kleinen Aufgesetzten einladen?«

»Ein anderes Mal gern«, sagte Anne und rang sich ein Lächeln ab. »Aber es war heute ein harter Tag.«

»Kein Problem.« Die Nachbarin tätschelte Annes Wange und pfiff dann ihren Hund herbei.

»Vielleicht gehen wir auch mal gemeinsam zu Hiemke«, sagte ihr Mann, winkte und folgte dann Gattin und Dackel.

*

Es war erst 22 Uhr, als Keil wieder in seiner Wohnung ankam. Er hatte gerade den Mantel ausgezogen, als es an der Tür klingelte. Keil griff nach seiner Waffe, die er seit dem Auftauchen der ersten Videokassette stets in Reichweite aufbewahrte, und ging zur Haustür. Jetzt bereute er es, dass er es immer wieder aufgeschoben hatte, einen Türspion einbauen zu lassen. Früher hatte er darin keine unbedingte Notwendigkeit gesehen.

»Wer ist da?«, rief er, in der rechten Hand die Pistole, die Linke auf der Türklinke.

»Schmitt«, kam als Antwort. »Der Generalmajor schickt mich.«

Die Stimme erkannte er sofort. Der Fahrer seines Onkels hatte nun auch einen Namen.

»Was wollen Sie?«, fragte Keil durch die geschlossene Tür.

»Ich habe wichtige Informationen zu dem Mädchen Alexandra Fischer.«

Keil öffnete und verbarg die Waffe hinter seinem Rücken.

Ihm gegenüber stand ein hagerer Mann in der Uniform eines Volkspolizisten. Jacke und Hose waren ihm mindestens eine Nummer zu groß, als hätte er in kurzer Zeit beträchtlich an Gewicht verloren.

Hinter ihm stand Fahrer Schmitt, der den Polizisten um einen Kopf überragte. Er versetzte dem Mann einen Stoß, der ihn in den Wohnungsflur stolpern ließ.

»Was soll das?«, fragte Keil und behielt noch immer die Waffe hinter dem Rücken.

Wangen und Stirn des Polizisten waren aschfahl. Schweiß und verbrauchtes Adrenalin drang als säuerlicher Gestank aus seinen Poren. Er trug keine Uniformmütze, und die dünnen Haare standen von seinem Schädel ab, als sei er in einen Sturm geraten. Die Oberlippe war aufgeplatzt und angeschwollen. Keil entdeckte ein paar dunkle Spritzer, die er für Blut hielt, auf seinem Kragen.

»Das ist Leutnant Breugel aus Bützow. Er war damals an der Suche nach Alexandra Fischer beteiligt und möchte Ihnen etwas sagen.« Schmitt legte eine Hand auf die Schulter des Polizisten. Der Mann zuckte unter der Berührung zusammen.

»So ist es«, bestätigte Breugel.

»Gehen wir in die Küche.« Keil steckte seine Waffe in den Hosenbund, wo sie die beiden Männer sehen konnten.

»Wurden Sie geschlagen, Leutnant?«, fragte Keil, nachdem sich alle an den Küchentisch gesetzt hatten. Der Polizist mochte ungefähr in seinem Alter sein.

»Nein.«

An dem scheuen Blick, den Breugel dem Fahrer zuwarf, erkannte Keil, dass Breugel log.

»Zwei Kollegen waren im Jugendwerkhof«, erklärte Schmitt. »Dort haben sie ein Foto von Erwin Illner aus unserer Kartei herumgezeigt. Viele der Erzieher von damals sind bereits im Ruhestand oder werden anderweitig eingesetzt. Allerdings konnte eine Köchin Illner auf dem Foto identifizieren. Er und zwei weitere Männer seien damals gelegentlich aufgetaucht, um Inspektionen vorzunehmen. Sie erinnerte sich daran, dass Alexandra Fischer unmittelbar nach einer solchen Inspektion im Februar 1980 verschwand. Wie ein jüngeres Mädchen ein Jahr zuvor.«

»Hatten die Kollegen auch ein Foto von Otto Strack?«, fragte Keil.

»Das hatten sie«, bestätigte Schmitt. »Ihn kannte allerdings niemand.«

»Sie waren also an der Fahndung nach Alexandra Fischer beteiligt«, wandte sich Keil an den Polizisten.

Breugel nickte stumm.

»Es gab das Gerücht, das Mädchen wollte sich in die Sowjetunion absetzen. Stimmt das?«

»Wir haben daraufhin in den umliegenden Kasernen der Russen nachgefragt«, sagte Breugel.

»Und weiter?«, drängte Keil.

»Kurz darauf hieß es, die Fahndung solle eingestellt werden. Alexandra Fischer habe sich tatsächlich abgesetzt.«

»Obwohl die Nachfrage in den Kasernen negativ ausgefallen war? Es ging um ein minderjähriges Mädchen.«

Breugel wischte sich über die Stirn. Er begann stark zu schwitzen. »Kann ich ein Glas Wasser haben?«

»Erst antworten!«, schnarrte Schmitt.

Keil ging zum Spülstein, füllte ein Glas mit Leitungswasser und stellte es vor dem Polizisten ab.

Breugel trank es mit gierigen Schlucken aus. »Ich habe diesen Erwin Illner einmal auf dem Revier gesehen. Er hat mit meinem damaligen Vorgesetzten gesprochen. Danach wurde die Suche eingestellt.«

»Und das fanden Sie nicht merkwürdig?«, fragte Keil.

»Ich habe Illner und die Vermisste in keinen Zusammenhang gebracht. Wie denn auch! Ich konnte nicht hören, worüber gesprochen wurde.«

Keil glaubte dem Mann. 1980 hatte der noch nicht im Range eines Leutnants gestanden, und selbst dann wäre es nicht üblich gewesen, nach dem Inhalt eines Gesprächs zu fragen, das der Vorgesetzte mit einem Fremden geführt hatte.

»Ein Jahr zuvor war ebenfalls ein Mädchen verschwunden«, sagte Keil und blickte zu Schmitt hinüber. Dieser nickte.

»Was wissen Sie darüber?«, fuhr Keil fort.

»Die Leitung des Jugendwerkhofs behauptete, es hätte einen Verwaltungsfehler gegeben. Das Mädchen sei in Wirklichkeit in einen anderen Jugendwerkhof überwiesen worden.«

»Wurde das überprüft?«

»Dazu gab es keinerlei Veranlassung.« Breugel stieß ächzend die Luft aus. »Ich hatte doch keine Ahnung, dass da etwas nicht stimmte. Das müssen Sie mir glauben.«

Keil konnte den Mann verstehen. Es war in der Volkspolizei nicht vorgesehen, dass Befehle in Frage gestellt wurden.

Keil wandte sich an Schmitt. »Ich möchte mit Ihnen kurz allein sprechen.«

»Draußen vor der Haustür warten!«, befahl Schmitt dem Polizisten und wies mit ausgestrecktem Zeigefinger in Richtung Hausflur. Breugel stand auf und ging, ohne Keil noch einmal anzusehen.

Keil wartete, bis er hörte, wie die Haustür ins Schloss fiel.

»Sie hätten den Mann nicht schlagen dürfen.« Keil bemühte sich, beherrscht zu klingen. Er war schon öfters Typen wie Schmitt begegnet, die das Anwenden von körperlicher Gewalt im Dienst als notwendig, wenn nicht sogar erstrebenswert ansahen. »Er hat mit den Entführungen der Mädchen nichts zu tun.«

Schmitt gestattete sich ein feines Lächeln. »Vielleicht hatte er doch zumindest eine gewisse Ahnung.«

»Wie kommen Sie darauf?«

»Was er aus seinem Haus im Grünen gemacht hat, geht weit über das hinaus, was sich ein Mann in seiner Position normalerweise leisten kann.«

»Das reicht nicht aus, um ihn zu verdächtigen«, erwiderte Keil.

»Wir werden das Gespräch mit Leutnant Breugel vertiefen.« Schmitt erhob sich und grüßte zackig. »Der Generalmajor wird Sie weiterhin auf dem Laufenden halten. Ich soll Ihnen ausrichten, dass er sich bei der Interflug über Otto Strack informiert.«

Keil verspürte keine Lust, Schmitt zur Tür zur geleiten. Nach einer Weile ging er ins Wohnzimmer, löschte das Licht und schob einen Sessel ans Fenster. Von dort aus konnte er die Straße beobachten. Er fühlte sich hellwach. Vielleicht würde er bis zum nächsten Morgen eine weitere Videokassette erhalten.

Ohne die Hilfe meines Onkels würde mir die Sache entgleiten, überlegte er. *Aber ich werde ihm sagen, dass dieser Schmitt seinen Hang zur Gewaltanwendung unter Kontrolle halten muss.*

*

Lothar Jordan schaute von der fünften Etage des Interhotels auf die nächtliche Stadt herab. Angespannt, verängstigt und mit Gedanken an die eigene Sterblichkeit befasst.

Gleich nach dem Anruf des Polizisten hatte er versucht, Otto Strack zu erreichen. Als Strack sich nicht gemeldet hatte, obwohl der alte Mann nur in Ausnahmefällen das Haus verließ, war er in die Berliner Straße gefahren. In dem Gebäude war alles dunkel gewesen, nur beim Lehrerehepaar im Dachgeschoss hatte Licht gebrannt.

Jordan war zwar nicht eng mit Strack befreundet gewesen, aber sie hatten doch einen lockeren Kontakt gehalten, weil sie durch ihre gemeinsame Aufgabe festgestellt hatten, dass sie sich in gewissen Dingen sehr ähnlich waren. Er hatte die Gespräche mit dem intelligenten und weitgereisten Mann immer sehr geschätzt. Nachdem Strack in den Ruhestand getreten war, waren die Treffen weniger geworden. Zum letzten Mal hatte Jordan ihn vor zwei Monaten besucht. Zwei Tage nach der Öffnung der Mauer hatten sie miteinander telefoniert; Strack hatte sehr besorgt geklungen. »Es könnte gefährlich werden. Wir können nur darauf hoffen, dass die Auftraggeber wissen, wie sie sich nun zu verhalten haben«, hatte er gesagt.

Jetzt war es nicht nur gefährlich geworden, sondern tödlich.

Lothar Jordan hatte unter dem Vorwand, ein Verwandter von Otto Strack zu sein, bei der Familie Nowak in Stracks Haus angerufen.

Die Frau am Telefon hatte ihm mitgeteilt, dass Otto Strack tot sei, wahrscheinlich ermordet, dem Polizeiaufgebot im Haus nach zu urteilen.

Strack war also ermordet worden. Mitten in der Nacht in seinem eigenen Haus. Irgendetwas lief hier völlig aus dem Ruder. Vielleicht wollten die Auftraggeber sich in die neue Zeit retten und beseitigten schleunigst alle Mitwisser. Das erschien Jordan am wahrscheinlichsten.

Er, der seit der Scheidung von seiner Frau allein lebte, hatte nach dem Telefongespräch die notwendigsten Sachen in einen Koffer verstaut und war zum Interhotel an der Langen Brücke gefahren. Seinen Wagen hatte er ein paar hundert Meter entfernt geparkt. Ein besseres Versteck war ihm auf die Schnelle nicht eingefallen. Das riesige Gebäude mit den vielen Gästen verlieh ihm ein gewisses Gefühl der Sicherheit. Dennoch hatte er die Zimmertür mit einem Stuhl verbarrikadiert und dachte jetzt hektisch darüber nach, wo er langfristig Unterschlupf finden konnte. Seine Exfrau nach seinen zahllosen Fehltritten um Hilfe zu bitten war sinnlos. Außerdem würde man dort vermutlich zuerst nach ihm suchen. Ebenso bei seiner Schwester in Oranienburg.

Geld war nicht das Problem. Jordan war für seine Dienste hervorragend bezahlt worden, und auch wenn er nach der Maueröffnung keine weiteren Aufgaben mehr erhalten hatte, würden seine Rücklagen für geraume Zeit ausreichen.

Er spürte Übelkeit in sich aufsteigen. War er hier wirklich sicher? Er hatte bei der Rezeption seinen Ausweis vorlegen müssen. Das Hotel konnte zu seinem Grab werden. Andererseits überlegte er, dass Strack ein viel wichtigeres Zahnrad im Getriebe gewesen war. Trotzdem hatte er Dinge gesehen, die er nicht sehen durfte. Und darüber geschwiegen. Nicht dass ihn seine Untätigkeit, seine Mittäterschaft belastete; Jordan war stets auf den eigenen Vorteil und die Befriedigung seiner Wünsche und Triebe ausgerichtet. Da nahm er es in Kauf, wenn andere auf der Strecke blieben.

Unten auf der Straße raste ein Einsatzwagen mit eingeschaltetem Signallicht durch die Dunkelheit. Die anderen Fahrzeuge stoben aufgescheucht zur Seite.

Strack und er hatten es vermieden, bei ihren Zusammenkünften über ihre Aufgaben zu reden. Nur ein einziges Mal, da war Strack schon außer Dienst gewesen, hatte der alte Mann erwähnt, dass eine ganze Reihe von Leuten für die Auftraggeber arbeiteten und es sehr klug eingefädelt war, dass es zwischen den Einzelnen kaum Kontakte gab. Jordan kannte außer Strack nur eine Person, mit der er bei seinen Botendiensten in Berührung kam: Klara Jennen. Sie war Anfang vierzig, und obwohl Jordan eher auf wesentlich jüngere Frauen stand, was ihm seine Gattin sehr übel genommen hatte, fühlte er sich von Klara Jennen angezogen. Er mochte ihre burschikose, manchmal sogar vulgäre Art. Sie hatten sich ein paar Mal heimlich getroffen und es beide nicht bereut. Obwohl er es nicht gewohnt war, dass eine Frau beim Sex dominierte.

Seine Empfindungen ihr gegenüber gingen nicht so weit, dass er sich vorstellen konnte, gemeinsam mit ihr zu fliehen – zwei Personen waren leichter ausfindig zu machen als eine –, aber er wollte sie zumindest warnen.

Jordan sah auf seine Armbanduhr, eine mechanische Ruhla aus heimischer Produktion, die er seit vielen Jahren besaß. Es war ihm stets wichtig gewesen, seinen durch die Botendienste erarbeiteten Wohlstand im Verborgenen zu halten. Nach außen war er stets der brave und gewissenhafte Mitarbeiter der Stadtverwaltung geblieben.

Fünf vor elf.

Klara Jennen arbeitete zwar in der Nähe von Magdeburg, wohnte aber, wenn sie nicht Nachtschicht hatte, in Potsdam. Jordan kannte ihre Telefonnummer auswendig. Er wollt fast schon wieder auflegen, als sie endlich den Hörer abnahm und sich mit einem knappen »Jennen« meldete.

»Klara, ich bin es, Lothar. Ich muss dir dringend etwas sagen.«

»Was ist denn los?«, hörte er Klara antworten. Sie schien amüsiert, weil sie vermutlich damit rechnete, dass er ihr nun, wie bei vorherigen Anrufen, ein paar Anzüglichkeiten ins Telefon stöhnte, um sich dann mit ihr treffen zu wollen.

»Otto Strack ist ermordet worden«, sagte er und spürte, wie sein Herz klopfte. »Du kennst ihn. Ich habe dir von ihm erzählt.«

Klara musste einen Moment lang überlegen. »Der Typ von der Interflug.«

»Ich glaube, dass wir auch in Gefahr sind.« Er redete so schnell, dass sie ihn kaum verstehen konnte.

»In Gefahr? Warum das denn das? Glaubst du etwa, dass die Polizei ...?«

»Nicht die Polizei«, unterbrach er sie. »Hast du nicht verstanden: Strack wurde ermordet. Ich glaube, dass sie den Laden dichtmachen wollen.«

»Einen Moment«, sagte sie.

Klara Jennen legte den Hörer aus der Hand, und er fragte sich irritiert, was die Frau in aller Welt zu solch einer Reaktion veranlasst haben könnte.

»Was ...?«, hörte er sie jetzt leise sagen. Sie musste sich ein paar Schritte vom Telefon entfernt haben.

Und dann: »Verlassen Sie sofort mein Haus!« Sie wollte resolut klingen, aber da war ein Zittern in ihrer Stimme.

Jordan schwieg, vergaß zu atmen und presste den Hörer fest gegen sein Ohr.

In Klara Jennens Wohnung fiel etwas mit einem

dumpfen Schlag zu Boden. Jordan biss sich auf die Unterlippe. Jemand sagte nur ein einziges Wort: »Parasit!« Mit einer harten und gleichzeitig krächzenden Stimme, die Jordan erschaudern ließ. Er sah sich im großen Spiegel an der gegenüberliegenden Wand. Schneeweißes Gesicht, das Haar hing ihm in die starr blickenden Augen. Ein dünner Blutfaden zog von der Lippe ein rotes Rinnsal über sein Kinn.

Für ein paar Sekunden lang herrschte Grabesstille am anderen Ende der Leitung. Dann hörte Jordan ein Geräusch, das nach dem Schnappverschluss eines Aktenkoffers klang.

»Gott hilf mir, Gott hilf mir, Gott hilf mir«, schluchzte Klara Jennen.

Die Leitung wurde mit einem trockenen Klicken unterbrochen.

Kapitel 4

24. November 1989

Martin Keil erwachte in dem Sessel, in dem er die ganze Nacht verbracht hatte. Der Traum war so real gewesen, als wäre es erneut geschehen: das Aufnahmeritual.

An seinem ersten Tag im Heim, den er verängstigt und in dem Bemühen, alles richtig machen zu wollen, hinter sich gebracht hatte, wurde er in der Nacht von den anderen Jungen aus dem Schlaf geschüttelt. Die Erzieherinnen waren längst weg, und die Jungen, von denen die meisten älter waren als er, versprachen ihm ein Geschenk. Ein Geschenk, das jeder Neuling bekam. Er müsste ihnen nur in den Waschraum folgen. In dem festen Glauben, dass sie es gut mit ihm meinten, zu dem wohl nur ein einsamer, sich nach Zuneigung sehnender Sechsjähriger fähig ist, tat er, was sie von ihm verlangten. Er ließ es zu, dass sie sein Nachthemd auszogen und ihn unter die Dusche stellten. Als das eiskalte Wasser in einem harten Strahl auf seinen nackten Körper traf, schrie er auf, hielt aber alles noch für einen Spaß. Aber dann begannen sie, ihn mit Bürsten abzuschrubben. Bis seine Haut aufplatzte und blutete. Er sah ihre feixenden Gesichter durch einen Schleier aus Tränen, rief um Hilfe, die nicht kam, und versuchte fortzulaufen. Sie hielten ihn fest, drehten ihm die Arme auf den Rücken, bis er glaubte, sie würden sie ihm ausreißen. Irgendwann fiel er auf die Fliesen, unfähig, wieder aufzustehen, und hoffte, dass es nun endlich vorbei sein würde. Das war es aber noch nicht. Armin, der Älteste von ihnen, rieb Scheuerpulver in die blutenden Wunden. Zwei Jungen rannten dabei weg, weil sie es nicht ertragen konnten. Armin ließ schließlich von ihm ab und ging mit dem Rest seiner Getreuen wieder in den Schlafsaal.

Irgendwann kehrte einer der Jungen zurück zu Martin Keil. Er hieß Jakob und war schon acht. Jakob stellte den völlig verstörten und vor Schmerzen schluchzenden Neuling erneut unter die Dusche, diesmal allerdings mit warmem Wasser, um das Scheuerpulver aus den Wunden zu waschen. Jakob wurde später Keils bester Freund.

Vor dem Fenster war es noch dunkel. Ein Junge auf einem Moped fuhr durch den Schein der Laterne auf der anderen Straßenseite. Ein Trabant folgte, dann war die Welt wieder wie erstarrt.

Keil warf einen Blick auf seine Armbanduhr: kurz nach halb sieben. Er wollte noch einen Augenblick sitzen bleiben und darauf warten, dass ein wenig Licht und Bewegung die leblose Welt vor dem Fenster erfüllten. Insgeheim wusste Keil, dass er nur etwas Zeit schinden wollte, ehe er nachsehen musste, ob es eine dritte Videokassette gab. Allein die Vorstellung, sich weitere Aufnahmen von geschundenen Menschen anzusehen, bereitete ihm geradezu körperliche Schmerzen. In der Mitte seiner Stirn zentrierte sich ein stetiges Pochen, das, wie er annahm, nicht von einer aufziehenden Erkältung herrührte, sondern eine Reaktion seiner Nerven auf die abscheulichen Mordfälle war.

Eine Viertelstunde und drei Zigaretten später war er in der Lage, sich den Ereignissen des neuen Tages zu stellen. Er öffnete die Wohnungstür, spähte in den Briefkasten und ging dann zu seinem Wagen. Fenster und die provisorische Plastikfolie auf der Fahrerseite waren unbeschädigt. Kein Schloss war aufgebrochen worden. Keil leuchtete mit einer Taschenlampe in die Radkästen und unter den Boden des Wartburgs, konnte aber nichts entdecken.

Ein wenig erleichtert schlenderte er zu seiner Wohnung zurück. Jeder weitere Mord hätte die ohnehin schon schwierigen Ermittlungen verkompliziert. Bisher sah es so aus, dass Erwin Illner umgebracht wurde, weil er minderjährige Mädchen aus Jugendwerkhöfen verschleppt hatte. Mädchen, für deren Verbleib sich niemand wirklich interessierte. Was hatte Illner mit ihnen gemacht? Sie sexuell missbraucht und später umgebracht? Wer war noch daran beteiligt gewesen? Und was hatte Otto Strack damit zu tun? Bisher gab es zwischen Strack und Illner nur eine Gemeinsamkeit: den Mörder. Ein Mörder, der sich mit mindestens einem Komplizen auf einem Rachefeldzug befand und dem es zusätzlich ein Anliegen war, einem Hauptmann der Volkspolizei Videoaufnahmen der Taten zukommen zu lassen.

Keil schüttelte den Kopf und fragte sich erneut, warum die Wahl dabei ausgerechnet auf ihn gefallen war.

Er betrat gerade den Hausflur, als die Nachbarin aus dem ersten Stock die Treppe herunterkam. Sie arbeitete als Betreuerin in einer Kinderkrippe und hatte sich anfangs ihm gegenüber sehr reserviert gezeigt. Als sie dann festgestellt hatte, dass Keil trotz seines Berufs überhaupt kein Interesse an ihrem Privatleben zeigte, war sie schnell aufgetaut.

»Morgen, Herr Keil.« Sie hielt ihm ein Päckchen in grauem Packpapier entgegen. »Das lag vor meiner Wohnungstür. Aber da steht Ihr Name drauf.«

»Danke«, sagte er, zwang sich zu einem Lächeln und nahm das Päckchen entgegen.

»Bin spät dran«, sagte die Nachbarin und eilte davon.

Sein Name in großen Druckbuchstaben. Wie beim ersten Mal. Doch da hatte er den Ermordeten bereits zuvor identifizieren können.

Er riss das Papier auf, betrachtete kurz den Pappschuber und nahm die Videokassette heraus.

Klara Jennen stand auf dem Aufkleber auf der Oberseite der Kassette.

In seiner Stirn pochte der Schmerz, und seine Füße schienen zentnerschwer zu sein, als er in seine Wohnung zurückkehrte.

*

Da war keine Bewegung. Zuerst dachte er, das Bild wäre eingefroren. Auf dem Bildschirm des Fernsehers sah er eine Frau, die auf einer fleckigen Matratze lag und die Augen fest geschlossen hielt. Falls sie bereits tot war, gab es keine Hinweise darauf, wie sie ums Leben gekommen war. Kein Blut, keine Verletzungen. Selbst ihre Kleidung, Jeans und grüner Pullover, schienen völlig sauber zu sein. Umso schmutziger war allerdings die Umgebung, in der sie sich befand. Der Boden war von Unrat, leeren Flaschen, zerknüllten Zigarettenschachteln und rostigen Konservendosen bedeckt. Keil vermutete, dass es sich um ein leerstehendes Gebäude handelte.

Der Kapuzenträger kam ins Bild. Wieder nur von hinten. Er trug Handschuhe, wischte den Müll an einer Stelle akribisch zur Seite und stellte einen schmalen Aktenkoffer ab. Er versetzte der Frau ein paar Ohrfeigen. Nicht brutal, aber so lange, bis sie endlich die Augen öffnete. Ihr Blick, orientierungslos und träge, machte klar, dass sie nicht bei klarem Verstand war.

Der Kapuzenträger öffnete den Koffer und entnahm ihr eine Kunststoffspritze, die mit einer trüben Flüssigkeit gefüllt war. Er klopfte mit dem Zeigefinger gegen den Zylinder der Spritze und setzte sie an den Hals der Frau. Die Kamera zoomte heran. Keil konnte deutlich sehen, wie die Nadel die dünne Haut an der Halsseite durchstieß und der Inhalt des Spritzenzylinders ganz langsam in den Körper der Frau gelangte.

Handelte es sich dabei um Gift?

Keil zweifelte nicht daran, dass es sich bei dem dritten Opfer um Klara Jennen handelte.

Für ein, zwei Sekunden klärte sich der Blick des Opfers. Die Frau hob den rechten Arm wie in einer hilflosen Geste der Abwehr und schloss wieder die Augen. Ihr Arm verharrte in seiner Position. Halb erhoben, als sei er plötzlich erstarrt.

Der Mörder war längst wieder verschwunden. Die Kamera zeichnete noch weiter auf, und Keil hatte Zeit, sich auf die Umgebung zu konzentrieren. Im Hintergrund erkannte er eine Mauer aus unverputzten Ziegelsteinen und mehrere Stapel identischer Matratzen.

Er dachte nach. Wo wurden solche Mengen Matratzen gelagert? Sie machten allerdings den Eindruck, als seien sie seit geraumer Zeit dem Verfall preisgegeben.

Dann erinnerte er sich an einen Einsatz vor ungefähr zwei Monaten im Holländischen Viertel. Der fortschreitende Verfall der Gebäude in den Nebenstraßen hatte ihn schockiert. Während einige der historischen Gebäude saniert waren und sich die Einkaufsstraßen in einem einigermaßen guten Zustand befanden, sah es nur ein paar Schritte entfernt so aus, als wäre der Zweite Weltkrieg gerade erst beendet worden.

Einer der Täter, die sie damals verfolgt hatten, hatte sich in ein leerstehendes Gemäuer geflüchtet. Über dem Eingang hatte in verwitterten Buchstaben *Potsdamer Stahlmatratzenfabrik* gestanden.

Keil rief in der Bauhofstraße an und informierte Gröben, dass es eine dritte Leiche gab.

Der Leutnant reagierte mit sekundenlangem Schweigen und stieß dann schnaubend den Atem aus. »Wie lange soll das noch so weitergehen, Martin? Das ist doch Irrsinn!«

»Ich habe keine Ahnung«, gab Keil zu. Dieses Mal sollte Gröben die Spurensicherung und die Gerichtsmedizin gleich alarmieren. »Wir brauchen auch die Schutzpolizei. Ich will die Umgebung absperren lassen. Das Opfer heißt aller Wahrscheinlichkeit nach Klara Jennen. Versuch alles über die Frau herauszufinden, bevor du losfährst. Adresse, Beruf und so weiter.«

»Und du bist sicher, dass diese Klara Jennen in der alten Matratzenfabrik im Holländischen Viertel liegt?«, fragte Gröben.

»Nicht hundertprozentig«, gab Keil zu. »Aber wo sollen wir sonst anfangen?«

*

Martin Keil sollte sich nicht getäuscht haben. Er kam zeitgleich mit den Männern der Schutzpolizei an. Gröben folgte eine Viertelstunde später.

Die Frau lag tot auf der Matratze. Ihr Arm war mittlerweile wieder zu Boden gesunken. Ihr Mund stand weit offen, getrockneter Schaum klebte an ihren Lippen. Dieses Mal hatte der Mörder auf das Erdrosseln verzichtet.

Die Fabrik war in einem maroden Zustand. An einigen Stellen hatte sich die Decke gesenkt, Regenwasser war eingedrungen und sammelte sich in öligen Pfützen auf dem Boden. Die vielen Matratzen, die auf der Videoaufnahme noch nahezu unversehrt ausgesehen hatten, verwandelten sich in ein glitschiges Gemenge. Durch die halb zerstörten Rollläden vor den Fenstern drang nur wenig Tageslicht, so dass die Spurensicherung ihre Scheinwerfer aufbauen musste.

Die Todesspritze lag neben der Leiche im Dreck. Der Mörder hatte sie einfach achtlos weggeworfen. Aber vielleicht, so mutmaßte Keil, wollte er damit auch erneut auf ein Fehlverhalten des Opfers hindeuten. Erwin Illner hatte Damenstrümpfe getragen, und unter seinem Körper hatte man eine Sandmännchenpuppe gefunden. Symbolische Hinweise darauf, dass er minderjährige Mädchen aus Jugendwerkhöfen entführt hatte. Was er unmöglich allein, ohne Deckung durch höhere Instanzen, hätte bewerkstelligen können. Otto Stracks Leber befand sich in einem Zustand fortgeschrittener Zersetzung. Der ehemalige stellvertretende Generaldirektor der Interflug wurde mit Alkohol getötet. Aber dass er ein hemmungsloser Säufer gewesen war, reichte nicht aus für ein Motiv des Kapuzenmannes. Es musste schwerwiegendere Gründe für seine Ermordung geben.

Keil stand mit Gröben vor dem Gebäude und rauchte. Auf der anderen Straßenseite stand eine Handvoll Schaulustiger. Zwei Uniformierte schlenderten über das Kopfsteinpflaster und achteten darauf, dass niemand dem Tatort zu nahe kam. Ihre gedachte Grenze, die nicht überschritten werden durfte, befand sich in der Mitte der Fahrbahn.

»Klara Jennen wohnte in der Schlaatzstraße, unweit vom Friedhof«, sagte Gröben. »Allein, übrigens.«

»Ihr Beruf?«, fragte Keil.

»Sie leitet die MITROPA-Raststätte Magdeburger Börde, ungefähr hundertdreißig Kilometer von hier.«

»Du nimmst dir gleich ihre Wohnung vor, und ich fahre zur Raststätte. Die Kollegen können mir sicher etwas über ihre Leiterin erzählen.«

Gröben lachte und stöhnte gleichzeitig. »Was ist eigentlich, wenn unsere Täter nach ihren Morden nach Westberlin fahren oder möglicherweise sogar Staatsbürger der BRD sind? Wie groß sind dann unsere Chancen, sie jemals zu fassen?«

Während Keil noch nach einer Antwort suchte, die zumindest den Anschein von Zuversicht vermitteln sollte, fielen ihm auf der anderen Straßenseite zwei Jungen ins Auge. Sie mochten etwa fünfzehn Jahre alt sein, tuschelten miteinander und blickten immer wieder zu Keil und Gröben herüber.

Keil ging mit schnellen Schritten auf sie zu. Es sah so aus, als wollten sie das Weite suchen, aber es gelang ihnen nicht, sich durch die größer werdende Menge der Gaffer zu drängen. Keil hielt einen der beiden, einen schlaksigen Blondschopf in einem verwaschenen Parka, am Arm fest.

»Ganz ruhig«, sagte Keil. »Ich will mich nur kurz mit euch unterhalten.«

»Warum?«, fragte der Junge. »Wir haben nichts getan.«

Sein Freund, kleiner und stämmiger, mit braunen Haaren, die so kurz geschoren waren, dass die rosa Kopfhaut durchschimmerte, kam ihm zu Hilfe.

»Absolut nichts«, sagte er. »Wir sind hier nur so zufällig vorbeigekommen.« Er sprach mit sächsischem Akzent.

»Ihr wohnt doch sicher hier in der Gegend?«, fragte Keil, ließ den Arm des Blonden los und bemerkte, wie einige der Schaulustigen versuchten, jedes Wort mitzubekommen. »Lasst uns mal auf die andere Straßenseite gehen.«

Der Blonde schnaubte, Verachtung im pickeligen Gesicht. Aber beide folgten Keils Anweisung, auch wenn sie provozierend langsam über die Straße schlenderten.

Keil wiederholte seine Frage, ob die beiden in der Nähe wohnten. Der Junge mit dem sächsischen Akzent schien etwas zugänglicher als sein Freund zu sein. »Nicht weit von hier«, gab er zu.

»Ihr kennt sicher die alte Fabrik«, sagte Keil. »Und ihr haltet euch dort sicher öfters auf.«

Als sich die Jungen fragend ansahen, unsicher, wie sie antworten sollten, schlug Keil einen vertraulichen Ton an. »Ich habe es doch früher nicht anders gemacht. In eurem Alter braucht man einen Ort, wo man seine Ruhe hat. Für eine Zigarette oder ein Bier.«

»Wir rauchen und trinken nicht«, sagte der Blonde.

Er bemühte sich, entrüstet zu klingen, aber was er hervorbrachte, hörte sich eher nervös an. Wahrscheinlich hatte Keil mit seiner Vermutung ins Schwarze getroffen, und der Junge fürchtete jetzt, dass seine Eltern informiert würden. Bestimmt hatte er in der Vergangenheit schlechte Erfahrungen mit übereifrigen Polizisten gemacht. Allein sein Aussehen, der zerschlissene Parka, die zu langen Haare und vor allem das aufsässige Verhalten wirkten provozierend auf manche Kollegen, die Jugendliche noch immer bevorzugt in adretter Kleidung oder FDJ-Hemd sehen wollten.

Gröben wollte näher kommen, aber Keil gab seinem Kollegen mit einem Handzeichen zu verstehen, dass er sich fernhalten sollte. Ein zweiter Polizist würde die Jungen nur unnötig einschüchtern.

Durch die halb geöffneten Rollläden der Fabrik drang jetzt das Blitzen einer Kamera. Die Spurensicherung schoss ein Foto nach dem anderen.

»Was ist denn eigentlich passiert?«, fragte der Junge mit dem Stoppelschnitt.

»Ich dürfte euch das eigentlich gar nicht sagen«, begann Keil mit gesenkter Stimme. »Jemand wurde da drin ermordet.«

Die beiden Jungen wechselten einen erschrockenen Blick, der Keil zeigte, dass er richtig getippt hatte.

»Ihr kennt die Fabrik nicht nur gut«, sagte Keil. »Sie ist euer Treffpunkt.«

Der Blonde nickte.

»Ihr habt nicht zufällig etwas bemerkt, was mit dem

Mord zu tun haben könnte? Vielleicht eine oder mehrere verdächtige Personen?«

»Doch«, gab der Stoppelhaarige zögernd zu.

»Dann erzählt mal«, forderte Keil ihn auf.

»Moment noch«, mischte sich der Freund ein. »Wir reden nur, wenn Sie uns versprechen, dass unsere Eltern nichts davon erfahren.«

Keil tat so, als müsste er ernsthaft darüber nachdenken. »Ihr seid manchmal sehr spät in der Fabrik. So wie gestern Abend. Und eure Eltern wissen davon überhaupt nichts. Stimmt's?«

Diesmal nickte der Junge mit dem sächsischen Akzent.

»Eigentlich müsstet ihr jetzt in der Schule oder an eurem Ausbildungsplatz sein«, fuhr Keil fort. »Aber das ist nicht mein Problem, solange ihr eurer Pflicht nachkommt und mir helft, einen Mordfall aufzuklären. Verstehen wir uns, Jungs?«

Jetzt nickten beide gleichzeitig.

»Also, was habt ihr gesehen?«

Der Blonde schlug die Augen nieder, während er sprach.

»Wir waren mit zwei Mädchen unterwegs. Danach wollten wir in die Fabrik zurück. Rumlungern und ein Bier trinken. Eigentlich hatten wir vor, die Mädchen mit in die Fabrik zu nehmen. Aber die hatten keine Lust. Da war es ihnen zu eklig.«

»Wie spät war es, als ihr hier ankamt?«, fragte Keil.

»So halb zwölf«, antwortete der zweite Junge. »Aber

wir konnten nicht reingehen.« Er streckte den Arm aus und deutete auf Gröben, der verblüfft zurückstarrte. »Da, wo Ihr Kollege steht, hat ein Wagen geparkt. Ein Lada, ziemlich neues Modell. Darin hat ein Typ gehockt und geraucht.«

»Welche Farbe hatte der Lada?«, fragte Keil nach. »Konntet ihr das Kennzeichen erkennen?«

»Nö«, sagte der Stoppelhaarige. »Darauf haben wir nicht geachtet. Die Farbe muss grau oder beige gewesen sein. Genau kann ich mich nicht erinnern. Es war ziemlich dunkel. Die nächste Laterne ist ja erst da hinten.«

Keil stellte sich die nächtliche Szenerie vor. Die Straße lag wegen der unzureichenden Beleuchtung fast in völliger Finsternis. Die meisten der Häuser waren verfallen und unbewohnt. Ein nahezu toter Ort inmitten der Stadt.

»Wir wollten warten, bis der Typ mit dem Wagen endlich abhaut«, fuhr der Blonde unaufgefordert fort. Die Akne auf seinen Wangen und der Stirn glühte jetzt tiefrot. »Aber dann haben wir plötzlich Licht in den Fenstern gesehen. Dabei funktioniert der Strom hier doch gar nicht.«

Keil dachte sofort an den Scheinwerfer für die Videoaufnahmen. Der war bisher bei jedem Opfer zum Einsatz gekommen. Wenn der Kapuzenträger und der Kameramann in der Fabrik waren, stand also ein dritter Mann Schmiere. Das war eine neue Erkenntnis.

»Wo habt ihr euch aufgehalten, als das Licht anging?«, wollte Keil wissen.

Der Stoppelhaarige zeigte auf einen schräg gegenüberliegenden Eingang, der eine gute Deckung bot. Dort musste es zu einem Hinterhof gehen. Keil fragte sich, was geschehen wäre, wenn die Jungen entdeckt worden wären. Wären die Täter so weit gegangen, sie zu beseitigen?

»Nach ein paar Minuten war das Licht wieder aus«, berichtete der Stoppelhaarige in seinem breiten Akzent. Die Jungen wetteiferten jetzt darum, Keil alles detailliert zu erzählen.

»Zwei Männer sind dann rausgekommen«, redete der Blonde hastig weiter. »Der kleinere von den beiden hatte so einen langen Mantel mit Kapuze an.«

»Die sahen richtig gruselig aus«, fiel ihm sein Freund ins Wort. »Sind ins Auto gestiegen und weggefahren.«

»Ihr seid dann nicht doch noch in die Fabrik gegangen?«, fragte Keil.

»Sind wir denn irre!« Die Stimme des Sachsen klang mit einem Mal schrill. »Das wäre was gewesen. Wir spazieren da rein und finden eine Leiche. Nö, wir hatten Angst, dass die unheimlichen Kerle zurückkommen.«

»Die hätten ja auch von der Polizei sein können«, ergänze der Blonde. »Heute Morgen wollten wir nachsehen, was da gestern Abend los war.« Er breitete die Arme aus. »Aber da war ja nun wirklich die Polizei da.«

»Ihr konntet von keinem der drei Männer die Gesichter erkennen? Auch nicht vom Fahrer?«, fragte Keil.

»Keine Chance«, sagte der Stoppelhaarige. »Aber der

eine ohne Kapuze hatte einen Koffer und so ein Stativ. Wie für ein Mikrophon oder so.«

Keil nahm an, dass es sich dabei um den Ständer für den Scheinwerfer handelte. In dem Koffer befanden sich dann der Scheinwerfer und die Videokamera.

»Danke«, sagte Keil. »Ihr habt mir sehr geholfen. Aber beim nächsten Mal ruft ihr sofort die Polizei. Das hätte böse für euch ausgehen können.«

»Wie meinen Sie das?« Kaum hatte der Blonde die Frage ausgesprochen, wurde ihm klar, was Keil gemeint hatte. Er fuhr sich mit der Hand über den dünnen Flaum unter seiner Nase.

Keil zückte seinen Notizblock. »Habt ihr eure Ausweise dabei?«

Nur der Sachse hielt ihm brav seinen Ausweis entgegen. Keil notierte die Daten und ließ sich Namen und Adresse von dem Blonden mündlich geben.

»Ihr könnt gehen«, sagte er. »Nochmals vielen Dank. Wenn ihr später bei der Volkspolizei anfangen wollt, fragt nach Hauptmann Keil.«

»Lieber nicht«, sagte der Blonde, während sein Freund kurz über das Angebot nachzudenken schien.

Als sie verschwunden waren, nicht ohne sich noch einige Male nach Keil umzublicken, kam Gröben auf Keil zu.

»Was war das jetzt, Martin?«, fragte er.

Keil berichtete ihm von den Beobachtungen der Jungen.

»Es sind also mindestens drei bei den Morden vor

Ort«, stellte Gröben fest. »Wäre es nicht besser gewesen, die Jungs mit aufs Revier zu nehmen, um eine schriftliche Zeugenaussage aufzunehmen?«

Keil schüttelte den Kopf. »Das hätte sie nur verunsichert, und wir hätten vermutlich gar nichts von ihnen erfahren.«

»Wenn du meinst«, erwiderte Gröben. »Du gehst, nennen wir es mal, ziemlich unorthodox vor.«

»Solche Morde haben wir auch noch nie zuvor erlebt«, erwiderte Keil. Er kam sich dem langjährigen Kollegen gegenüber ein wenig schäbig vor, weil er ihm bisher nichts von den Treffen mit seinem Onkel, dem Generalmajor, erzählt hatte. Der ihm obendrein so etwas wie einen Freibrief für die Ermittlungen verschafft hatte.

»Wenn die Spurensicherung hier fertig ist, fährst du mit den Männern zu Klara Jennens Wohnung«, ordnete er an. »Ich mache mich jetzt auf den Weg zur Raststätte.«

»Wie du meinst«, sagte Gröben. »Dann mal gute Fahrt, Martin.«

*

Unmittelbar nachdem Keil losgefahren war, fing es an zu regnen. Der Fahrtwind riss an der Plastikfolie seines eingeschlagenen Seitenfensters, und zwanzig Kilometer vor der Raststätte wirbelte sie davon. Keil fluchte. Gröben und er hätten mit die Fahrzeuge tauschen sollen.

Durchnässt und schlechtgelaunt erreichte er schließlich die Raststätte. Sie tauchte als massiges zweistöckiges Bauwerk aus den Regenschleiern auf. Auf dem Dach thronte eine hohe Antenne, die trotz der Spannseile vom Wind hin und her geschüttelt wurde. Keil parkte neben einem Opel aus der BRD. Außer einem Trabant und einem altersschwachen IFA-Lastwagen waren keine weiteren Fahrzeuge zu sehen. Die MITROPA-Raststätten waren nicht gerade bekannt für herausragendes Essen. Bürger der BRD fuhren sie nur wegen der für sie günstigen Preise an und weil sie bei der Durchreise ihre Neugierde auf das Alltagsleben in der DDR befriedigen konnten. Durch die offenen Grenzen und die neue Reisefreizügigkeit würde das Interesse an solchen Raststätten aber sehr schnell nachlassen.

Im Speiseraum, der nach erkaltetem Zigarettenqualm und dem Reinigungsmittel roch, mit dem eine junge Frau im Kittel die Tische abwischte, hockten nur zwei Männer in einer Ecke und tranken Kaffee. Kleidung und Haltung wiesen sie für Keil eindeutig als Fernfahrer aus. Ihnen musste der Lastwagen auf dem Parkplatz gehören.

Hinter der Theke langweilte sich eine zweite Frau und rauchte. Sie sah nur kurz auf, als Keil hereinkam. Er grüßte laut und freundlich, die beiden Fernfahrer erwiderten den Gruß überaus gutgelaunt und widmeten sich dann wieder kichernd wie zwei Schuljungen der bunten Illustrierten, die sie vor sich auf dem Tisch aufgeschlagen hatten.

Keil steuerte direkt auf die Theke zu und zeigte der Frau seinen Dienstausweis. Sie warf ihm einen fragenden Blick zu. Sie war ein wenig füllig, etwa Mitte dreißig, und trug einen goldenen Ring an einer Kette um den Hals.

»Wir müssen uns unterhalten«, sagte Keil. »Ungestört. Sind Sie für einen Moment entbehrlich?«

Die Frau lächelte, aber sie war beunruhigt. »Nun, wir haben nicht gerade Hochsaison. Worum geht es denn?«

Keil beugte sich vor und sagte leise: »Um Ihre Leiterin Frau Jennen.«

»Ach«, machte die Frau und schien nicht sonderlich überrascht zu sein, sondern eher erleichtert, weil Keil nicht wegen ihr gekommen war. Vielleicht hatte sie ihre eigenen Geheimnisse.

Sie rief der jungen Kollegin, die immer noch die Tische abwischte, zu, dass sie mal kurz verschwinden würde. Keil folgte ihr in einen fensterlosen Aufenthaltsraum neben der Küche. Mehrere Metallspinde, in der Ecke ein Waschbecken mit Papierspender, unbequeme Stühle, ein Tisch, auf dem mehrere zerfledderte West-Zeitschriften und eine Ausgabe des *Neuen Deutschland* vom gestrigen Tag lagen. Keil fragte sich, für wen die Parteizeitung bestimmt war.

In einem Regal entdeckte er zwischen leeren Pfandflaschen ein uraltes Telefon aus schwarzem Bakelit.

Die Frau, sie hatte sich als Beate Hölmer vorgestellt, fragte, ob Keil einen Kaffee wollte. Er nickte begeistert und hängte seinen Mantel, dessen linke Seite vom eindringenden Regen während der letzten Kilometer komplett durchnässt worden war, über die Stuhllehne.

Während Beate Hölmer verschwand und nebenan in der Küche mit Geschirr klapperte, betrachtete Keil die Illustrierten aus dem Westen: *Quick, Stern* und ein Magazin mit dem Namen *Wochenend*. Auf der Titelseite prangte eine spärlich bekleidete Blondine. Die aktuelle Schlagzeile stand in gelben Lettern neben ihrem Kopf: *Sexgefahr in Bangkok*. Weiter unten las Keil *Schwaben lieben Fleiß im Bett*. Zwei Informationen, die ihn so gar nicht interessierten.

Beate Hölmer kehrte zurück und stellte zwei Tassen mit dampfendem Kaffee auf den Tisch.

»Es scheint sie nicht zu überraschen, dass ich wegen Klara Jennen hier bin«, stellte er fest. Er nahm einen Schluck Kaffee und war von dem angenehmen und kräftigen Aroma ganz angetan.

»Na ja«, begann Beate Hölmer und rümpfte die Nase. »Die Klara hatte in der letzten Zeit eine eher flexible Auffassung, was ihre Arbeitszeit betrifft. Eigentlich hätte sie auch heute hier sein müssen.«

»Das ist aber doch kein Grund, dass gleich die Kriminalpolizei erscheint«, erwiderte Keil. »Was war sonst noch mit ihr nicht in Ordnung?«

»Sonst eigentlich nichts.« Die Frau verschränkte die Arme vor der Brust.

»Ihre Leiterin ist tot. Sie wurde letzte Nacht ermordet.« Er wartete gespannt auf ihre Reaktion.

Beate Hölmer stieß einen erstickten Schrei aus, ihre

Hand fegte mit einer reflexartigen Bewegung die volle Kaffeetasse vom Tisch. Mit offenem Mund starrte sie zuerst auf die beigefarbenen Porzellanscherben am Boden, dann hob sie den Kopf und blickte Keil mit großen Augen an.

»Ich wische das weg«, sagte sie wie in Trance.

»Setzen Sie sich bitte wieder.« Keil holte Papierhandtücher vom Waschbecken und versuchte den Kaffee aufzutupfen, der sich in einer großen schwarzen Lache immer weiter ausbreitete. Das gestaltete sich schwierig, denn das harte, kratzige Papier nahm die Flüssigkeit überhaupt nicht auf. Anschließend sammelte er die größten Scherben auf und warf sie in einen Mülleimer.

»Haben Sie den Mörder schon?« Sie hockte auf dem Stuhl, drückte die Knie fest zusammen und presste die zitternden Hände fest auf die Oberschenkel.

»Nein«, sagte Keil. »Deshalb bin ich hier. Ich benötige Ihre Hilfe, Frau Hölmer.«

»Ich weiß nicht, was ich sagen soll.« Ihr nervöser Blick wanderte zur Decke.

»Ich bin nicht von der Staatssicherheit, Frau Hölmer«, erwiderte Keil. »Ich versuche, einen Mord aufzuklären. Sie können mir vertrauen.«

Sie nickte und rieb geistesabwesend mit dem Daumen an einem Fleck auf ihrem Kittel. »Natürlich. Tut mir leid. Es ist nur so ungewohnt, dass … Ich war auch jetzt noch nicht da oben. Unser Koch hat sich getraut, aber er sagte, es sei alles verriegelt.«

»Die Stasi hat unterm Dach gehockt?«, fragte Keil.

»Ja, rund um die Uhr. Wir sahen sie nur ab und zu bei ihrem Schichtwechsel. Und als sie dann endgültig am letzten Wochenende verschwunden sind. Jede Menge Kisten haben sie in mehreren Lieferwagen mitgenommen. Die hatten unter dem Dach einen Horch- und Beobachtungsposten. Das war für uns kein Geheimnis, nur haben wir nie untereinander darüber gesprochen. Man wusste ja nie, wer mit denen verbändelt war.«

»Verstehe.« Keil stand auf, warf einen Blick in den Flur, vernahm aus einiger Entfernung das Klirren von Flaschen, die aneinanderschlugen, und schloss die Tür.

»Aber eigentlich haben wir alle mit dringesteckt.« Der Schock über die Ermordung ihrer Kollegin ließ die Sätze jetzt aus ihr heraussprudeln. Keil hatte eine solche Reaktion schon des Öfteren erlebt.

»Als ich hier anfing, wurde ich aufgefordert, den Gästen aus dem Westen anzubieten, ihre D-Mark in DDR-Mark umzutauschen. Zu einem ganz besonders guten Kurs. Aber ich habe mich bei den ersten Versuchen extra so blöd angestellt, dass man mich für untauglich hielt.«

»Aber Klara Jennen hat mitgespielt«, vermutete Keil.

»Und ob!«, antwortete Beate Hölmer. »Die Leute, die sich bei ihr darauf eingelassen hatten, wurden von Männern der Stasi abgefangen. Zwei von denen fuhren auf dem Gelände die ganze Zeit mit einem Wartburg herum. Manchmal haben sie die Leute aus dem Westen festgenommen, manchmal durften sie nach einer Weile weiterfahren oder mussten umkehren.«

Keil überlegte, was hinter diesem schäbigen Trick stecken konnte. Vielleicht entlockten die Männer wichtigen Geschäftsleuten so eine Menge Informationen. Mit dem Versprechen, sie noch einmal ungeschoren davonkommen zu lassen. Bei missliebigen Westlern konnten sie deren Weiterreise verhindern oder sogar zukünftige Einreisen in die DDR. Illegaler Geldumtausch galt als schweres Vergehen.

Sollte Klara Jennen verschwinden, damit solche Tricks nicht publik wurden?

In Keils Gedanken war mittlerweile das Bild eines panisch entfesselten Ministeriums für Staatssicherheit entstanden, das alle Mitwisser illegaler Aktionen aus dem Verkehr zog. Fragte sich nur, warum eine solch spektakuläre Methode wie bestialischer Mord gewählt wurde. Die Staatssicherheit mit ihren Möglichkeiten war doch sicher auch heute noch in der Lage, unliebsame Zeugen spurlos verschwinden zu lassen. Hier passte einiges nicht zusammen.

»Klara hat auch von Reisenden aus dem Westen Pakete bekommen. Die hat sie dann in ihren Wagen gebracht. Manchmal haben auch die Lastwagenfahrer welche mitgebracht.«

»Das hat die Spitzel unter dem Dach nicht gestört?«, fragte Keil.

»Nein, aber vielleicht war das von denen auch so gewollt.«

»Gab es Personen, die sich hier auf der Raststätte öfters mit Klara Jennen getroffen haben?«

»Das weiß ich nicht«, sagte Beate Hölmer, und Keil glaubte ihr ansehen zu können, dass sie die Wahrheit sagte.

Er stand so abrupt auf, dass die Frau zusammenzuckte. »Wären Sie bitte so freundlich, mir zu zeigen, wie ich ins Dachgeschoss komme?«

»Aber es ist doch abgeschlossen«, erwiderte Beate Hölmer. »Und ... dürfen Sie denn überhaupt da hoch?«

»Ich bin einfach so frei«, sagte Keil und zog seinen Mantel an. »Sie haben hier doch sicher irgendwo Werkzeug. Einen Hammer, einen Schraubenzieher.«

*

Die Tür zur Überwachungszentrale war aus massivem Metall gewesen, aber der Riegel des Schlosses hatte Keils energischen Versuchen schließlich nachgegeben. Das gesamte Dach war von der Staatssicherheit zu einer Überwachungszentrale ausgebaut worden. Fenster mit Sichtblenden an allen Seiten, vor einem stand noch ein Fernrohr mit Stativ, das in der Eile wohl vergessen worden war. Ansonsten war nur das Mobiliar übriggeblieben: Schreibtische, Bürostühle und leere Aktenschränke. Mehrere ungeleerte Aschenbecher und ein offensichtlich defektes Funkgerät, an dem die Abdeckung fehlte. Der Erich Honecker an der Wand war noch nicht durch Egon Krenz ersetzt worden. Neben dem ehemaligen Generalsekretär hing ein Poster der Fußballmannschaft BFC Dynamo. Erich Mielkes gehätschelter

Lieblingsverein. Alles war von feinem Staub bedeckt, bis auf jene Stellen, an denen bis vor kurzem noch Überwachungsgeräte gestanden hatten.

Keil hatte geahnt, dass die Staatssicherheit das Land mit einem dichten Netz von Beobachtungsposten überzogen hatte, aber erst jetzt wurde ihm bewusst, mit welcher Akribie die Bespitzelung betrieben wurde. Er konnte sich die Männer in ihrer zivilen und doch seltsam genormten Kleidung vorstellen. Wie sie ihre Ferngläser auf jeden richteten, der ihnen verdächtig oder als lohnenswertes Opfer erschien. Garantiert hatten sie auch alle Gebäude der Raststätte verwanzt.

Er öffnete eine Schreibtischschublade und fand darin ein Kartenspiel, zwei Lineale und ein pornographisches Heftchen aus dem Westen, dessen Einfuhr strengstens verboten war. In einer Ecke starb ein Gummibaum und hatte bereits fast alle Blätter abgeworfen. Banale Überbleibsel einer bürokratisch geordneten Spießigkeit, die ihn plötzlich so sehr anwiderte, dass er am liebsten auf den Boden gespuckt hätte.

Der Regen veranstaltete auf dem Dach einen unablässigen Trommelwirbel. Keil ließ sich auf einen der Drehstühle fallen. Ihn überfiel die Depression, von der er schon fast sein ganzes Leben lang begleitet wurde, die ihn umschlich und nur darauf lauerte, im passenden Moment aus der Deckung zu kommen. Er fühlte sich dann seltsam entrückt von der Welt. Farben verloren ihren Glanz, und alle Geräusche klangen fern und blechern, ihrer tiefen Töne beraubt. Er hatte es nie gewagt, einen Arzt zu Rate zu ziehen, weil er Konsequenzen für seinen Beruf als Polizist befürchtete. Keil umklammerte die Stuhllehnen und hoffte, dass der Anfall schnell vorübergehen würde.

Das trübe, milchig-graue Tageslicht, das zwischen die Sichtblenden der Fenster drang, ließ ihn nach dem Schalter einer Schreibtischlampe – moosgrün mit monströsem kreisrundem Schirm – tasten. Er drehte den Schwenkarm der Lampe so, dass sie einen Lichtfleck an die Wand warf. Ein halbes Dutzend dieser hässlichen Lampen war im Raum verteilt.

Er holte seine Brieftasche aus der Innentasche seines klammen Mantels hervor und betrachtete das Foto von Anne, das sie ihm vor ein paar Wochen geschenkt hatte. Hugo, ihr Assistent hatte es geknipst. Es zeigte eine lachende Anne, die in ihrem Büro zwischen zwei Orchideenpflanzen hervorschaute. Da Keil das Foto in der Mitte knicken musste, damit es in die Brieftasche passte, würde es irgendwann in zwei Hälften auseinanderfallen. Es war das einzige Foto, das Keil jemals besessen hatte; wenn man von den Lichtbildern in seinen eigenen Ausweisen absah.

Die Gesichter seiner Eltern waren schon früh aus seiner Erinnerung verschwunden. Nichts war ihm von ihnen geblieben. Vor langer Zeit, kurz nach seiner Entlassung aus der NVA, war er in den Ortsteil Bornim gefahren. Er wusste, dass er dort die ersten Jahre seines Lebens verbracht hatte. Einiges war ihm dort bekannt vorgekommen. Aber nur so, als hätte man ihm von dem

Ort erzählt, als wäre er nie wirklich da gewesen. Das kleine Haus seiner Eltern, ohnehin nicht mehr als ein konturloser Nachklang fast vergessener Kindheitstage, hatte er nicht wiedergefunden.

Er spürte, wie sich der alte, brennende Schmerz über den Verlust seiner Eltern, den er sonst ganz weit in den hintersten Schubladen seines Verstandes verbarg, in ihm ausbreitete. Er zwang sich dazu, flach und gleichmäßig zu atmen. Das half manchmal. Aber nicht heute.

Irgendwann sah er auf seine Armbanduhr und stellte erschrocken fest, dass er schon seit über zwanzig Minuten auf dem Stuhl hockte. Er schloss kurz die Augen und sagte halblaut zu sich: »Genug!«

Keil stand auf. Er durfte nicht vergessen, nach etwas Folie und Klebeband zu fragen, um das Seitenfenster seines Wagens zu flicken. Der Regen wollte nicht aufhören.

*

Er bat Beate Hölmer um eine zweite Tasse Kaffee, und am Gesichtsausdruck ihrer Kollegin erkannte er, dass sie bereits von der Ermordung ihrer Leiterin wusste. Er fragte, ob er das Telefon im Aufenthaltsraum benutzen dürfte, schloss die Tür hinter sich und rief Gröben auf dem Revier an. Wahrscheinlich hatte er die Durchsuchung von Klara Jennens Wohnung bereits beendet.

»Jennen hatte ein Riesensortiment feinster Kleidung in ihren Schränken«, berichtete Gröben. »Von dem Verdienst einer Raststättenleiterin hätte sie sich das kaum leisten können. Aber es kommt noch viel besser. Wir haben ein Tütchen mit weißem Pulver gefunden.« Er lachte in den Hörer. »Das Labor untersucht es gerade. Waschpulver ist das auf keinen Fall.«

»Was ist mit der Leiche?«, fragte Keil.

»Deine Anne hat sie abgeholt«, antwortete Gröben. »Hier scheint es um harte Drogen aus dem Westen zu gehen, Martin. Ich bin gespannt, was als Nächstes kommt.«

Keil berichtete von der Überwachungszentrale in der Raststätte und den Paketen, die Klara Jennen entgegengenommen hatte.

»Da wird doch einiges klarer«, sagte Gröben. »Diese Jennen diente als Kurier oder hat sogar mit Drogen gehandelt.«

Keil teilte seinem Kollegen mit, dass er heute nicht mehr auf dem Revier auftauchen würde, und beendete das Gespräch.

Er war bisher davon überzeugt gewesen, dass es in der DDR so gut wie keinen Konsum illegaler Drogen gab. In Berlin, im Umfeld des Alexanderplatzes, tauchten gelegentlich kleine Mengen an Haschisch auf, die dort zum Verkauf angeboten wurden. Vor der Maueröffnung war der Schmuggel solcher Drogen aus Westberlin mit einem so großen Risiko verbunden gewesen, dass sich kaum jemand darauf hatte einlassen wollen. Internen Berichten zufolge waren die Konsumenten vor allem im Künstlerumfeld zu finden. Kokain oder Heroin waren jedoch nie ein Thema für die Polizei gewesen. Auch wenn sich das jetzt schnell ändern konnte.

*

Als Keil endlich wieder zu Hause angekommen war, ging er zuerst unter die Dusche, die zu seiner Verwunderung heute sogar lauwarmes Wasser ausspie. Das kam aus unerfindlichen Gründen nur wenige Male im Jahr vor. Und wenn, dann zumeist im Sommer. Anschließend setzte er sich an den Küchentisch. In der Raststätte hatte er zwei Buletten gekauft. Auf der Fahrt hatten sie so viel Fett abgesondert, dass das Einwickelpapier ganz glasig geworden war. Keil betrachtete die Buletten eine Weile, kullerte sie mit der Gabel über den Teller und warf sie dann in den Mülleimer. Er hatte ohnehin keinen Appetit.

Das Telefon klingelte, und er hoffte, dass Anne sich bei ihm meldete. Er sehnte sich nach ihrer Gegenwart.

»Sind Sie der Hauptmann Keil, der mich gestern angerufen hat?« Die Stimme eines Mannes. Nervös, gehetzt. Im Hintergrund war Verkehrslärm zu hören. »Es ging dabei um Otto Strack.«

Es musste sich also um einen der Männer handeln, die auf Stracks Karteikarten standen. »Und wie heißen Sie?«, fragte Keil.

»Das möchte ich am Telefon nicht sagen.«

Keil konnte sich vorstellen, wie der Mann sich ängstlich nach allen Seiten umblickte. Er fühlte sich verfolgt.

»Verraten Sie mir, was Sie von mir wollen?«

Der Anrufer zögerte kurz. »Ich habe Informationen ... und brauche Ihren Schutz. Können wir uns im Café Heider treffen? So schnell wie möglich?«

»Ich werde in einer halben Stunde da sein«, erwiderte Keil. »Wie kann ich Sie erkennen?«

Stille. Bis auf das Geräusch vorbeifahrender Zweitakter.

»Vor mir liegt ein Telefonbuch«, sagte der Mann schließlich und legte auf.

Keil nahm seinen zweiten Mantel – seine Auswahl an Kleidungsstücken war sehr begrenzt – aus dem Schrank und steckte seine Dienstwaffe ein. Kurz zog er in Erwägung, Gröben über das Treffen mit dem Informanten zu unterrichten, unterließ es dann aber.

Auf der Fahrt zum Café in der Friedrich-Ebert-Straße überlegte Keil, welchem Namen aus Stracks Kartei er die Stimme des Anrufers zuordnen konnte. Es fiel ihm nicht mehr ein.

Das Café am Nauener Tor war wie immer gut besucht. Keil zwängte sich durch eine Gruppe junger Leute, die darauf warteten, einen Tisch ergattern zu können. Eine Kellnerin balancierte ein Tablett mit Tassen und Biergläsern durch die Menge. Keil folgte ihr im Schlepptau und sah sich dabei um. Im hinteren Teil des Cafés entdeckte er einen Mann in einem dunkelgrauen Sakko an einem kleinen Zweiertisch. Vor ihm ein Glas Bier und ein Telefonbuch. Der zweite Stuhl am Tisch war noch frei.

»Wir waren verabredet«, sagte Keil und setzte sich.

Der Mann mochte zwischen vierzig und fünfzig sein, machte einen gepflegten Eindruck und gehörte zu jener Spezies Mensch, die aufgrund ihres absolut durchschnittlichen Aussehens, einhergehend mit unscheinbarer Kleidung, keinen bleibenden Eindruck hinterließen. Kaum hatte man sich von ihnen abgewandt, gerieten ihre Gesichter auch schon in Vergessenheit. Er würde einen hervorragenden Spitzel für die Stasi abgeben.

»Zeigen Sie mir bitte Ihren Dienstausweis«, verlangte der Mann.

Keil holte den Ausweis hervor und hielt ihn so in der Handfläche, dass die anderen Gäste ihn nicht sehen konnten.

»Gut! Danke, dass Sie gekommen sind.« Der Mann lächelte erleichtert. Seine Zähne waren schief und sahen ziemlich gelb aus in dem trüben Licht des Cafés.

»Das Telefonbuch haben Sie aus der Zelle mitgenommen, von der Sie mich angerufen haben«, bemerkte Keil. »Das ist clever.«

»Ich hielt es für sicherer, wenn wir uns zuerst unter Leuten treffen«, sagte der Mann so leise, dass seine Stimme beinahe von den laut durcheinander redenden Gästen übertönt wurde.

Eine Kellnerin kam, und Keil bestellte Pfefferminztee.

»Wissen Sie«, fuhr der Mann fort. »Ich mag dieses Café. Ich war sogar am 7. Oktober hier, als auf der Straße demonstriert wurde. Ihre Kollegen sind ziemlich rigoros mit den Leuten umgesprungen.« Er hob begütigend die rechte Hand. »Verstehen Sie mich nicht falsch, nicht alles, was die Demonstranten fordern, entspricht meiner Einstellung. Es bleibt abzuwarten, ob es uns in Zukunft besser gehen wird.« Er legte seine gepflegten Hände aneinander und sprach jetzt lauter – nervös, eifrig, zu gefallen. »Ehrlich gesagt, ich glaube, es wird alles schlimmer werden.«

»Verraten Sie mir jetzt Ihren Namen?«, forderte Keil, ohne auf das Gerede des Mannes einzugehen.

»Lothar Jordan.«

»Sie arbeiten bei der Stadtverwaltung«, erinnerte sich Keil sofort. Das erklärte für ihn auch die gepflegten, weich aussehenden Hände. Jordan hatte sich bestimmt bisher zwischen Stempelkissen und Formularen außerordentlich wohl und geborgen gefühlt. »Was haben Sie für mich?«

»Ich kannte nicht nur Otto Strack, sondern auch Klara Jennen.« Er beugte sich vor und senkte die Stimme zu einem kaum verständlichen Wispern. »Ich habe gehört, wie sie bei Klara waren.«

»Wer sind *sie*?«, wollte Keil wissen.

Lothar Jordan schüttelte den Kopf und nahm einen Schluck von seinem Bier. »Ich möchte besser nicht hier darüber reden.«

Der Pfefferminztee wurde serviert, Keil zahlte gleich, ohne ihn anzurühren.

»Mein Wagen steht vor der Tür. Gehen wir.«

Es hatte endlich aufgehört zu regnen. Jordan blickte zuerst nach links und rechts, dann visierte er die gegenüberliegende Straßenseite an. Es war bereits dunkel, nur noch wenige Menschen waren unterwegs.

»Sie sind doch bewaffnet?«, fragte Jordan.

Keil antwortete nicht und öffnete dem Mann die Beifahrertür. »Steigen Sie ein.«

Er ließ Jordan die ganze Zeit nicht aus den Augen. Vielleicht steckte er mit den Tätern unter einer Decke oder war sogar einer der drei, die von den Jungen bei der Matratzenfabrik beobachtet worden waren.

»Ist Klara auch tot?«, fragte Jordan.

»Sie wurde ebenso ermordet wie Otto Strack«, sagte Keil und war froh, dass der Mann nicht an weiteren Details interessiert war.

Keil startete den Motor und fuhr los.

»Jetzt sind wir ganz unter uns«, sagte er. »Wer war bei Klara Jennen?«

Jordan wandte sich um und beobachtete eine Zeitlang den nachfolgenden Verkehr. »Ich kann unmöglich in meine Wohnung zurückkehren. Können Sie für meine Sicherheit garantieren, Hauptmann Keil?«

»Ich will es versuchen, aber dafür müssen Sie ganz offen zu mir sein. Was wissen Sie über Klara Jennens Ermordung?«

»Nachdem Sie sich bei mir telefonisch nach Otto Strack erkundigten, habe ich vom Interhotel aus gleich bei dessen Nachbarn, diesen Nowaks, angerufen. Ich wohne momentan dort, zu Hause habe ich mich nicht mehr sicher gefühlt. Von den Nowaks erfuhr ich dann, dass Otto Strack ermordet wurde. Ihre Kollegen hatten die Ehefrau befragt.«

»Verstehe.« Keil nickte. »Und weiter?«

»Ich rief Klara Jennen an, weil ich mir denken konnte, dass sie nun auch in Gefahr war. Ich konnte sie erreichen, aber dann ...« Er brach ab und holte tief Luft. »Dann muss jemand in ihre Wohnung eingedrungen sein. Klara rief, dass er verschwinden solle. Eine merkwürdige Stimme sagte laut *Parasit*.«

»Das war alles, was die Stimme sagte?«, fragte Keil nach. »Parasit?«

»Nur dieses eine Wort«, fuhr Jordan fort. »Dann muss etwas geschehen sein, das Klara große Angst machte. Sie wurde panisch und wiederholte immer nur *Gott hilf mir, Gott hilf mir.* Dabei war sie mir nie im Geringsten religiös vorgekommen. Dann wurde die Leitung unterbrochen. Heute Vormittag fuhr ich dann an Klaras Wohnung vorbei und sah, dass die Polizei dort war.«

»Warum haben Sie nicht die Polizei gerufen, als Sie am Telefon mitbekamen, was in Klara Jennens Wohnung passierte?«

Jordan sah aus dem Fenster. »Ich hatte Angst. Ich konnte gar nicht klar denken.«

»Um wie viel Uhr riefen Sie bei ihr an?«

»Um etwa dreiundzwanzig Uhr.«

Keil unterließ die Bemerkung, dass die Frau möglicherweise noch am Leben sein könnte, wenn Jordan gehandelt hätte. Er wollte den Mann nicht durch Vorwürfe einschüchtern. Der Mann sollte einfach nur reden und alles preisgeben, was er wusste.

Wenn die Mörder gegen dreiundzwanzig Uhr in Klara Jennens Wohnung aufgetaucht waren, mussten sie die Frau anschließend relativ zügig zur Matratzenfabrik im Holländischen Viertel gebracht haben. Eine halbe Stunde später waren sie dort bereits von den Jungen gesehen worden.

»Haben Sie Familie, Herr Jordan?«

»Ich bin geschieden und lebe allein.«

»In welchem Verhältnis standen Sie zu Frau Jennen?«

»Wir waren befreundet«, murmelte Jordan.

»Kennen Sie einen Erwin Illner?«

Jordan dachte kurz nach. »Ich weiß nur, dass ein Illner bei der Bezirksleitung der Partei tätig ist. Ich hatte aber nie persönlich mit ihm zu tun. Was ist mit dem Mann?«

»Er wurde ebenfalls ermordet.«

»Herrje!«, entfuhr es Jordan.

»Da vorn ist das Interhotel.« Keil verlangsamte die Geschwindigkeit des Wartburgs. Das hohe, alle anderen Bauwerke überragende Gebäude war hellerleuchtet. Von hier unten konnte man die Silhouetten von Menschen hinter den Fenstern erkennen. »Ich schlage vor, dass wir zunächst zu mir fahren. Möchten Sie Ihre Sachen aus dem Hotelzimmer holen?«

Jordan winkte hektisch ab. »Das ist nicht nötig! Ich habe Geld. Ich kann mir alles Notwendige neu kaufen.«

Keil beschleunigte und fuhr auf die Lange Brücke zu.

*

Bei sich zu Hause führte er Jordan in die Küche und setzte Teewasser auf. Kaffee am Abend hatte er sich abgewöhnt, in der Hoffnung, so ruhiger und vor allem traumlos schlafen zu können. Leider funktionierte das meistens nicht.

Er hatte seine Dienstwaffe, von Jordan unbemerkt, in seinen Hosenbund gesteckt, wo sie von seinem Pullover verdeckt wurde. Eine Vorsichtsmaßnahme, weil er sich noch nicht im Klaren darüber war, was er von dem Mann zu halten hatte.

Er schüttete heißes Wasser in zwei Tassen und versenkte zwei Teebeutel darin.

»Haben Sie Hunger?«, fragte Keil.

Jordan schüttelte den Kopf. Außer den Buletten im Mülleimer hatte Keil auch nicht viel anzubieten.

»Das ist ungewöhnlich. Das mit Ihren Augen«, bemerkte Keil, um die Stimmung etwas aufzulockern. Seit Jordan seine Wohnung betreten hatte, war er sehr einsilbig geblieben.

»Das eine ist grün und das andere grau. Habe ich so noch nie gesehen.« Keil waren die unterschiedlichen Augenfarben erst im Licht der Küchenlampe aufgefallen.

»Das ist eine sogenannte Iris-Heterochromie«, erklärte Jordan. »Den Begriff habe ich mir eingeprägt. Bis vor einem Jahr waren beide Augen grün, aber dann kam es im linken Auge zu einer Entzündung der Iris. Dadurch kann sich die Augenfarbe ändern, erklärte mir der Arzt. Im schlimmsten Fall führt es zu grauem Star. Bisher ist bei mir aber nichts weiter geschehen.« Er blickte sich in der Küche um. Die aufs Notwendigste reduzierte Ausstattung, das Fehlen von Vorräten, Gewürzen und anderen Dingen, die alles etwas wohnlicher hätten gestalten können, ließen seine folgende Frage eher wie eine Feststellung klingen: »Sie wohnen auch allein?«

Keil nickte kurz. »Erzählen Sie mir, woher Sie Strack und Klara Jennen kannten.«

Jordan starrte zuerst die dampfende Tasse an, dann richtete er den Blick seiner verschiedenfarbigen Augen auf Keil.

»Sie wissen sicher, dass Klara die MITROPA-Raststätte Magdeburger Börde leitete«, begann Jordan.

»Natürlich«, erwiderte Keil.

»Sie nahm dort Lieferungen entgegen. Sie kamen aus dem Westen und wurden von Bürgern der BRD über die Grenze geschmuggelt.«

»Was für Lieferungen?«

»Klara erwähnte, dass manchmal Drogen dabei waren. Ansonsten handelte es sich um Luxusartikel, Pornofilme und Magazine.«

»Warum hätten Kuriere ein solches Risiko eingehen sollen? Unsere Grenze wurde sehr gründlich überwacht.«

Jordan zuckte mit den Schultern. »Das weiß ich nicht. Vielleicht wurden sie dafür so gut bezahlt, dass sie das Risiko in Kauf nahmen. Oder sie wurden dazu gezwungen. Weil sie Verwandte in der DDR haben, die sonst Probleme bekommen hätten.«

»Die Drogen und was sonst noch alles geschmuggelt wurde, landeten also in der Raststätte von Klara Jennen«, fasste Keil zusammen. »Und wo kommen Sie jetzt ins Spiel, Herr Jordan?«

»Ich habe die Lieferungen an die jeweiligen Zielorte gebracht.«

»Wo waren die?«

»Zumeist in Potsdam, seltener in Berlin. Immer handelte es sich um einzeln gelegene Villen.«

»Wer nahm die Pakete dort entgegen?«, fragte Keil.

»Namenlose Personen, die dort arbeiteten.«

»Für wen arbeiteten diese Leute?« Keil spürte, wie er immer ungeduldiger wurde. Dieser Jordan gab seine Informationen nur in Raten preis. »Und was haben Sie da gesehen? In diesen Villen?«

»Dort fanden Vergnügungen für Bonzen statt. Das hat mir Otto Strack anvertraut. Ihre Namen wurden nie genannt.«

»Was für Vergnügungen waren das?«, drängte Keil. »Ging es auch um Sex? Sex mit jungen Frauen? Mit minderjährigen Mädchen?«

»Ich habe da mal was gehört«, sagte Jordan fast keuchend und knetete seine sauberen, rosafarbenen Hände. »Eine Frau ... oder ein Mädchen weinte. Irgendwo ganz in meiner Nähe, hinter verschlossenen Türen. Und ein Mann lachte dreckig. Er schien sich prächtig zu amüsieren. Dann folgten ein paar Schläge. Schläge auf nackter Haut.« Jordan hatte seine Jacke über die Stuhllehne gehängt. Darunter trug er ein dunkelgrünes Hemd. Große Schweißflecke breiteten sich unter den Armen aus. »Man weiß doch, wie es sich anhört, wenn auf nackte Haut geschlagen wird. Sie kennen das doch sicher auch, Hauptmann Keil.« Jordan machte Anstalten, von seinem Stuhl aufzustehen.

»Bleiben Sie sitzen«, sagte Keil ruhig, aber bestimmt.

Jordan blieb, wo er war, als wäre er im Akt des Aufstehens zu Stein geworden.

»Ich muss auf die Toilette«, protestierte er schwach.

»Gleich«, erwiderte Keil. »Reden Sie erst weiter. Ehe Sie vergessen, was Sie noch sagen wollten. Sie hörten also, wie eine Frau geschlagen wurde? Fanden Sie das normal?«

»Nein, natürlich nicht.« Jordan setzte sich wieder, und sein ausgeprägter Adamsapfel hüpfte auf und ab. »Aber es hätte doch auch eine Art Rollenspiel sein können. Manche Menschen stehen auf so was.«

Keil dachte an das traurig aussehende Mädchen auf dem Foto, Alexandra Fischer. Sie würde bestimmt nicht freiwillig *auf so was stehen*. Was war aus ihr geworden?

»Ich gehe davon aus, dass Sie mir diese Villen zeigen können?«, fragte er.

»Dort würden Sie nichts mehr finden.« Jordan

rutschte auf dem Stuhl herum. Er musste wirklich dringend auf die Toilette. »Schon seit Ende September musste ich keine Lieferungen mehr überbringen. Von Otto Strack erfuhr ich, dass der Spaß für unbestimmte Zeit ausgesetzt worden sei. Die Beteiligten hatten wohl schon eine Ahnung, dass sich schon sehr bald einiges in der DDR ändern würde.«

»Welche Rolle spielte Otto Strack?«, fragte Keil.

»Als hohes Tier bei der Interflug war er in der Lage, Luxusartikel jeglicher Art auf dem Luftweg heranzuholen. Vor allem größere Dinge, die sich nicht im Kofferraum eines Autos verstecken ließen. Strack erhielt eine Liste von den Auftraggebern und erfüllte alle Wünsche. Bis zu seinem Ruhestand.«

»Reichte seine Stellung nicht aus, um an dem *Spaß* persönlich teilnehmen zu dürfen?« Keil hatte das Bild des alten Mannes vor sich. Erdrosselt, einen schmutzigen Lappen im Mund, den greisen Körper mit Altersflecken übersät, die Beine von wulstigen Krampfadern durchzogen. Am Bett des Toten hatte er noch Mitleid empfunden.

»Ich traf mich hin und wieder mit Strack. Wir waren uns früher bei den Übergaben ein paarmal über den Weg gelaufen.«

Keil beobachtete aufmerksam Jordans Körpersprache, lauschte auf den Tonfall seiner Stimme.

»Strack erwähnte mal, dass er ein paarmal eingeladen wurde. Um mit den Häschen zu feiern. Damit waren Frauen gemeint.«

»Das dachte ich mir«, sagte Keil trocken. »Und weder Strack noch Sie wussten, wo diese so genannten Häschen herkamen?«

»Ich machte mir schon so meine Gedanken«, gab Jordan zu. »Aber ich ging davon aus, dass die Frauen es freiwillig machten und dafür gut bezahlt wurden.«

»Prostitution ist seit 1968 in der DDR verboten«, bemerkte Keil. »Die Toilette finden Sie im Flur, zweite Tür links.«

Jordan verließ die Küche. Der Mann verströmte pure Angst. Keil vermutete, dass er ihm einige Dinge vorenthielt. Vielleicht hatte Jordan doch an den Orgien teilnehmen dürfen. Zumindest hin und wieder. Als Belohnung für seine Ergebenheit.

In nur wenigen Tagen war Keils Glaube an den Staat, dem er bisher aus Überzeugung gedient hatte, nach und nach pulverisiert worden. Er musste an die hohen Funktionäre denken, die salbungsvolle Reden im Fernsehen hielten und am Nationalfeiertag auf den Podesten standen, um jovial lächelnd der vorbeimarschierenden FDJ und den Kampfbrigaden zu winken. Wer von ihnen war an den Schweinereien beteiligt? War sein Onkel Paul Gerlach wirklich daran interessiert, diese Leute zu überführen? Besaß er überhaupt die Möglichkeiten dazu? Und waren die unbekannten Mörder am Ende nicht schneller? Sie wollten keine juristische Aufarbeitung, ihnen gierte nach einer zügigen und obendrein brutalen Eliminierung der Täter.

Zum hundertsten Male fragte Keil sich, warum sie

ausgerechnet ihm die Aufzeichnungen der Morde sandten. *Für sie sind es keine Morde,* überlegte Keil. *Es sind Hinrichtungen.*

Wenn es jemals zu einem Prozess kam, würde Lothar Jordan ein wichtiger Zeuge oder auch Mitangeklagter sein. Keil musste daher verhindern, dass er ebenfalls umgebracht wurde. Hier war er auf keinen Fall für längere Zeit sicher, schließlich wussten die Mörder von Illner, Strack und Klara Jennen nur zu gut, wo Keil wohnte. Aber Keil hatte bereits eine Idee, wo er Jordan verstecken konnte.

Er hörte, wie die Toilettenspülung betätigt und dann der Wasserhahn aufgedreht wurde, der über eine Minute lief. Lothar Jordan brauchte wohl dringend ein wenig Abkühlung. Der Mann kehrte zurück, und Keil zeigte ihm, wo er die Nacht verbringen konnte: in dem kleinen Zimmer, das Keil zu einem Arbeitszimmer umbauen wollte. Bisher war er jedoch noch nicht dazu gekommen. Ein paar Kisten mit zum Teil längst veralteten Fachbüchern standen in der Ecke, ansonsten war der Raum leer. Keil pumpte mit einem Blasebalg die Luftmatratze auf, die er sich extra zugelegt hatte, als er im August ein Wochenende mit Anne an der Ostsee verbracht hatte. Ohne die Luftmatratze und seine Begleitung hatte sie sich nicht ins Wasser getraut. Sie war Nichtschwimmerin und geriet in Panik, sobald sie keinen Grund mehr unter den Füßen spürte. Sein Angebot, ihr wenigstens ein paar einfache Schwimmzüge beizubringen, hatte sie vehement abgelehnt.

Ein zusätzliches Kissen, zwei Wolldecken, und Jordans provisorisches Nachtlager war perfekt. Als Keil ihm das Zimmer zeigte, schielte Jordan zu dem Fenster mit der gesprungenen Glasscheibe.

»Da könnte höchstens ein Kind durchklettern«, sagte Keil. »Außerdem bin ich gleich nebenan im Wohnzimmer. Morgen früh werden wir dann von hier verschwinden.«

Er brachte dem Mann noch eine Flasche Mineralwasser und nahm das Telefon im Flur mit ins Wohnzimmer. Er hatte sich von seinem Freund Thilo Brockmann ein extra langes Kabel besorgen lassen. Keil setzte sich in den Sessel, in dem er schon die vergangene Nacht verbracht hatte, und wählte Annes Privatnummer. Wenn die Leichen sich nicht weiterhin in der Gerichtsmedizin stapelten, musste sie längst zu Hause sein.

»Ich habe schon versucht, dich anzurufen«, sagte Anne.

»Ich war in dem neuen Mordfall Klara Jennen unterwegs.«

Keil berichtete in knappen Worten von seinem Besuch der MITROPA-Raststätte, verschwieg aber, dass Lothar Jordan bei ihm war. Er hatte sich fest vorgenommen, Anne so gut wie möglich aus allem rauszuhalten. Es war schon schlimm genug, dass sie die Leichen untersuchen musste. Am liebsten hätte er sie weit fort von allem gewusst.

»Klara Jennen ist totgespritzt worden«, erklärte Anne. »Mit einer Überdosis Heroin.«

»Konntest du feststellen, ob sie schon vorher Drogen genommen hat?«, fragte Keil.

»Schwer zu sagen. Einstiche fanden wir keine an ihrem Körper. Bis auf den tödlichen am Hals.« Keil hörte, wie sie einen Schluck aus einem Glas nahm. Vermutlich Rotwein.

»Mit Heroin hatten wir bisher nie zu tun. Es waren bisher nur ein paar Opioide wie Dolcontral im Umlauf. Medizinisches Personal hat es aus den Kliniken entwendet«, fuhr sie fort. »Jetzt also Heroin. Ich hab den Eindruck, Chicago ist mittlerweile ein harmloserer Ort als unser Potsdam.«

»Sie haben nicht mit Sheriff Keil gerechnet«, versuchte er einen kläglichen Scherz. Anne reagierte nicht, sie hörte sich noch besorgter als sonst an. »Vielleicht sollten wir auch einfach rübermachen.«

»Dort wird es nicht besser sein«, sagte Keil. »Das Heroin kommt von dort. Außerdem kann ich nicht einfach alles hinschmeißen. Man braucht mich.«

»Ich weiß«, sagte sie.

»Ich habe morgen sehr früh einen wichtigen Termin. Kommst du heute Nacht ohne mich aus?«, hörte er sich sagen, obwohl er in diesem Moment nichts mehr herbeisehnte, als mit ihr zusammen zu sein. Haut an Haut. Unter einer warmen Bettdecke.

»Kein Problem«, sagte Anne, aber er konnte ihr die Enttäuschung deutlich anhören.

Nach dem Gespräch spürte Keil, wie dieses verworrene, drückende Dunkel, das ihn zuletzt in der Überwachungszentrale der Raststätte überfallen hatte, zurückkehren wollte.

Lothar Jordan hustete in seinem Zimmer. Zweimal, dreimal, und war dann wieder still.

Keil rief Thilo Brockmann an. Sein Freund wirkte, als wäre er aus dem Tiefschlaf gerissen worden.

»Ich möchte ein paar Tage ausspannen«, begann Keil. »Da, wo wir schon mal waren, du erinnerst dich doch sicher noch.« Er vermied es, sich klarer auszudrücken. Auch wenn sein Onkel schützend die Hand über ihn hielt, war es nicht auszuschließen, dass sein Telefon trotzdem abgehört wurde. Bisher hatte er nie einen Gedanken daran verloren.

»Hä?«, machte Brockmann und brauchte einen Augenblick, um zu verstehen.

»Gleich morgen früh«, redete Keil einfach weiter. »Geht das?«

Endlich schien es bei seinem Freund klick zu machen. »Ich werde alles vorbereiten. Jetzt gleich.«

»Bist du dazu überhaupt noch in der Lage?«

Thilo Brockmann klang mit einem Mal hellwach. »Bin ich.«

Anschließend machte Keil einen Rundgang durch seine Wohnung, überprüfte, ob alle Fenster und die Wohnungstür fest verschlossen waren, und fragte Jordan, ob er noch etwas benötigte. Er kehrte in den Sessel zurück, legte die Pistole auf die Lehne und horchte in die aufkommende Nacht.

Jordan hustete noch ein paarmal. Irgendwann kam

Keil nicht mehr gegen die Müdigkeit an, sein Kinn sackte auf die Brust. Noch einmal schreckte er kurz hoch und schlief dann fest ein.

*

Am Tage sollte Westberlin noch immer ein Tollhaus sein. Gregor fragte sich, wann die Neugierde der DDR-Bürger endlich einer realistischen Betrachtung weichen würde. Dieser Teil jenseits des Schutzwalls war einfach nur schriller und lauter. Selbst jetzt noch raste ein Volkswagen hupend und mit johlenden Insassen durch das Wohngebiet im Stadtteil Charlottenburg.

Gregor kam an einer hölzernen Bank vor ein paar mickrigen Bäumen vorbei. Es stank nach Hundescheiße und menschlichem Urin. Der metallene Abfalleimer neben der Bank war aus der Verankerung gerissen worden und hatte seinen Inhalt – fast ausschließlich leere Bierdosen – auf den Bürgersteig ergossen. Ein bärtiger Mann undefinierbaren Alters lag auf der Bank und schnarchte so laut, dass man es bis zur anderen Straßenseite hören konnte.

Gregors Ziel war nur hundert Meter weiter entfernt. Ein mehrstöckiges Haus, um die Jahrhundertwende erbaut, als es galt, möglichst viele Arbeiter mit ihren Familien auf möglichst wenig Platz unterzubringen.

Gregor war nicht allein unterwegs. Wie immer folgten ihm seine zwei Begleiter. Er wechselte nur selten ein Wort mit ihnen. Sie waren einfach zu gut aufeinander abgestimmt, um die Zeit mit belanglosem Gerede zu vertun.

Die Haustür war nicht verschlossen. Im Flur versperrten Fahrräder den Weg zur Treppe. Eines wäre beinahe umgefallen, als Gregor sich an ihnen vorbeizwängte. Er fing es aber noch rechtzeitig auf und lehnte es wieder vorsichtig gegen die Wand.

Gregor wurde zwar erwartet, legte aber keinen Wert darauf, von den anderen Bewohnern bemerkt zu werden. Er klingelte an der Tür im ersten Stock. Pünktlich wie vereinbart. Die Begleiter blieben im Flur. Nicht mehr als lautlose Schatten.

Der Drogenhändler öffnete. Seine Alltäglichkeit überraschte Gregor. Er hatte ihn sich anders, verschlagener und abstoßender vorgestellt. Der Mann war Anfang dreißig. Etwas übergewichtig, eine Wulst aus weißem Fleisch quoll unter seinem zu kurzen Hemd hervor. Die dünnen Haare hatte er mit einer fettigen Substanz, die stark glänzte, an den Schädel geklebt.

»Ich habe jemand anderes erwartet«, sagte der Mann. »Ich bevorzuge es, wenn ich immer mit denselben Leuten zu tun habe.«

»Sie können mir vertrauen«, sagte Gregor. »Wir waren mit der Ware sehr zufrieden und würden gern eine wesentlich größere Menge kaufen.«

Die Aussicht auf ein gutes Geschäft ließ das Misstrauen des Händlers augenblicklich schwinden.

»Darf ich hereinkommen?«, fragte Gregor freundlich.

Der Mann grinste. »Nur zu. Wir können auch gern ein wenig plaudern. Die Nacht ist noch jung.«

Seine aufgesetzte Zuvorkommenheit widerte Gregor an.

Im Flur hing ein großer Spiegel. Gregor überprüfte kurz den Sitz seiner Frisur. So viel Zeit musste sein. Was er sah, gefiel ihm. Dichtes, schwarzes Haar, ein markantes Kinn, das zusammen mit der in der Vergangenheit mehrfach gebrochenen Nase und dem muskulösem Körper jedem gleich Respekt einflößte.

»Sie sehen gut aus«, bemerkte der Händler und fuhr sich mit der Zunge über die Oberlippe.

»Sind Sie etwa schwul?«, entgegnete Gregor.

»Äh, nein!«, rief der Händler irritiert und hob abwehrend beide Hände. »Wie kommen Sie denn auf die Idee?«

Aus der teuren Stereoanlage im Wohnzimmer drang ein Säuseln und Zirpen, unterlegt mit einem dumpf-monotonen Rhythmus, das Gregor nur entfernt an Musik erinnerte.

»Ich hoffe, es wird auch dieses Mal nicht mit eurem Spielgeld bezahlt.« Der Mann lachte laut und bot Gregor mit ausladender Geste einen Platz auf dem Ledersofa an. »Sie kommen doch auch von drüben, oder?«

»Meine Kollegen haben mir erzählt, dass Sie bei der Abwicklung unseres ersten Geschäfts überraschenden Besuch bekamen.«

»Das wird nicht wieder vorkommen. Heute bleiben wir garantiert ungestört. Großes Ehrenwort!« Der Mann wandte Gregor den Rücken zu und holte eine Flasche Wein aus einem Regal. Sie war bereits geöffnet worden, der Korken fehlte. »Ein Gläschen auf die gemeinsame Zukunft?«

»Welche Zukunft?«, fragte Gregor, und zog die Pistole mit dem Schalldämpfer aus der Manteltasche. Der Drogenhändler schien verblüfft, ihn bewaffnet zu sehen. Die ersten beiden Kugeln trafen den Mann in die Brust. Er stolperte über einen flachen Beistelltisch, die Weinflasche fiel aus seiner Hand, zersplitterte auf den Fliesen, und der Drogenhändler schlug mit dem Hinterkopf auf dem Fußboden auf. Auf seinem Hemd bildeten sich zwei sehr schnell größer werdende Blutflecken, gemischt mit verspritztem Rotwein. Das gedämpfte Ploppen der Projektile, wenn sie zuerst durch den Lauf und dann durch den aufgesetzten Schalldämpfer gejagt wurden, war für Gregor das süßeste Geräusch, das er sich vorstellen konnte. Die dritte Kugel verpasste er dem Burschen direkt in die Stirn. Nicht zu nah, weil ein so großes Kaliber den Kopf eines Menschen aufplatzen ließ wie eine überreife Pflaume. Gregor wollte nichts von den Schädelsplittern und der Hirnmasse abbekommen.

Der Drogenhändler, bei dem einer von Gregors treuen Begleitern das Heroin für die Bestrafung von Klara Jennen eingekauft hatte, war beseitigt. Weil er ein Krimineller und ein Zeuge war. Er hätte schon nach dem Kauf getötet werden sollen, aber leider war das von plötzlich auftauchenden Besuchern verhindert worden.

Videoaufnahmen wurden nicht gemacht. Das hier war nur Beiwerk.

Nun würde Gregor sich um Lothar Jordan kümmern. Diese dreckige Sau!

Kapitel 5

25. November 1989

»Wohin fahren wir?«, fragte Lothar Jordan.

Keil legte die Hände gegen das kühle Glas des Wohnzimmerfensters, presste die Stirn dagegen und starrte auf die Straße. Hin und wieder bog ein Wagen mit eingeschalteten Scheinwerfern um die Ecke. Keiner von ihnen hielt an oder verringerte verdächtigerweise die Geschwindigkeit. Aber vielleicht wurde seine Wohnung längst von einem der gegenüberliegenden Häuser aus beobachtet.

Keil wünschte sich, sein Onkel hätte ihm eine Telefonnummer gegeben. Er hätte ihn dann um Begleitschutz gebeten. Vielleicht kannte der Generalmajor auch einen noch sichereren Ort. Allerdings glaubte Keil nicht, dass der verängstigte Jordan es gutheißen würde, wenn ein hoher Offizier eingeweiht würde.

Keil griff mit der rechten Hand unter seinen Mantel und umfasste den Griff der Dienstwaffe in ihrem Schulterholster.

»Wohin fahren wir denn nun?«, wiederholte Jordan.

»Nach Ketzin«, antwortete Keil. »Bekannte von mir besitzen dort eine Datsche.«

Sie waren bereit zur Abreise. Keil deutete auf den Koffer. Darin hatte er Kleidung für sich und Jordan zusammengepackt. Seine Sachen würden ein wenig zu groß für den Mann sein, aber damit musste der sich abfinden.

»Sie tragen den Koffer und bleiben immer dicht hinter mir«, ordnete Keil an.

Jordan nickte eifrig.

Keil trat in den Hausflur, sah sich mit der Hand an der Waffe um und gab Jordan ein Zeichen, ihm zu folgen.

Sein Wagen stand etwa zwanzig Meter von der Haustür entfernt. Um halb sieben in der Frühe waren noch keine Fußgänger unterwegs. Keil musterte die anderen parkenden Fahrzeuge. Die meisten von ihnen gehörten den Nachbarn.

»Kommen Sie«, sagte Keil leise und behielt die Eingänge und Fenster der anderen Häuser im Auge.

Jordan reckte den Kopf langsam nach beiden Seiten und kam dann aus dem Hauseingang hervor. Den Koffer hielt er wie ein Schutzschild auf Brusthöhe.

»Sie steigen hinten ein und legen sich auf die Rückbank, bis wir aus der Stadt raus sind.«

Der Ort Ketzin lag an der Havel, etwa fünfundzwanzig Kilometer von Potsdam entfernt. Im Sommer war er bei Ausflüglern beliebt, um diese Jahreszeit würde es dort sehr ruhig zugehen. Die Datsche gehörte Thilo

Brockmanns Eltern. In jungen Jahren hatte Keil mit seinem Freund dort so manche Sause veranstaltet. Thilo Brockmanns Bemühungen, ihm sein introvertiertes Verhalten auszutreiben, hatten allerdings nur mäßigen Erfolg erzielt. Keil hatte dabei feststellen müssen, dass er keinen Alkohol vertrug und bei Mädchen nur schwer landen konnte.

Schon damals war das Wochenendhaus mit allerlei Luxus ausgestattet gewesen, über den die meisten Leute heute noch längst nicht in ihren Wohnungen verfügten. Dazu gehörten ein Telefonanschluss und eine Stereoanlage, wie sie Keil noch nie zuvor gehört hatte. Selbst die Lieder von Bands wie Led Zeppelin oder den Rolling Stones, die er mit seinem Kassettenrekorder aus dem Westradio aufgenommen hatte, klangen großartig. Brockmanns Vater galt noch immer als einer der fähigsten Kardiologen der Republik, aber seine Frau war durch einen Schlaganfall zu einem Pflegefall geworden, so dass die Datsche in Ketzin seit geraumer Zeit nicht mehr genutzt wurde.

»Werden wir auch nicht verfolgt?«, fragte Jordan immer wieder von der Rückbank aus und wagte es nicht, den Kopf zu heben.

Als sie die Ausläufer von Potsdam hinter sich gelassen hatten, erlaubte ihm Keil, sich hinzusetzen.

Keil fuhr bewusst ein paar Umwege, hielt mehrmals am Straßenrand, um nachkommende Fahrzeuge vorbeizulassen, und lenkte den Wartburg in einen Waldweg, wo er mit ausgeschalteten Scheinwerfern einige

Minuten ausharrte. Wenn man ihnen tatsächlich gefolgt war, konnte er nun sicher sein, die Verfolger abgehängt zu haben.

Der Morgen dämmerte, als sie Ketzin erreichten. Die Datsche befand sich in Sichtweite der Havel. Wohlbetuchte Bürger hatten dort mehrere Wochenendhäuser errichtet. Keines der Gebäude war zu ausladend oder protzig gebaut. Reichtum erzeugt Neid, hatte Thilo Brockmanns Vater gesagt. Selbst dann, wenn er schwer und ehrlich erarbeitet wurde.

Keil hatte den Mediziner als einen humorigen Genussmenschen erlebt, der ihm wie das Gegenstück zum sozialistischen Idealmenschen vorkam. Seine Mitgliedschaft in der SED war nur Fassade, ein Vehikel, das seine Karriere zusätzlich beschleunigt hatte.

*

Nebel war von der Havel aufgestiegen und flutete in die Straßen von Ketzin hinein. In der aufkommenden Morgendämmerung wirkte der Ort wie eine alte Fotografie, deren Farben im Laufe der Jahrzehnte verblichenen Grautönen gewichen waren.

Es gab eine Menge Bäume und nur wenige Straßenlaternen. Keil fühlte sich unbehaglich, als er den Wagen in die schmale Sackgasse zur Datsche lenkte.

Das Wochenendhaus der Familie Brockmann war das letzte in der kleinen Siedlung. Der Weg endete vor einem Maschendrahtzaun. Dahinter, nur ein paar

Schritte entfernt, floss die Havel. Hier war der Nebel so dicht, dass Keil beinahe ein parkendes Fahrzeug gerammt hätte. Er bremste so scharf, dass Jordan mit seinem ganzen Gewicht gegen die Lehne des Beifahrersitzes geschleudert wurde. Der Wartburg war trotz seiner roten Lackierung erst in der letzten Sekunde sichtbar geworden.

»Wem gehört der Wagen?«, fragte Jordan und umklammerte den Sitz vor ihm. Er rieb sich die Stirn und keuchte. Seine Gesichtsfarbe war bleich, ungesund.

»Einem Freund«, sagte Keil. »Das ist in Ordnung. Die Datsche hier gehört seinen Eltern.«

Eigentlich hatte er nicht damit gerechnet, Brockmann hier noch anzutreffen.

»Sie warten hier. Ich bin sofort wieder zurück.« Keil öffnete die Fahrertür. Die Scharniere quietschten. Das Geräusch klang in der drückenden Stille unnatürlich laut, als wäre es kilometerweit zu hören. Um nicht noch mehr Lärm zu verursachen, lehnte Keil die Wagentür nur an.

Der Nebel verschluckte das erste Licht des Tages, und Keil hatte das beunruhigende Gefühl, dass irgendetwas Gefährliches sich an ihn heranpirschte. Plötzlich aufkommender Wind fegte durch die kahlen Äste des Apfelbaums im Vorgarten der Datsche, zischelte in den immergrünen Sträuchern. Aber er lichtete für einen Moment den Nebel, bis der in neuen Wellen vom Flussbett herantrieb.

Die Terrasse war leer. Keine Blumentöpfe, keine Gartenmöbel. Ein verrosteter Grill war umgefallen, Asche und Holzkohlereste trieben in einer Pfütze. Eine über zwei Meter hohe Mauer aus Ziegelsteinen trennte das Grundstück vom Nachbarn ab. Ein Gehweg aus Betonplatten führte zum Hauseingang. Keil hörte, wie die Tür geöffnet wurde.

Thilo Brockmann stand auf der Schwelle, paffte eine seiner billigen Zigarren und musste den Kopf einziehen, um nicht gegen den Türrahmen zu stoßen. Er überragte auch seine Eltern um einiges, das Haus war nicht nach seinen Bedürfnissen errichtet worden.

»Ich habe nicht damit gerechnet, dass du noch hier bist«, sagte Keil. »Du hättest den Schlüssel auch einfach an der üblichen Stelle hinterlegen können.«

»Es gibt hier noch etwas, das du noch nicht kennst«, erwiderte Brockmann und schnippte den Rest seiner Zigarre in den Vorgarten. »Es könnte nützlich sein.« Er spähte in den Nebel, der wieder zu einem grauen, träge hin und her wogenden Dickicht geworden war. »Bist du allein?«

»Nein, ich habe jemanden mitgebracht, der möglicherweise ebenfalls ermordet werden soll.«

Brockmann verzog das Gesicht. »Dann hat er etwa auch mit den Mädchen zu tun?«

Keil schüttelte den Kopf. »Angeblich nicht, er ist nur so etwas wie ein Drogenkurier. Er muss aber unbedingt am Leben bleiben, damit wir einen Zeugen haben, wenn es zu einer Verhandlung kommt.«

»*Falls* es jemals zu einer Verhandlung kommt«, korrigierte Brockmann. »Ich will gar keine weiteren Details wissen. Komm rein, ich muss dir die Neuerungen zeigen.«

Keil versuchte vergeblich, seinen Wagen im Nebel auszumachen, es gelang ihm nicht.

Im Haus roch es abgestanden, hier war seit langer Zeit nicht mehr gelüftet worden. Im Innern war es wesentlich luxuriöser eingerichtet, als man vom äußeren Erscheinungsbild her annehmen konnte. Im großzügigen Wohnzimmer gab es einen Kamin, Bücherregale, deren Holz vom Nikotin nachgedunkelt war. Ein riesiger Teppich aus Afghanistan bildete den Mittelpunkt einer Sammlung aus Antiquitäten aus dem südasiatischen Gebirgsland. Über dem Kamin hing das Gemälde einer altertümlichen Zitadelle in einem dichtbewaldeten Flusstal, im Hintergrund türmte sich ein düsteres Gebirgsmassiv bis zum grellblauen Firmament auf. Thilo Brockmanns Vater hatte nach der sowjetischen Intervention ein halbes Jahr in einem Krankenhaus der Hauptstadt Kabul operiert und heimische Ärzte ausgebildet. Seitdem hatte er eine Vorliebe für die Kultur des Landes.

Neu war der große japanische Fernseher mit dem Videorekorder.

Hinter dem Wohnzimmer lag, getrennt durch eine Schiebetür, die Küche. Herd und Kühlschrank stammten aus westdeutscher Fabrikation.

»Der Kühlschrank ist mit dem Notwendigsten gefüllt«, erwähnte Brockmann. Er schob den bunten Läufer in einer Ecke der Küche zur Seite. Keil wusste, dass sich darunter ein mit Holzbrettern verschalter Kriechkeller befand. Nur wenige Quadratmeter groß und mit einer so niedrigen Decke, dass man sich, wie es die Bezeichnung verriet, nur gebückt bewegen konnte. Eine Stiege mit drei Stufen führte hinab. Brockmann kletterte voran und betätigte einen Lichtschalter. Eine Neonröhre flammte auf; bei Keils früheren Besuchen hatte es dort kein elektrisches Licht gegeben. Im Kellerraum wurden Getränke, in erster Linie erlesene Weine, aufbewahrt. Hier hatte Keil seinen ersten und einzigen französischen Rotwein probiert. Er konnte sich an den trockenen und irgendwie erdigen Geschmack noch gut erinnern. Das Glas hatte er nur geleert, um sich gegenüber Thilo Brockmanns Vater keine Blöße zu geben. Der hatte den Wein zuvor in höchsten Tönen gelobt.

Keil folgte seinem Freund. Die Wände waren mittlerweile zusätzlich mit Styroporplatten gedämmt worden. In einem Metallregal standen zwei Videorekorder und ein paar elektrische Geräte, deren Funktion Keil unbekannt war.

»In den letzten Jahren ist es auch hier nicht mehr so ruhig wie früher«, erklärte Brockmann. Er rutschte auf den Knien, und dennoch trennten nur Zentimeter seinen Kopf von der Decke. »Es kam zu Einbrüchen oder Vandalismus. Daher habe ich diese Videoüberwachung für meine Eltern installiert. Die beiden Rekorder sind in Reihe geschaltet. Das bedeutet, wenn die Kassette im ersten Rekorder nach acht Stunden voll ist, schaltet sich der zweite automatisch ein.«

»Also ergibt das insgesamt sechzehn Stunden Aufnahme«, bemerkte Keil. »Und danach?«

Brockmann zuckte mit den Schultern. »Dann ist Feierabend. Man kann also nur auf einen Treffer in diesem Zeitraum hoffen.«

»Gab es so einen Treffer?«

»Nö«, erwiderte Brockmann. »Kaum war ich mit der Installation fertig, schnappten deine hiesigen Kollegen ein paar Jugendliche, die den ganzen Mist hier verzapft haben sollen. Seit dem Sommer ist hier Ruhe.«

»Aber deine Überwachungsanlage funktioniert noch?«

»Klar. Sie wird im Wohnzimmer durch einen kleinen Kippschalter neben dem Antennenanschluss für den Fernseher eingeschaltet. Ich dachte mir, das könnte dir vielleicht von Nutzen sein. Kippschalter ein, alles andere läuft dann sechzehn Stunden von selbst.«

Keil betrachtete die digitalen Anzeigen der Videorekorder. Beide Laufwerke standen auf null.

»Danke«, sagte er. »Ich werde es mir merken.«

Sie verließen den Keller, und Brockmann legte wieder den Läufer über die Luke.

»Die Kamera überwacht nur den Eingang und den Vorgarten«, sagte Brockmann. »Ich wollte noch eine zweite für den hinteren Bereich installieren, aber wegen der Krankheit meiner Mutter bin ich dazu nicht mehr gekommen. Außerdem hat es seit der Festnahme dieser Jugendbande ohnehin keine Vorfälle mehr in der Siedlung gegeben.«

Brockmann war schon an der Haustür, als er sich noch einmal umwandte.

»Wegen dem Telefon weißt du ja Bescheid, Martin. Da hat sich nichts geändert.«

Keil nickte. Da Thilo Brockmanns Vater als Kardiologe Zugang zu den ganz hohen Tieren hatte, wurde er von der Stasi überwacht. Anfangs hatten sie versucht, die Datsche und das Telefon zu verwanzen, hatten damit aber nur Thilos Ehrgeiz geweckt. In Keils Beisein hatte er bei jedem Besuch die Abhöranlagen ausfindig gemacht und feixend entfernt. Bis die Stasi die Sache freiwillig aufgegeben hatte. Schließlich konnten die Überwacher sich nicht beim führenden Herzspezialisten der DDR beschweren und somit eingestehen, dass sie ihn ausspionieren wollten.

Allerdings vermutete Keils Freund, dass die Leitung vom nächsten Verteiler aus angezapft wurde. Um abhörsicher telefonieren zu wollen, musste Keil die nächste Telefonzelle in der Nähe des Zentrums von Ketzin benutzen.

»Eine Frage noch«, hielt ihn Keil zurück. »Bei deiner Arbeit für die Stasi, hast du da mal was von einer Zentralen Auswertungs- und Informationsgruppe, kurz ZAIG, gehört?«

Sein Freund dachte kurz nach und schüttelte den Kopf. »Sagt mir nichts. Was soll das denn sein?«

»Möglicherweise hat diese Gruppe was mit den Morden zu tun.«

»Ich höre mich mal um.« Brockmann ging in den

Nebel. Als er sich entfernte, tanzten seine Konturen noch ein, zwei Sekunden in dem grauen Nichts.

»Sei vorsichtig!«, rief Keil ihm nach.

*

Keil holte Jordan aus dem Wagen. »Das Wetter ist nicht gut«, wiederholte der Mann mehrmals auf dem Weg zum Haus. »Man sieht nicht, wer oder was kommt.«

Erst als Keil die Haustür hinter ihnen verriegelte, wurde Jordan ein wenig ruhiger. Angesichts der Inneneinrichtung stieß er einen anerkennenden Pfiff aus. »Nicht übel.«

Keil deutete auf das Telefon neben dem Fernseher. »Keine Anrufe«, sagte er. »Das ist nicht sicher. Wenn ich Sie hier anrufen muss, was nur im äußersten Notfall geschehen wird, lasse ich es dreimal klingeln, lege wieder auf und rufe erneut an. Erst dann nehmen Sie ab.«

»Sie wollen mich hier allein lassen?!« Jordan klang entsetzt.

»Ich muss zurück nach Potsdam. Um zu wissen, wie sich alles entwickelt.«

»Das können Sie mir nicht antun, Hauptmann!«

»Das ist auch in Ihrem Interesse.« Keil hatte das Gefühl, mit einem kleinen, verängstigten Kind zu reden. »Ich komme am Abend wieder zurück.«

»Können Sie mir eine Waffe geben?« Jordan presste die Lippen zu bleichen Strichen zusammen.

»Nein«, sagte Keil bestimmt. »Bleiben Sie im Haus

und verhalten Sie sich ganz ruhig. In der Küche finden Sie alles, was Sie brauchen.«

Er ging zum Wohnzimmerfenster und ließ die Rollläden herunter. »Machen Sie nur in diesem Raum das Licht an. Und achten Sie darauf, dass die Türen zur Küche und zum Flur verschlossen sind, damit der Lichtschein nicht nach außen dringt. Der Kamin bleibt auch aus. Jemand könnte den Rauch aufsteigen sehen.«

Jordan sah aus, als würde er gleich in Tränen ausbrechen. Keil tat so, als würde er den Antennenanschluss des Fernsehers überprüfen, und schaltete dabei den Kippschalter für die Videoüberwachung ein. »Sie können sich die Zeit auch mit Fernsehen vertreiben. Ich weiß, dass ARD und ZDF in bester Qualität empfangen werden.«

Er winkte Jordan noch einmal zu und verschloss dann die Haustür von außen. Er nahm sich vor, den Mann nicht allzu lange allein zu lassen. Jordan gehörte zu der Sorte Mensch, die im Alltag einen gefestigten, in ihrer beruflichen Stellung vielleicht sogar einen arroganten Eindruck machte, aber unter Belastung zusammenbrach oder zu unüberlegten Panikreaktionen neigte. Angstbeißer hatte man sie auf der Polizeischule genannt.

Der Nebel hatte sich nicht gelichtet. Im Schein der aufgehenden Sonne wirkte er jetzt weiß und grell. Keil lehnte sich an seinen Wartburg und wartete. Er lauschte auf eventuelle Geräusche, die auf die Anwesenheit von Verfolgern hindeuteten, aber er glaubte nur, die nach den Regenfällen der letzten Tage eilig fließende Havel hören zu können. In der Nähe krähte ein Vogel.

Nach etwa fünf Minuten stieg er in den Wagen und fuhr los. Die Straßenlaternen im Zentrum des Ortes schimmerten im Nebel wie eine Konstellation von blassen Monden. Er schaltete das Radio ein. Die Band Silly sang von den verlorenen Kindern in den Straßen von Berlin. Ein Lied, das genau Keils momentane Stimmung traf.

*

Potsdam empfing ihn mit Nieselregen, aber wenigstens gab es hier keinen Nebel. Keil schnippte die Zigarettenkippe in den Rinnstein und betrat das Polizeirevier.

Im Flur kam ihm Gröben mit zwei vollen Tassen Kaffee entgegen. »Ich frage schon gar nicht mehr, wo du gesteckt hast«, wurde er von dem Leutnant begrüßt.

»Ist der Kaffee für mich?«, fragte Keil.

»Nee, in meinem Büro sitzt eine Frau, die eine Vermisstenanzeige aufgeben will. Eigentlich wollte sie zu dir. Sie sorgt sich um ihren Bruder. Einen gewissen Lothar Jordan.«

»Was!«, entfuhr es Keil. »Dieser Jordan stand in Otto Stracks Telefonkartei. Ich habe vorgestern noch mit dem Mann telefoniert.«

»Schön, dass ich das auch mal erfahre«, erwiderte Gröben. Kaffee schwappte aus einer der Tassen auf den Boden. »Dann könnte sein Verschwinden mit den Morden zu tun haben.«

»Möglich. Schick die Frau in mein Büro. Ich übernehme.«

»Ganz, wie du willst. Ich hab genug andere Dinge zu erledigen.« Gröben hielt ihm die noch saubere Tasse hin. »Die ist für die Frau.«

»Sag bitte noch vorn Bescheid, dass keine Anrufe zu mir durchgestellt werden«, bat Keil.

»Wird erledigt, Genosse Hauptmann. Ich lasse sie auf mein Telefon umstellen.« Gröben klang sarkastisch. Keil konnte es ihm nicht verübeln, dass sein Kollege über den mangelnden Informationsaustausch verärgert war. Er ging mit dem Kaffee in sein Büro und wartete.

Jordans Schwester kam eine Minute später herein. Eine schlanke Frau mit halblangen mausgrauen Haaren, die sie in der Mitte streng gescheitelt hatte. Kein Lippenstift, flache Schuhe, Wollpullover, braune Hose. Die Unscheinbarkeit in Person. Ein dunkler Wintermantel hing über ihrem Arm.

Keil nahm ihr den Mantel ab, hing ihn an den Garderobenständer und bat sie, Platz zu nehmen. »Der Kaffee ist für Sie.«

Sie stellte sich als Eva Opitz vor, legte kurz beide Hände um die warme Tasse, dann holte sie ein Farbfoto aus ihrer Hosentasche. Eines von der Art, wie sie für Ausweise verwendet wurden.

»Das ist mein Bruder Lothar Jordan«, sagte sie, und reichte Keil das Foto. »Ich hatte Ihrem Kollegen bereits mitgeteilt, dass er seit zwei Tagen verschwunden ist. Sie können das Foto behalten.«

»Zwei Tage«, wiederholte Keil. »Das ist keine besonders lange Zeit. Vielleicht musste er weg. Dienstlich oder so. Wo arbeitet er denn?«

»Bei der Stadtverwaltung«, antwortete sie. »Dort wird er auch bereits vermisst. Es ist nicht seine Art, so einfach zu verschwinden. Ich bin sicher, dass da etwas passiert sein muss.«

»Wann haben Sie Ihren Bruder zum letzten Mal gesehen, Frau Opitz?«

»Wir haben vor drei Tagen miteinander telefoniert. Getroffen haben wir uns am letzten Sonntag. Das machen wir eigentlich regelmäßig. Das Verhältnis zu meinem Bruder ist sehr gut.« Sie trank einen Schluck Kaffee. »Im vergangenen Jahr hat er meinem Mann und mir sogar eine Kreuzfahrt mit der Arkona nach Kuba geschenkt. Außenkabine.«

»Dann muss er wohl ganz gut verdient haben?«, fragte Keil.

Sie zuckte mit den Schultern. »Das habe ich mich auch des Öfteren gefragt. Er brachte mir auch immer Waren aus dem Westen mit. Vielleicht steckt er ja deshalb jetzt in Schwierigkeiten.«

Damit liegst du goldrichtig, dachte Keil und sagte: »Sie wissen nicht, wie er sich das leisten konnte? Arbeitete er noch nebenher?«

»Das hätte ich gewusst.« Ihre Miene verfinsterte sich kurz. »Und wenn Sie andeuten wollen, dass er Geld für gewisse Gefälligkeiten annimmt, kann ich das strikt verneinen. So einer ist Lothar nicht.«

»Halten Sie es für möglich, dass er sich in die BRD abgesetzt hat?«

Sie stocherte mit dem Zeigefinger in der Luft herum. »Bei uns in der Klinik sind schon einige abgehauen. Sogar welche von den Ärzten.«

»Sind Sie auch Ärztin?«, fragte Keil nach.

»Leitende Stationsschwester«, antwortete Eva Opitz. »Also, wenn mein Bruder einen Abstecher in den Westen gemacht hätte, was ich nicht glaube, hätte er mir Bescheid gesagt. Außerdem ist es nicht seine Art, die Arbeit bei der Stadt zu vernachlässigen. Da ist er immer sehr pflichtbewusst.«

»Frau Opitz, mein Kollege sagte mir, dass Sie eigentlich zu mir wollten. Hat das einen bestimmten Grund?«

Sie lächelte. »Man weiß doch, dass Sie damals diesen Mörder von dem kleinen Mädchen gefasst haben. Sie sind eben ein hervorragender Ermittler.«

Keil wollte die Frau loswerden, sie schien von den Kurierdiensten ihres Bruders keine Ahnung zu haben.

»Ich werde alles Notwendige veranlassen«, sagte er. »Ich bin sicher, dass wir Ihren Bruder sehr bald finden.«

»In ein Krankenhaus wurde er nicht eingeliefert«, sagte Eva Opitz. »Ich habe auch in Berlin nachgefragt.«

»Gut, da haben Sie uns ja schon reichlich Arbeit abgenommen.«

Keil betrachtete das Foto. Es mochte vor ein paar Jahren aufgenommen worden sein. Jordans Haar wirkte voller als heute, und beide Augen waren noch grün.

»Das Foto wird bei der Suche sehr nützlich sein. Ich

muss natürlich einen Vermerk wegen seiner Augenfarbe beifügen.«

»Augenfarbe?«, fragte Eva Opitz.

Keil stutzte, ließ sich aber nichts anmerken. »Sie kennen doch die Augenfarbe Ihres Bruders?«

»Natürlich. Sie sind grün. Kann man doch auf dem Foto ganz gut erkennen.« Sie starrte ihn überrascht an, griff nach der Kaffeetasse und trank erneut. Als sie die Tasse wieder absetzte, wirkte sie wieder völlig gefasst.

»Gut«, sagte Keil. »Ich muss noch ein Formular holen. Einen Augenblick, bitte.«

Auf dem Flur winkte er einen jungen Kollegen herbei. »In meinem Büro sitzt eine Frau. Warten Sie vor der Tür und achten Sie darauf, dass Sie nicht verschwindet.«

Ohne anzuklopfen stürzte er in Gröbens Büro. »Hör zu, das ist nicht Lothar Jordans Schwester.«

Gröben tippte mit seinem verblüffend flinken Zwei-Finger-System einen Bericht auf der Schreibmaschine.

»Was sagst du da?«, fragte er.

»Jordan hat seit einem Jahr ein grünes und ein graues Auge. Als Folge einer Erkrankung. Obwohl diese Frau behauptet, ihren Bruder regelmäßig zu sehen, weiß sie davon nichts.«

»Und woher weißt du von den verschiedenfarbigen Augen, Martin?«

»Das erkläre ich dir später. Bitte, du musst Geduld mit mir haben.«

Gröben schnaubte. »Du bist in den Mordfällen schon viel weiter, als du zugibst. Warum sagst du mir nichts?«

»Gut, ich kann dir im Moment nur verraten, dass Lothar Jordan auf einer Art Todesliste steht. Er war mit Klara Jennen und Otto Strack gut bekannt. Jetzt ist er untergetaucht.«

»Und du kennst sein Versteck?« Gröben war für seine schnelle Auffassungsgabe berüchtigt. Er brauchte Keils Bestätigung gar nicht erst abzuwarten. »Dann ist diese Frau geschickt worden, um herauszufinden, ob wir eine Ahnung haben, wo Jordan ist. Oder genauer gesagt, ob *du* es weißt.« Plötzlich fluchte er laut. »Verdammte Scheiße!« Er sprang auf und baute sich vor seinem Vorgesetzten auf. »Du hast Mist gebaut, weil du mich nicht einweihst. Während du mit der falschen Schwester sprichst, ruft hier ein ziemlich nervöser Mann an. Er nennt seinen Namen nicht und will nur dich sprechen. Als ich ihm sage, dass du zurzeit nicht erreichbar bist, legt er auf. Was ist, wenn das dein Freund Jordan war und er in Schwierigkeiten steckt?«

Keil wurde kurz schwarz vor Augen. Er fühlte, wie ihm alles entglitt. Er hatte Jordan doch untersagt, das Telefon zu benutzen. Wenn er es doch getan hatte, musste es dafür einen wichtigen Grund geben.

Keil griff nach Gröbens Telefon und wählte die Nummer der Datsche in Ketzin. Er ließ es dreimal klingeln, legte auf und rief dann erneut an. Gröben sah ihm dabei schweigend zu.

Jordan nahm nicht ab. Keil ließ es lange klingeln. Ohne Erfolg.

»So, wie du dich aufführst, muss Jordan in verdammt üblen Schwierigkeiten stecken«, stellte Gröben fest. »Lass dir von mir helfen.«

»Das geht jetzt nicht«, erwiderte Keil und bemühte sich, ruhig und konzentriert zu atmen. »Wenn ich dich einweihe, könntest du auch in Gefahr kommen.«

»Ich denke, das gehört zu unserem Beruf.«

Keil schüttelte energisch den Kopf. »Du kannst mir helfen, indem du die Frau in meinem Büro festsetzt. Sie handelt im Auftrag der Mörder.«

Keil stürmte aus dem Büro. Der junge Kollege vor der Tür seines Büros gab ihm ein Zeichen, dass alles in Ordnung sei.

Nichts ist in Ordnung, dachte Keil. *Gar nichts!*

*

Das Schicksal arbeitete gegen ihn. Auf halber Strecke zur Datsche hatte es einen schlimmen Unfall gegeben. In einer Kurve war ein Lastwagen gegen einen Trabant geprallt. Der Fahrer des Lkws musste auf der regennassen Straße die Kontrolle über sein Fahrzeug verloren haben und hatte den Trabant frontal erwischt. Der Trabant war regelrecht zerfetzt worden. Die ineinander verkeilten Fahrzeuge blockierten die gesamte Breite der Straße. Es hatte sich ein kleiner Stau gebildet. Weiter vorn erkannte Keil zwei Rettungswagen und einen Streifenwagen. Keil stieg aus, rannte zu einem Verkehrspolizisten, hielt ihm seinen Dienstausweis entgegen und teilte ihm mit mühsam beherrschter Stimme mit, dass er in einem lebenswichtigen Notfall unterwegs sei.

»Das sind wir auch, Kollege«, sagte der Polizist und deutete mit seinem schwarzweißen Verkehrsstab auf den Unfall. Die Insassen des Trabants mussten mittlerweile geborgen worden sein. Einer der Rettungswagen fuhr mit eingeschalteter Sirene in Richtung Potsdam los. Angesichts des Zustands des Trabants – die vordere Hälfte des Wagens war förmlich zersplittert, und die Bruchstücke hatten sich über die ganze Straße verteilt – kam es einem Wunder gleich, wenn die Insassen überlebt hatten.

»Ein junges Pärchen hier aus der Gegend«, sagte der Polizist, als hätte er Keils Gedanken erraten. »Sieht böse aus. Der Fahrer des Lastwagens sagt, dass ihm in der Kurve ein grauer Lada mit hohem Tempo entgegenkam. Er musste ausweichen, geriet ins Schleudern und rammte den Trabant. Der Fahrer des Ladas ist einfach weitergerast. Das war glatte Fahrerflucht.«

Etwas abseits hockte ein Mann mit blauer Latzhose und schwarzer Schiebermütze am Straßenrand. Er hielt das Gesicht in den Händen verborgen und schluchzte hemmungslos. Ein zweiter Polizist stand neben ihm und klopfte ihm tröstend auf die Schulter.

»Wenn Sie sich ganz rechts halten, könnten Sie vorbeikommen, Herr Hauptmann«, sagte der Polizist.

Keil eilte zu seinem Wagen, rangierte ihn aus der Schlange und fuhr im Schritttempo an der Unfallstelle vorbei. Der Polizist ging voran, räumte eine völlig verbogene Stoßstange aus dem Weg und kickte ein paar besonders große Glassplitter zur Seite. Die Räder auf der Beifahrerseite von Keils Wartburg kämpften sich durch den Schlamm am Fahrbahnrand, das vordere Antriebsrad drehte durch und drohte, sich festzufahren. Der Polizist stemmte sich gegen das Heck des Wagens, und mit einem Ruck kam der Wartburg frei.

»Vielen Dank!«, rief ihm Keil zu.

Der morgendliche Nebel hatte sich in Richtung Havel zurückgezogen. Seine Grenzlinie jenseits des Maschendrahtzauns am Ende der Sackgasse schien aus der Entfernung ganz scharf und gerade. Der leichte Wind hatte gedreht und trug das Gurgeln des Flusses jetzt so unnatürlich laut mit sich, als würde der Fluss direkt zu Keils Füßen verlaufen.

Keil parkte den Wagen am Anfang des Weges, um sich der Datsche unbemerkt nähern zu können. Alles sah ganz normal aus. So, wie er den Ort zurückgelassen hatte. Heruntergelassene Rollläden vor dem Wohnzimmerfenster, das niedrige Gartentor geschlossen. Und doch beschlich ihn das Gefühl, dass irgendetwas Fremdes im Verborgenen blieb und ihn dabei ganz genau im Auge behielt. Mit der Hand an der Waffe wirbelte er herum. Aber da war nichts.

Er beschloss, das Gebäude zuerst einmal zu umrunden, denn vielleicht hatte sich jemand an den Fenstern an der Rückseite Einlass verschafft. Keil bewegte sich lautlos, verbarg jetzt die Hand mit der Waffe in der rechten Manteltasche. Der Rasen hinter dem Haus war seit Ewigkeiten nicht mehr gemäht worden. Lange, bräunliche Halme glänzten feucht im stahlgrauen Tageslicht.

Alle Fenster waren mit nachträglich angebrachten Gittern gesichert worden. Um hier eindringen zu wollen, hätte schweres Werkzeug zum Einsatz kommen müssen. Keil spähte durch die Gitterstäbe in die Küche. Der Raum lag im Halbdunkel, auf dem Tisch entdeckte er ein halbvolles Glas Milch. Alles wirkte so normal, dass er hoffte, Lothar Jordan unversehrt vorzufinden. Vermutlich hielt er sich im Wohnzimmer auf und schaute Westfernsehen, den Ton sehr leise eingestellt, damit bloß nichts nach draußen drang.

Keil kehrte zur Haustür zurück, und gerade als er die Hand nach der Klinke ausstreckte, nahm er aus den Augenwinkeln eine Bewegung wahr. Hinter dem Zierstrauch neben dem Gartentor. Er umklammerte die Waffe fester.

Zuerst tauchte ein Hut hinter dem Busch auf. Von der Art, wie sie der ehemalige Generalsekretär Erich Honecker bevorzugte. Dann folgte das Gesicht darunter. Übergroße Nase, buschige Augenbrauen. Der alte Mann kam ihm bekannt vor.

»Die Polizei ist bereits informiert«, sagte er mit flatternder Stimme.

»Ich bin es, Martin Keil! Erinnern Sie sich noch an mich? Und ich bin von der Polizei!«

Dem Mann, dessen Namen Keil vergessen hatte, gehört eine Datsche am Anfang der Siedlung. Er war mit

Thilo Brockmanns Eltern befreundet und früher ein paarmal zum gemeinsamen Grillen erschienen.

»Oh!«, machte der Mann und trat hinter dem Busch hervor. »Natürlich, der Martin Keil. Da bin ich aber froh. Ich hab mich nämlich gefragt, wem der Wagen gehört.« Er wedelte lachend mit den Händen. »Das mit der Polizei stimmt gar nicht. Das war ein Bluff.«

Keil ging auf ihn zu, und sie schüttelten sich über das Gartentor hinweg die Hände.

»Dann waren Sie schon die ganze Zeit hier?«, fragte der Nachbar.

»Ich musste nur kurz etwas erledigen«, antwortete Keil ausweichend.

»Vorhin hab ich meinen morgendlichen Spaziergang gemacht«, fuhr der Mann fort. »Auch der Nebel kann mich davon nicht abhalten. Als ich hier am Haus vorbeikam, hab ich eine Bewegung hinter dem Fenster da gesehen.« Er deutete auf das schmale Fenster neben der Haustür. »Weil ich hier nirgends den Wagen der Brockmanns entdecken konnte, dachte ich mir, ich sehe mal besser nach dem Rechten. Wir haben da ja in der Vergangenheit schlimme Erfahrungen gemacht.«

»Ich weiß«, sagte Keil. »Haben Sie etwa geklingelt?«

Der alte Mann lachte kurz und heiser. »Um einen eventuellen Einbrecher zu warnen? Nein, ich bin ums Haus geschlichen, aber da war alles in Ordnung. Muss mich wohl getäuscht haben.« Er kniff ein Auge zu. »Oder haben Sie sich das Häuschen für ein romantisches Treffen mit einer hübschen Dame ausgeliehen?«

»Leider nein«, erwiderte Keil betont freundlich. »Ich muss einfach nur mal ausspannen.«

Der Mann nickte voller Verständnis. »Das kann ich nur zu gut verstehen. Im Moment geht es bei uns in Berlin ja ziemlich hektisch zu. Das ist nichts für mich und meine Frau.« Er wandte sich zum Gehen. »Nichts für ungut, Herr Keil. Und wenn es Ihnen langweilig werden sollte, schauen Sie ruhig mal bei uns vorbei. Wir würden uns freuen.«

»Mach ich«, sagte Keil und wartete, bis der Nachbar, dessen Name ihm noch immer nicht einfallen wollte, ein gutes Stück entfernt war.

Keil konnte sich nun vorstellen, was geschehen war. Der Mann hatte in seiner nachbarschaftlichen Fürsorge die Datsche der Brockmanns überprüft, weil er darin Einbrecher oder jugendliche Rabauken vermutet hatte. Jordan hatte bemerkt, dass jemand ums Haus schlich, und umgehend versucht, Keil zu erreichen. Den Hinweis, auf keinen Fall das Telefon zu benutzen, hatte er, ängstlich wie er war, völlig außer Acht gelassen. Aber warum hatte Jordan nicht auf Keils Rückruf reagiert?

Keil versicherte sich, dass der Nachbar nicht mehr zu sehen war, und ging zur Haustür zurück. Sie war nicht abgeschlossen. Keinerlei Einbruchsspuren. Was nichts zu bedeuten hatte. Leutnant Gröben gelang es, fast jede Tür mit nur wenigen Hilfsmitteln zu öffnen.

Keil holte die Pistole aus der Manteltasche hervor.

Er ließ die Tür nach innen aufschwingen und schob sich vorsichtig in den dämmrigen Flur. Bis auf das

Ticken einer Uhr an der Wand war es still. Brockmanns Mutter hatte überall im Haus Uhren verteilt. Pünktlichkeit besaß bei ihr stets höchste Priorität, ebenso wie Tischmanieren. Das legere Verhalten ihres Mannes hatte sie nie übernommen.

Im Wohnzimmer war es dunkel, Jordan hatte den Rat beherzigt, die Tür zur Küche geschlossen zu halten. Das Licht vom Flur reichte nicht aus, um dem Raum mehr als ein paar schemenhafte Umrisse zu entlocken. Keil strich mit der linken Hand über die Wand und spürte das Muster der Raufasertapete unter den Fingerspitzen, bis sie den Lichtschalter gefunden hatten.

Wo steckte Jordan?

Die Fernbedienung des Fernsehers lag auf dem Boden. Die Batterien waren herausgefallen und ein Stück weiter unter den Esstisch gerollt. Nichts Ungewöhnliches, aber gemeinsam mit der nicht mehr verschlossenen Haustür wurde Keil bewusst, dass seine schlimmsten Befürchtungen gerade bestätigt wurden.

»Jordan?«, rief er halblaut.

Keine Reaktion.

»Herr Jordan? Ich bin es.«

Nichts.

Er ging zurück in den Flur, von dort erreichte man die beiden Schlafräume der Datsche. Das erste und kleinere, in dem er früher mit Thilo Brockmann übernachtet hatte, fand Keil leer vor. Das Elternschlafzimmer glich einem Schlachthaus.

Blutlachen auf dem Boden, zäh und dunkel. Daneben eine zerrissene Hose. Blutig verschmierte Abdrücke von Händen verteilten sich in einem bizarren Muster über die weißen Wände. Roter Sprühregen auf der Spiegelkommode. Lothar Jordan lag mit nacktem Unterkörper auf dem Bett. Die Arme ausgestreckt wie bei einer Kreuzigung, den Kopf zur Seite geneigt, die Augen starrten die Wand an. Ein kreisrundes Einschussloch – kleines Kaliber, erkannte Keil sofort – exakt in der Stirnmitte. Vom Bauchnabel bis zu den Oberschenkeln war Jordan regelrecht zerfetzt worden. Eine großkalibrige Waffe, vermutlich auch Schrot, hatte das angerichtet. Wo die Genitalien gewesen waren, klaffte eine einzige Wunde.

Trotz seines Entsetzens versuchte Keil, sich das grauenhafte Szenario vorzustellen, dass sich hier abgespielt hatte. Es mussten viele Schüsse auf ihn abgefeuert worden sein. Dutzende. Die ersten hatten ihn nicht getötet, sondern nur fürchterlich bluten lassen. Er war durch das Zimmer getorkelt, um weiteren Kugeln auszuweichen. Vielleicht hatten sie ihn auch vor sich hergetrieben. Die Todesangst mochte ihn noch zunächst taub für die Schmerzen gemacht haben, während sein Lebenssaft unter ihm auf den Boden klatschte. Dann hatten sie ihn auf das Bett gelegt und ihm den finalen Schuss verpasst. Obwohl er ohnehin verblutet wäre. Aber so lief es bei dem Kapuzenmann eben. Immer auf Nummer sicher gehen. Wurden die anderen Opfer bis auf Klara Jennen erdrosselt, erhielt Lothar Jordan eine Kugel ins Großhirn.

Keil hatte ihn nicht schützen können, er hatte versagt und einen Fehler nach dem anderen begangen. Es gab keine sicheren Orte mehr.

Er betrachtete den Toten, dann die Waffe in seiner Hand. Kurz flammte ihn ihm der Gedanke auf, wie einfach es wäre, sich ebenfalls eine Kugel in den Kopf zu jagen. Um aus diesem Albtraum zu entfliehen. Aber dann dachte er an Anne, erinnerte sich an die gemeinsamen Stunden, die ihm jetzt noch schöner, zärtlicher, von Wärme erfüllt vorkamen als jemals zuvor. Er schloss die Augen und wusste, dass es hier nicht enden durfte.

Er verließ das Schlafzimmer und bemerkte erst im Flur, dass seine Schuhe blutige Abdrücke auf den Fliesen hinterließen. Er wischte sie an der Fußmatte vor der Haustür gründlich ab.

Die Mörder hatten es die ganze Zeit auf Jordan abgesehen gehabt, den Mann aber dann irgendwann aus den Augen verloren. Als Jordan ausgerechnet bei ihm Schutz gesucht hatte, war der Mann wieder in ihren Fokus gerückt. Schließlich bewiesen die an Keil gerichteten Videokassetten, dass sie seine Wohnung in der Tuchmacherstraße zumindest zeitweise überwachten. Offensichtlich hatten sie es vermieden, Jordan in dessen eigener Wohnung zu töten, und zwar aus denselben, bisher nicht nachvollziehbaren Gründen, aus denen sie ausgerechnet Keil die Videobänder zukommen ließen. Am Morgen mochte Keil die Mörder dann mit seiner geschickten Fahrweise auf dem Weg nach Ketzin abgehängt haben. Daher war wenig später Jordans angebliche Schwester Eva Opitz im Revier aufgetaucht.

Wenn Jordan mit seinem Anruf beim Revier das Versteck in Ketzin verraten hatte, verfügten die Mörder zwangsläufig über einen Informanten bei der Staatssicherheit. Und dieser Informant hatte blitzschnell reagiert, nachdem er den Anruf abgehört und sogar richtig eingeordnet hatte, und dann Jordans Aufenthaltsort an die Mörder weitergegeben. Keils Rückruf hatte deren Informationsstand demnach nur noch bestätigt. Er hatte mit an Lothar Jordans Grab geschaufelt.

Sie konnten Jordan nicht lange vor Keils Rückkehr getötet haben. Dieses Mal hatte alles schnell gehen müssen, es war nur Zeit für eine blutrünstige Improvisation geblieben, die zeigen sollte, dass Lothar Jordan mehr als nur ein Kurier gewesen war. Vermutlich gab es dieses Mal auch keine Videoaufnahme. Die Gewissheit, dass Keil in das Wochenendhaus zurückkehren würde, musste genügen.

Es gab aber noch eine Alternative zu dem Informanten bei der Staatssicherheit, fiel Keil plötzlich ein. Was war, wenn Jordan sich am Telefon bei Gröben verplappert und so sein Versteck preisgegeben hatte?

Gegen diesen Verdacht sprach, dass Keil bisher von Gröben nicht vehementer dazu gedrängt worden war, mit mehr Informationen rauszurücken. Vielleicht agierte Gröben aber auch nur sehr vorsichtig.

Keil wollte das nicht glauben, aber ein Zweifel an Gröbens Integrität blieb.

Er ging in die Küche, um zu überprüfen, ob der Läufer über der Kellerluke noch an seinem Platz lag. Er schob ihn zur Seite, öffnete den Zugang und konnte das leise Summen der Rekorder hören.

Dann rief er Thilo Brockmann von der Telefonzelle aus an. Er befürchtete schon, ihn nicht erreichen zu können, aber dann nahm sein Freund nach dem zehnten oder elften Klingeln endlich den Hörer an. Keil teilte ihm mit, was vorgefallen war.

Brockmann war über den Mord an Lothar Jordan nicht allzu entsetzt, vielmehr schien es ihn zu erfreuen, dass seine Überwachungsinstallation endlich zum Einsatz gekommen war.

»Wir haben sie auf Band«, sagte er. »Da bin ich sicher.«

Nachdem Keil zur Datsche zurückgekehrt war, verharrte er kurz vor der Haustür und versuchte die Kamera ausfindig zu machen. Es gelang ihm nicht. Brockmann war eben ein absoluter Experte auf seinem Gebiet.

*

Keil schüttete Kaffeepulver in einen Papierfilter, schaltete die Kaffeemaschine ein, setzte sich an den Küchentisch und lauschte dem Blubbern des heißen Wassers. Ein Geräusch, das ihm angesichts der Tatsache, dass sich Jordans furchtbar zugerichtete Leiche nur ein paar Schritte entfernt befand, einen kurzen Moment von Normalität vorgaukelte.

Thilo Brockmann traf nach einer halben Stunde ein. Die Unfallstelle musste mittlerweile wieder für den Verkehr passierbar sein.

»Wo ist die Leiche?«, fragte Brockmann.

Keil hatte ihm am Telefon keine Details verraten.

»Im Schlafzimmer deiner Eltern«, sagte er. »Tu dir das besser nicht an.«

»Die kann da aber nicht bleiben«, stellte Brockmann fest.

»Das ist wahr«, stimmte Keil zu. Darüber hatte er noch gar nicht nachgedacht. Er konnte nicht einfach die Spurensicherung und Anne mit ihrem Assistenten kommen lassen. Er hatte sich auf einen Alleingang begeben, auf dem er nur noch ganz wenigen trauen durfte. Einer von denen war sein alter Freund Thilo Brockmann, der ausgerechnet Techniker bei der Stasi war. Das Auftauchen der fingierten Schwester von Lothar Jordan hatte gezeigt, dass er das Versteck in Ketzin nicht verraten hatte.

»Ich habe mich übrigens nach dieser ZAIG erkundigt«, sagte Brockmann.

»Und?«

»Mein Informant bezeichnete sie wörtlich als *harte Hunde*, um die jeder bei der Stasi einen großen Bogen macht. Aus Angst, bei irgendeiner Fehlleistung ertappt zu werden.«

»Also ist die ZAIG eine interne Kontrollinstanz.«

»Scheint so. Wann hast du die Videoüberwachung eingeschaltet?«, wollte Brockmann wissen.

»So um neun Uhr«, sagte Keil. »Kurz bevor ich nach Potsdam gefahren bin.«

Brockmann sah auf die Uhr. »Kurz nach zwölf. Dann muss alles auf der ersten Videokassette sein.«

Er kroch in den Keller und kehrte mit der Kassette ins Wohnzimmer zurück, schob sie in den Videorekorder, spulte das Band an den Anfang und schaltete den Fernseher ein.

Sie saßen auf dem Sofa, und für einen winzigen Moment war es so, als wären sie wieder jung und warteten gemeinsam darauf, dass im Fernsehen ein DEFA-Film anfing. Vielleicht einer von diesen Indianerfilmen, die Keil heute noch mochte.

Keil kniff die Augen fest zusammen und versuchte sich zu konzentrieren. Manchmal schien sein Verstand aus der brutalen Wirklichkeit aussteigen zu wollen.

Die Aufnahme lief an. Sie zeigte den Weg zum Haus und den Vorgarten im dichten Nebel. Dann sah Keil sich selbst, wie er langsam zum Tor ging und einen letzten Blick über die Schulter warf, ehe er in den grauen Schlieren untertauchte.

Am unteren Bildschirmrand lief eine Zeitanzeige. Er hatte die Datsche um 9.01 Uhr verlassen. Dann passierte gar nichts mehr. Das Bild zeigte den Nebel, wie er sich an einigen Stellen lichtete, um Sekunden später wieder eine geschlossene Wand zu bilden.

Brockmann drücke auf den schnellen Vorlauf.

Um 9.31 Uhr tauchte der Nachbar mit schnellen, staksigen Bewegungen auf. Brockmann stellte auf normale Geschwindigkeit. Der Mann wirkte im Nebel beinahe wie ein Gespenst. Kein Wunder, dass Lothar Jordan in Panik geraten war. Der Nachbar ging in den Vorgarten, hielt inne und trat dann nach rechts aus dem Aufnahmebereich der Kamera, um das Haus zu umrunden.

In diesen Minuten musste Jordan versucht haben, Keil telefonisch zu erreichen.

Der Nachbar kehrte zurück, blickte das Haus noch einmal kopfschüttelnd an und ging seiner Wege.

Brockmann ließ das Bild wieder schneller laufen. Der Nebel wurde im Zeitraffertempo von Windböen zerrissen und lichtete sich.

Punkt zehn Uhr fuhr ein grauer Lada vor.

Die sind verdammt schnell, stellte Keil fest. Von Jordans Anruf im Revier bis zum Eintreffen des Ladas war weniger als eine halbe Stunde vergangen. Wenn man die Zeit, die vom Abhören des Telefons im Wochenendhaus bis zur Weitergabe der Information vergangen sein musste, berücksichtigte, musste der Fahrer den Wagen in einem Höllentempo gefahren haben. Jordans Mörder würden sich wohl kaum in Ketzin aufgehalten haben.

Nein, erkannte Keil. *Sie kamen aus Potsdam.*

Der Verkehrspolizist hatte von einem grauen Lada gesprochen, der mit überhöhter Geschwindigkeit in die Kurve gerauscht war und so einen schweren Unfall verursacht hatte. Keil konnte sich ganz genau vorstellen, wie der Fahrer das Gaspedal bis zum Bodenblech durchtrat, um möglichst schnell die Datsche in Ketzin zu erreichen. Er vermutete nicht nur, dass es so gewesen war. Er war davon fest überzeugt.

Zwei Personen stiegen aus dem Lada, der Kapuzenträger und ein Mann mit Hut. Sie hielten die Köpfe gesenkt und bewegten sich sehr schnell. Zwei Sekunden später waren sie bereits an der Haustür und somit außerhalb des Aufnahmebereichs der Überwachungskamera.

Leider gab es keine Tonaufzeichnung, aber Keil konnte sich vorstellen, was dann zu sehen gewesen wäre: Sie öffneten die Tür, überraschten Jordan und begannen umgehend mit der Metzelei. Dass sie ihn dafür ins Schlafzimmer getrieben hatten, war wohl ihrem Hang zur Inszenierung geschuldet.

Der Fahrer blieb hinter dem Steuer sitzen und zündete sich eine Zigarette an. Der Nebel verflüchtigte sich jetzt im Eiltempo. Das Bild gewann an Klarheit.

Es dauerte nur zehn Minuten, dann trat der Kapuzenträger wieder ins Freie. Er hatte es nicht besonders eilig und schien auf seinen Begleiter zu warten.

»Zeig uns dein Gesicht«, sagte Brockmann. »Mach schon, du Mistkerl!«

Dann geschah es: Um 10.11 Uhr wandte sich die Gestalt so abrupt um, als hätte man nach ihr gerufen. Genau zu dieser Zeit hatte Keil versucht, Jordan von Gröbens Büro aus zu erreichen. Die Haustür musste offen gestanden haben, die Kapuze hatte das Läuten des Telefons vernommen und daraufhin das Gesicht in Richtung des Geräuschs gereckt.

»Scheiße!«, fluchte Brockmann. »Scheiße! Das kann

doch nicht sein! Was geschieht hier! Sag mir, dass ich einfach nur verrückt geworden bin!«

Keil erstarrte.

Brockmann ließ das Bild ein paar Sekunden lang rückwärts laufen und hielt es dann an der entscheidenden Stelle an. Deutlich konnten sie das Gesicht unter der Kapuze sehen.

Es wirkte zornig. Vielleicht, weil das Telefonklingeln nervte oder das Töten dieses Mal aus Zeitnot nicht so ausgiebig zelebriert werden konnte.

Zorn war ein ungewohnter Gesichtsausdruck für diese Person. Keil hatte sie nie zuvor so erlebt.

Anne Rösler starrte zur Tür, den Mund halb geöffnet, die rechte Hand auf Hüfthöhe. Ihre Finger steckten in einem Handschuh und umfassten einen massiven Revolver.

»Lass weiterlaufen«, brachte Keil hervor.

Sein Freund ließ sich ächzend in die Polster zurücksinken. Er hatte Anne und Keil nur wenige Male zusammen gesehen, aber oft genug, um sie sofort identifizieren zu können.

Anne schritt jetzt mit wehendem Mantel zum Wagen, gefolgt von dem Mann mit dem Hut. Keine übermäßige Hast. Auf der Höhe des Gartentors drehte sich der Hutträger noch einmal um, wie um sich zu vergewissern, dass er alles in bester Ordnung zurückgelassen hatte. Er wirkte zufrieden und stieg zu Anne und dem Fahrer in den Lada. Der Wagen wendete und fuhr davon.

10.15 Uhr zeigte die Anzeige am unteren Bildschirmrand. Wegen des Unfalls war Keil erst eine Dreiviertelstunde später aufgetaucht. Ihre Raserei hatte den Mördern zusätzliche Zeit eingebracht. Aber davon wussten sie wohl nichts.

»Und jetzt?«, fragte Brockmann. »Sie kann das nicht freiwillig getan haben, Martin.«

Keil dachte daran, wie Anne sich beim Anblick der Aufnahmen von Otto Strack übergeben hatte. Einen Moment lang wollte er sich an den Gedanken klammern, dass es eine Doppelgängerin gab. Aber die Annahme war absurd.

Keil spürte das Brodeln in seinem Magen und schaffte es gerade noch bis ins Bad. Jetzt übergab er sich in die Kloschüssel. So heftig, dass er befürchtete, sein Schädel würde zerplatzen.

Er hatte das Gefühl, in einen bodenlosen Abgrund zu fallen.

*

Als er zurückkehrte, hockte Brockmann direkt vor dem Fernseher. Der Bildschirm zeigte den parkenden Lada. Anne und ihr Begleiter waren bereits im Haus. Der Fahrer hatte die Seitenscheibe heruntergekurbelt und blies den Rauch seiner Zigarette ins Freie.

Brockmann drückte auf Stopp, als er hörte, wie Keil zurückkam.

»Sie müssen Anne dazu gezwungen haben«, sagte Brockmann. »Vielleicht, weil sie damit drohen, dir etwas anzutun. Das wäre eine Möglichkeit.«

Keil schüttelte den Kopf. Sofort wurde ihm schwindlig. Hitze breitete schlagartig sich in seinem Körper aus. Er kannte dieses Gefühl aus seiner Jugend, als er unter einem viel zu niedrigen Blutdruck gelitten hatte. So kündigte sich eine Ohnmacht an.

Er ließ sich aufs Sofa fallen und kämpfte mit aller Kraft dagegen an, ausgerechnet jetzt das Bewusstsein zu verlieren. Aber es begann zu schwinden wie ein Lichtball, der langsam immer kleiner und dunkler wurde.

Eine Stimme rief seinen Namen. Keil zwang sich, die Augen zu öffnen.

»Martin! Du klappst mir jetzt nicht zusammen!«

Brockmann hielt ihm ein Glas Wasser an die Lippen. Keil trank, verschluckte sich, hustete und war wieder halbwegs bei Sinnen.

»Geht schon«, sagte er, nahm seinem Freund das Glas aus der Hand und leerte es in zwei Schlucken. Er erinnerte sich wieder an Brockmanns letzte Bemerkung.

»Sie können Anne nicht dazu zwingen«, sagte Keil. »Sie ist zu so etwas gar nicht imstande. Ausgeschlossen! Sie hat sich übergeben, als ich ihr das Video von Otto Stracks Ermordung gezeigt hab.«

»Es ist ihr Beruf, Leichen aufzuschneiden«, bemerkte Brockmann. »Dazu gehört schon einiges.«

»Thilo, was da im Schlafzimmer angerichtet wurde, ist so brutal und abstoßend, dass kein Mensch mit auch nur halbwegs klarem Verstand dafür verantwortlich sein kann. Und Anne ist alles andere als wahnsinnig.« Keil richtete sich auf und musste sich dabei an der Lehne des Sofas abstützen. »Thilo! Was soll ich jetzt tun?«

»Könnte es sein, dass sie dir sogar die Videos zukommen lässt?«, fragte Brockmann.

»Das ist alles so absurd und krank.« Keil stand schwankend auf. »Ich kann nicht klar denken. Ich muss mir das Gesicht waschen.«

Thilo Brockmann klopfte mit dem Zeigefinger gegen den Bildschirm des Fernsehers.

Dort sah man noch immer den parkenden Lada vor dem Gartenzaun der Datsche. Der Zigarettenqualm des Fahrers war neben seinem Kopf in der Luft zu einer halbtransparenten Rauchfahne erstarrt. »Woher kenne ich den Burschen bloß?«, murmelte Brockmann.

Wenn Keil erschöpft war, half es immer, wenn er sich eiskaltes Wasser ins Gesicht klatschte und über die Arme rinnen ließ. Aber heute war er nicht nur erschöpft, er war am Ende. Er blickte in den Spiegel und glaubte ein Gespenst vor sich zu haben. Die schwarzen Bartstoppeln an Kinn und Wangen bildeten einen scharfen Kontrast zu seiner bleichen Gesichtsfarbe.

»Jetzt weiß ich, wer der Kerl ist!«, rief Brockmann plötzlich aus dem Wohnzimmer.

»Bloß der Name fällt mir nicht mehr ein.«

Es geht weiter!, sagte Keil zu sich und stellte endlich das Wasser ab. Seine Unterarme und Hände fühlten sich schon ganz taub an.

Im Wohnzimmer hatte Brockmann die Kassette ein paar Sekunden vorgespult. Das Gesicht des Fahrers war jetzt noch ein wenig deutlicher zu erkennen: hohe Stirn, markantes Kinn, eng zusammenstehende Augen.

»Wer ist das?«, fragte Keil. »Woher kennst du ihn?«

Brockmann hatte eine Flasche Bier geöffnet. Er nahm einen Schluck und leerte sie mit einem Zug fast zur Hälfte.

»Von einer internen Feier der Stasi zum 40. Nationalfeiertag. Zum ersten Mal waren da auch verdiente Mitarbeiter wie ich dazu eingeladen. Man wollte wohl die neue Offenheit demonstrieren. Jedenfalls faselte dieser Kerl über sozialistische Ethik und die Vorbildfunktion der Stasi. Da trug er aber eine Prachtuniform mit viel Lametta. Deshalb habe ich ihn auch nicht sofort erkannt.«

»Gibt es eine Möglichkeit, seinen Namen herauszufinden?«, fragte Keil.

»Ich denke schon.« Brockmann nahm erneut einen Schluck aus der Bierflasche. »Ein paar Leute bei der Stasi sind mir was schuldig. Außerdem versuchen dort gerade alle, ihren Pelz reinzuwaschen.«

Keil nickte. »Wie lange wird das dauern?«

Brockmann machte eine Kopfbewegung in Richtung Telefon. »Ich muss ein paar Anrufe machen. Aber nicht von dem Apparat hier. Ich fahre erst zurück nach Potsdam.«

»Du gibst mir dann sofort Bescheid?«

»Klar! Wo kann ich dich erreichen?«

»Versuch es bei mir oder bei Anne.«

Brockmann sah Keil durchdringend an und tippte sich nachdenklich mit einem Finger an die Lippen. »Hältst du das für eine gute Idee? Was willst du ihr sagen? Was ist, wenn sie durchdreht? Ich meine, was Anne mit ihren Opfern gemacht ...« Er verstummte.

»Ich werde auf der Hut sein«, sagte Keil. »Du solltest die Videokassette mitnehmen und sie da aufheben, wo sie niemand finden kann.«

»Dafür sorge ich. Ich habe von den anderen Aufnahmen Kopien gemacht und sie an einen sicheren Ort gebracht.«

Keil dachte daran, dass sein Freund keine Kopie der Klara-Jennen-Kassette besaß. Brockmann wusste noch nicht einmal von deren Existenz, aber das war wohl nicht weiter wichtig. Die Aufnahmen der Morde an Erwin Illner und Otto Strack waren aussagekräftig genug. Keil hatte die drei Originale in seiner Wohnung versteckt. Aber die war mittlerweile garantiert kein sicherer Ort mehr.

»Ich fahre jetzt«, beschloss Keil. »Du solltest ein paar Minuten warten, ehe du nachkommst.«

»Eine Frage noch. Was passiert mit der Leiche im Schlafzimmer?«

»Darum werde ich mich kümmern. Ich schicke so schnell wie möglich jemanden vorbei. Wie gesagt, geh da nicht rein. Und schalt besser die Heizung ab.«

Brockmann nickte. »Pass auf dich auf, Martin.«

Keil war bereits am Gartentor, als er einen durchdringenden Schrei aus dem Haus hörte, gefolgt von lautem Fluchen, das trotz der geschlossenen Fenster und Türen nach draußen drang.

Thilo Brockmann hatte sich nicht an Keils Rat gehalten. Die Neugierde hatte ihn gleich ins Schlafzimmer seiner Eltern getrieben.

Keil legte an der Telefonzelle in Ketzin einen Zwischenstopp ein und rief in Annes Büro an. Ihr Assistent Hugo nahm ab und teilte ihm mit, dass Anne sich über das Wochenende freigenommen hatte.

*

Es war bereits Nachmittag, als Keil den Wagen in der Nähe von Annes Haus abstellte. Zum ersten Mal an diesem Tag kam die Sonne zwischen den tiefhängenden Wolken hervor. Er wollte die letzten Meter zu Fuß gehen. Während der Fahrt, und auch noch jetzt, hatte er ihr zorniges Gesicht vor Augen. Wie sie, gekleidet in diesen seltsamen Kapuzenmantel, vor dem Wochenendhaus stand und zurückblickte. Keil hatte in ihren entgleisten Zügen nicht nur Wut erkannt, sondern auch eine erschreckende Brutalität. Eine Lust auf mehr Gewalt. Was sie Jordan angetan hatte, schien sie nicht befriedigt zu haben. Da war rein gar nichts mehr übriggeblieben von der Anne, die er kannte. Und liebte.

Keil zögerte kurz, aber dann steckte er die Handschellen ein, die er für eventuelle Einsätze in seinem Wagen aufbewahrte.

Er fürchtete sich vor der Begegnung mit Anne, doch es gab für ihn keine Alternative. Er wollte sie zur Rede stellen. Ganz egal, was danach kam. Insgeheim klammerte er sich noch an den winzig absurden Hoffnungsschimmer, dass es nicht Anne gewesen war, die Lothar Jordan in ein blutiges Etwas verwandelt hatte. Vielleicht war es falsch gewesen, die Existenz einer Doppelgängerin abzutun. Verfügte die Stasi nicht über geradezu sagenumwobene Möglichkeiten? Dass sie die Fäden zog, bewies für Keil die Anwesenheit des Offiziers, den Brockmann erkannt hatte.

Annes hellblauer Trabant parkte direkt vor dem Haus.

Keil hatte schon den Finger auf dem Klingelknopf, als er es sich anders überlegte und dazu entschloss, den Schlüssel zu benutzen, den Anne ihm schon vor Monaten gegeben hatte. Eine Geste des Vertrauens, die Keil bisher noch nicht erwidert hatte.

Würde eine Serienmörderin ihrem Freund, einem Kriminalpolizisten, erlauben, jederzeit in ihr Haus zu kommen? Während er in den Flur trat und den allgegenwärtigen Geruch der Blumen in sich aufsog, war er fast schon wieder davon überzeugt, einem Irrtum oder makabren Streich aufgesessen zu sein. Die sensible Anne, die zwar, wie Brockmann betont hatte, berufsmäßig Tote aufschnitt, aber bei einem sentimentalen Film oder Buch regelmäßig in Tränen ausbrach. Die mit ihm und seiner verkorksten Gefühlswelt so viel Geduld aufwies.

Er rief leise ihren Namen und erhielt keine Antwort.

Auf dem Küchentisch lag ein Buch mit einer Spielkarte als Lesezeichen zwischen den Seiten. *Störfall* von Christa Wolf, eine von Annes Lieblingsautorinnen.

Er fand Anne im Wohnzimmer. Sie lag auf dem Sofa, eingewickelt in eine Wolldecke. Die dunkelroten Vorhänge vor dem Fenster waren zugezogen. Durch einen Spalt trat ein einzelner Sonnenstrahl in den Raum. Staub wirbelte in seinem Licht.

Neben dem Sofa lagen Annes braune Winterschuhe. Den Rest der Kleidung, einschließlich ihres selbstgestrickten Wollpullovers, hatte sie trotz der hohen Temperatur im Wohnzimmer anbehalten. Die Heizung funktionierte nur in zwei Einstellungen: aus oder Hitze.

Anne schlief so tief und fest, dass sie Keils Anwesenheit nicht bemerkte. Er beugte sich tief zu ihr hinab, bis er mit der Nasenspitze fast ihr zerzaustes Haar berührte. Sie roch ein wenig nach Schweiß, was sie sonst nie tat. Es war kein unangenehmer Geruch, er hatte ihn bisher nur noch nie an ihr wahrgenommen.

Er sah sich im halbdunklen Wohnzimmer nach irgendetwas Fremdem, vielleicht Verdächtigem um. Nach einem Kapuzenmantel. Aber da war nichts dergleichen.

Auf dem Video war der Mantel zugeknöpft gewesen, er hatte also nicht erkennen können, ob sie darunter ihren Wollpullover getragen hatte. Aber ihre Hose, die war ebenso schwarz wie der Mantel gewesen. Daran erinnerte er sich genau. Er hob vorsichtig die Wolldecke. Die Farbe ihrer Hose war Schwarz, vielleicht auch Dunkelblau. Genau ließ sich das in dem schwachen Licht nicht bestimmen. Sie trug fast immer dunkle Hosen.

Keil würde jetzt etwas tun, woran er sonst noch nicht einmal gedacht hätte: Er wollte den Kleiderschrank im Schlafzimmer durchsuchen, danach die Abstellkammer neben der Küche und das Bad.

Kein Kapuzenmantel im Kleiderschrank. Nur sorgfältig gebügelte Blusen, Hosen, exakt gefaltete Unterwäsche, die er nicht zu berühren wagte. Obwohl sie schon oft miteinander geschlafen hatten. Er drehte sich erschrocken um, als er ein leises Geräusch hörte. Er fühlte sich ertappt. Wie sollte er begründen, dass er in ihrer Wäsche herumschnüffelte?

Aber Anne stand nicht in der Tür. Das Geräusch musste von draußen, von der Straße gekommen sein. Oder Anne hatte sich im Schlaf herumgewälzt. Die Federn im Sofa quietschten. Deshalb mochte er es nicht, wenn sie dort mit ihm schlafen wollte. Das Quietschen im Rhythmus ihrer gemeinsamen Bewegungen machte ihn dabei ganz nervös.

Er schloss die Schranktür ganz sachte, blickte unters Bett, wo er nichts als eine dünne Staubschicht vorfand.

In der Abstellkammer entdeckte er nur die üblichen Konserven, eine Kiste mit Pfandflaschen und den fast schon antiken Tiger-Staubsauger.

Bevor sie sich hingelegt hatte, musste Anne sich gründlich das Gesicht gewaschen haben. Wassertropfen waren gegen den Spiegel gespritzt. Normalerweise hätte sie die Tropfen sofort mit einem Handtuch entfernt, aber dazu war sie heute wohl zu erschöpft gewesen.

Keil öffnete den Korb mit der schmutzigen Wäsche. Darin lag nur ein Hemd. Hellblau mit weißen Knöpfen. Auf dem schmalen Kragen war ein dunkler Fleck, etwa von der Größe einer 1-Pfennigmünze. Er nahm die Bluse heraus und betrachtete sie im Licht. Es handelte sich um getrocknetes Blut. Bei Annes Beruf konnte es trotz aller Sorgfalt geschehen, dass sie bei einer Obduktion einen Tropfen abbekam. Aber sein Misstrauen erwachte von neuem. Als er die Bluse wieder in den Korb legte, klapperten die Handschellen in seiner Manteltasche.

Keil hatte gelernt, sich fast lautlos zu bewegen. Anne hätte ihn also auch dann nicht gehört, wenn sie nur ein kleines Nickerchen gemacht hätte. Mittlerweile lag sie auf dem Rücken. Ihr Mund stand ein wenig offen, ein feiner Schweißfilm glänzte auf ihrer Stirn.

Er legte ihr eine Handschelle ums rechte Handgelenk und kettete sie an die hölzerne Lehne des Sofas. Sie ließ es geschehen, schloss nur den Mund und knirschte kurz mit den Zähnen.

Keil wusste nicht, ob das, was er tat, richtig war. Er befand sich in einem Zwiespalt, der ihn zu zerreißen drohte. Beim Anblick der gefesselten Anne verlor er fast die Beherrschung. Er wollte sie an sich drücken, blieb abrupt stehen und verschränkte stattdessen die Arme vor der Brust.

In diesem Moment flatterten Annes Lider, und sie öffnete die Augen. Aus ihrer Miene sprach so etwas wie erschrockene Überraschung. Dann erkannte sie Keil und entspannte sich.

»Hab ich lange geschlafen?«, fragte sie und gähnte. »Wie spät ist es?«

Sie versuchte auf ihre Armbanduhr zu sehen und bemerkte erst jetzt, dass ihre rechte Hand angekettet war.

Keil blieb stehen, wo er war, und ließ langsam die Arme sinken.

Anne zerrte ein paarmal an der Handschelle. Nicht fest, und dabei schien sie auch nicht beunruhigt zu sein.

»Ist das ein Spiel?«, fragte sie und lächelte. »Willst du etwa Polizist und böses Mädchen mit mir spielen?«

»Nein«, sagte er und suchte nach Worten.

»*Nein?*«, wiederholte sie, hob den Kopf und sah ihn fragend an. Noch immer hielt Anne alles für einen Scherz. Sie hatte ein großartiges Profil. Schon oft hatte er sie heimlich von der Seite betrachtet und sich dabei in einer Mischung aus Unglauben und Stolz gefragt, warum eine so schöne Frau sich ausgerechnet für ihn entschieden hatte. Einen Polizisten mit angeknackster Seele.

»Du erinnerst dich an die Videoaufnahmen mit dem Mörder in diesem Kapuzenmantel?«

»Wie könnte ich den vergessen?« Sie runzelte die Stirn. »Was geht hier vor, Martin?« Ihr Ton war jetzt deutlich abgekühlt.

»Es gibt eine Aufnahme, die den Mörder von vorn zeigt. Von einer versteckten Kamera.«

»Konntest du ihn identifizieren?«

»Ja«, sagte Keil. »Das war einfach.« Er zögerte kurz

und entschied dann, es hinter sich zu bringen: »Die Kamera hat dich aufgezeichnet. Du trägst den Kapuzenmantel und verlässt mit einem Komplizen ein Haus, in dem gerade ein Mann umgebracht wurde.«

»Das ist überhaupt nicht witzig, Martin.« Anne zerrte an den Handschellen. »Mach mich bitte los!«

»Wo warst du heute Morgen um zehn Uhr?« Seine Lippen fühlten sich taub an.

»Hier«, sagte sie mühsam beherrscht. »Ich war den ganzen Tag hier. Ich musste mich endlich einmal ausruhen.«

»Gibt es dafür Zeugen?« Keil hörte seine eigene Stimme wie aus weiter Ferne.

Anne schüttelte ganz langsam den Kopf. Die Verärgerung wich aus ihrem Gesicht. An deren Stelle trat Besorgnis. Als hätte sie endlich begriffen, was geschehen war.

»Bist du in Ordnung?«, fragte sie. »Du darfst nicht die Nerven verlieren. Ich weiß, dass die letzten Tage für dich schrecklich gewesen sein müssen. Diese ganzen Morde.«

Keil wurde unsicher, er hörte in sich hinein, als gäbe es dort irgendwelche Anzeichen dafür, dass sein Verstand Stück für Stück zerbröselte und er unaufhaltsam in den Wahnsinn abdriftete.

»Mach mir bitte die Handschellen ab«, sagte Anne sanft und streckte den linken Arm nach ihm aus. »Du setzt dich, ich mache uns einen Tee, und wir reden erst einmal in Ruhe.«

War Keil in einem Alptraum gefangen? Ein Alptraum, der eine Form angenommen hatte, die er bisher nicht kannte. Er stampfte mit dem Fuß auf. Ein lächerlicher Versuch, schlagartig in die Realität zurückzufinden.

Anne zuckte bei dem plötzlichen Geräusch zusammen.

»Wir kriegen das hin«, sagte sie. Furcht lag jetzt in ihrer Stimme.

Das Klingeln des Telefons riss Keil aus seiner Verwirrung. Er überwand die Distanz zum Telefon mit drei Schritten.

»Das ist mein Telefon«, sagte Anne. Aus Furcht wurde Panik.

Wenn er sich nicht alles einbildete oder auf einer völlig falschen Fährte war, wessen Stimme würde er jetzt hören? Die von einem der Komplizen von der Stasi oder für wen auch immer die jetzt arbeiteten?

Es war Brockmann.

»Ich habe es zuerst in deiner Wohnung und dann auf dem Revier versucht. Dann kam ich drauf, dass du vermutlich bei Anne bist.« Er redete in einem lockeren Plauderton. Er vermutete, dass Annes Telefon abgehört wurde. »Ich möchte dich mit einem Freund bekannt machen. Du weißt schon, der, dessen Name mir heute Morgen einfach nicht einfallen wollte.«

Er sprach von dem Offizier, der vor der Datsche von Brockmanns Eltern den Aufpasser gemacht hatte.

Keil überlegte kurz. Auf keinen Fall wollte er Anne allein lassen.

»Komm hier vorbei.«

»Bist du sicher?«, fragte Brockmann. »Habt ... habt ihr euch denn wieder versöhnt?«

»Wir arbeiten daran.«

»Wer war das?«, fragte Anne, nachdem er aufgelegt hatte.

»Thilo. Er kommt vorbei.«

Anne kannte seinen Freund nur flüchtig, aber die Aussicht auf dessen Besuch schien sie zu erleichtern. Ihr war anzumerken, dass Keils Verhalten ihr immer mehr Angst machte.

»Die Handschellen«, beharrte sie.

»Auch wenn es dir verrückt vorkommt, bitte ich dich, mir zuvor noch ein paar Fragen zu beantworten«, begann er. »Du musst dich auf gar keinen Fall vor mir fürchten. Aber ich habe diese Videoaufnahme mit dir im Kapuzenmantel gesehen. Zwei Männer waren bei dir. Zumindest einer von ihnen ist oder war bei der Stasi.«

»Ich weiß nicht, was du da gesehen hast, Martin.« Anne saß aufrecht und angespannt an der Sofakante.

»Brockmann hat dich auch erkannt«, erwiderte Keil.

»Dann irrt der sich auch. Oder ihr wart beide betrunken.«

»Kennst du einen Lothar Jordan?«

»Wird das jetzt hier wirklich ein Verhör? Du willst ausgerechnet mich verhören? Wie eine Kriminelle?«

»Ich bitte dich, beantworte mir die Frage. Sagt dir der Name Lothar Jordan etwas?«

Er hockte sich im Schneidersitz auf den Boden und beobachtete konzentriert ihr Gesicht. So, wie er es immer tat, wenn er einer verdächtigen Person gegenübersaß. Er war immer besonders gut darin gewesen, zu erkennen, ob ihn jemand anlog oder die Wahrheit sprach.

»Ich habe den Namen noch nie gehört.«

»Warst du jemals in dem Ort Ketzin?«

Die Antwort kam ohne Zögern. »Nicht dass ich wüsste.«

»Was hast du empfunden, als ich dir die Videos von Erwin Illner und Otto Strack gezeigt habe?«

»Ich habe auf deinen Teppich gekotzt.«

»Warum?«

»Weil ich so etwas Krankes noch nie zuvor gesehen habe. Es macht einen Unterschied, ob du die Toten auf den Tisch geliefert bekommst oder ob du miterlebst, was jemand mit ihnen angestellt hat«, – eine kurze Pause – »als sie noch so lebendig waren wie du und ich.«

»Danach habe ich dich nach Hause gebracht. Wir haben noch Sabine Sudkowski und ihren Mann getroffen. Nicht lange danach wurde Klara Jennen in der Matratzenfabrik mit Heroin totgespritzt.«

»Willst du damit andeuten, dass ich in der Nacht zu einer Frau gefahren bin, der ich nie zuvor begegnet bin, und sie in diese Fabrik gebracht habe, um sie dann mit einer Droge zu töten, die ich bisher nur vom Hörensagen gekannt habe?« Sie fasste sich mit der freien Hand an die Stirn. »Das ist absolut verrückt!«

»Feststeht aber, dass wir in den Nächten, in denen

Illner, Strack und Klara Jennen ermordet wurden, nicht zusammen waren«, stellte Keil fest.

Anne sprach ganz langsam. So, als wäre Keil sehr schwer von Begriff.

»Wir verbringen nie eine Nacht zusammen. Weil du darauf bestehst, in deinem eigenen Bett zu schlafen, Martin.«

»Was würdest du tun, wenn ich dir die Handschellen abnehme?«

Sie verzog den Mund zu einem bekümmerten Lächeln. »Dich in den Arm nehmen und dann verlangen, dass du mir die Videoaufnahme zeigst.«

Er verließ den Raum und kaum kurz darauf mit der Bluse aus dem Wäschekorb zurück.

»Hattest du diese Bluse bei der Arbeit an?«

»Hast du etwa meine Wohnung durchwühlt?«

»Beantworte bitte meine Frage.«

Anne betrachtete die Bluse, als würde sie das Kleidungsstück zum ersten Mal in ihrem Leben sehen. »Nein.«

»Wie kommt dann dieser Blutfleck auf den Kragen?«

Keil ging zum Fenster und zog die Vorhänge ein Stück zur Seite. Nur so weit, dass genügend Licht in den Raum fiel, damit sie die Bluse genauer betrachten konnte.

»Keine Ahnung. Ich hab gestern Abend noch meine schmutzigen Sachen gewaschen. Sie hängen auf dem Dachboden zum Trocknen.« Anne streckte die Hand nach der Bluse aus. Keil gab sie ihr und sie berührte mit dem linken Zeigefinger gedankenverloren den Blutfleck. »Die hier muss ich im Wäschekorb übersehen haben.«

»Aber wenn du sagst, du hättest die Bluse nicht in der Gerichtsmedizin getragen, wie gelangt dann Blut auf den Kragen?«

»Verdammt!«, fuhr sie ihn an. »Ich sagte doch bereits, dass ich es nicht weiß!«

Es klingelte an der Haustür. Das musste Brockmann sein. Er hatte sich ziemlich beeilt. Keil eilte zur Haustür, eine Hand am Revolver in der Manteltasche. Obwohl es sehr warm in Annes Wohnung war, hatte er den Mantel nicht abgelegt. Durch die halbtransparente Scheibe in der Tür konnte er die Umrisse eines sehr großen Mannes mit einem kantigen Schädel sehen.

»Wo ist Anne?«, fragte Brockmann, kaum, dass er über die Schwelle getreten war.

»Im Wohnzimmer. Ich habe sie mit Handschellen ans Sofa gekettet.«

»Herrje!« Brockmann hatte das Haus nie zuvor betreten. Er blickte über Keil hinweg in den Flur und schnüffelte. »Das riecht hier wie im Botanischen Garten.«

»Wenn ich dich am Telefon richtig verstanden habe, dann kennst du jetzt den Namen des Fahrers«, sagte Keil.

»Ich hab sogar seine Adresse. Er heißt Elmar Brysch und wohnt im Villenviertel am Griebnitzsee.« Er reichte Keil einen zerknitterten Zettel. »Die genaue Adresse habe ich für dich notiert.«

»Thilo?«, rief Anne aus dem Wohnzimmer. »Würdest du bitte herkommen und mir sagen, was es mit dieser Videoaufnahme auf sich hat, die mich angeblich als den Kapuzenmörder zeigt?«

»Sie streitet also alles ab?«, flüsterte Brockmann.

»Sie behauptet, sie sei den ganzen Tag hier gewesen.«

»Was ist, wenn sie die Wahrheit sagt und wir getäuscht werden? Die Stasi hat eine Menge Tricks drauf. Ich hab für die Bande gearbeitet und einiges mitbekommen.«

Keil zog seine Waffe aus der Manteltasche, fasste sie am Lauf an und wollte sie seinem Freund reichen. Brockmann hob abwehrend beide Hände. »Was soll das jetzt werden?«

»Du bleibst bei Anne.«

»Soll ich sie etwa mit der Pistole im Anschlag bewachen?«

»Mir ist nur wohler, wenn du bewaffnet bist. Falls hier Besuch auftauchen sollte. Ich werde mich bei diesem Brysch umsehen.«

Brockmann schüttelte den Kopf, blinzelte und sah Keil an. »Martin ... ich weiß nicht. Und dann auch noch ohne Waffe.«

»Ich brauche Gewissheit«, sagte Keil eindringlich. »Um jeden Preis! Ich will, dass mir jemand sagt, dass Anne keine Mörderin ist. Kannst du das verstehen, Thilo? Bitte!«

Brockmann schwieg, starrte in den Flur und schnaubte zweimal. »Ich mache es.«

»Gut! Und egal was sie sagt oder tut, du darfst sie auf keinen Fall losmachen.«

»Wenn du mit dem Beweis zurückkommst, dass deine Anne mit dem Mist nichts zu schaffen hat, wird sie dich höchstwahrscheinlich in den Hintern treten«, sagte Brockmann. »Das ist dir doch wohl klar.«

Keil nickte. »Hauptsache, Anne ist unschuldig.«

Er öffnete die Haustür einen Spaltbreit und sah auf die Straße. Ein alter Mann schob sein Fahrrad vorbei. Auf dem Gepäckträger hatte er mindestens ein Dutzend Tapetenrollen festgezurrt. Sabine Sudkowski, Annes Nachbarin, überquerte die Straße, an jeder Hand eine Tragetasche. Keil wartete, bis sie in ihrem Haus verschwunden war. Bevor er ging, wandte er sich noch einmal an Brockmann. »Wo ist die Videokassette mit Anne?«

»Da, wo sie niemand finden kann. Ich bin schließlich kein Anfänger.«

*

Ähnlich wie am Jungfernsee, wo die Leiche von Erwin Illner gefunden wurde, hatte es wegen der Nähe zu Westberlin auch in dem Wohngebiet am Griebnitzsee bis vor kurzer Zeit noch strenge Kontrollen durch die Grenztruppen gegeben. Keil fuhr an einem geöffneten Schlagbaum vorbei. Zwei junge Grenzer, der eine mit geschultertem Gewehr, lungerten herum, rauchten und würdigten Keils Wartburg keines Blickes.

Elmar Brysch musste einen hohen und obendrein hochbezahlten Posten bei der Staatssicherheit innehaben. Auch wenn die zweistöckige Villa, von der Keil wegen der hohen Mauer, die sie umgab, nur das Dach und die obere Etage erkennen konnte, längst nicht zu den größten Gebäuden in diesem Viertel gehörte. Zwischen den anderen Prachtbauten, in denen einst Nazigrößen und bekannte Künstler gewohnt hatten, wirkte sie sogar beinahe bescheiden.

Keil fuhr langsam an dem schmiedeeisernen Tor zur Auffahrt vorbei. Obwohl es bereits dämmerte, die Straßenlaternen hatten sich soeben eingeschaltet, brannte in der Villa kein Licht. Vor dem Eingang, der von zwei überproportionierten Säulen eingerahmt wurde, parkte kein Fahrzeug.

Keil stellte seinen Wagen ab und schritt mit einer Selbstverständlichkeit – nicht zu langsam und auf keinen Fall zu eilig –, als würde er hierhergehören, an der Grundstücksmauer entlang. Sie war etwas über zwei Meter hoch und stellte für ihn kein Hindernis da. Er musste nur einen unbeobachteten Moment abwarten, um sich mit ausgestreckten Armen an der Mauer hinaufzuziehen. Dann blieb allerdings noch das Risiko möglicher Überwachungs- oder Abwehranlagen auf der anderen Seite.

Die Dämmerung schritt schnell voran. Er wartete, bis ein großer Volvo vorbeigerauscht war. Die hinteren Scheiben der Limousine waren mit Sichtblenden versehen, so dass man nicht erkennen konnte, wer da gerade chauffiert wurde. Wahrscheinlich handelte es sich um einen hohen Politkader oder Amtsträger. Ihnen waren die Wagen aus dem neutralen Schweden, das im Zweiten Weltkrieg vielen von den Nazis Verfolgten Asyl gewährt hatte, vorbehalten.

Keil reckte die Arme und kletterte auf die Mauer. Wieder einmal zahlte es sich aus, dass er stets auf seine Kondition achtete. Er sprang von der Mauerkrone in den dahinterliegenden Garten.

Das Villenviertel hatte bisher zu den am besten überwachten Teilen der Stadt gehört. Hier wurden die Auflösungserscheinungen der alten Strukturen besonders deutlich. Keil fragte sich, wohin man die Grenzer und Sicherheitsleute in Zivil abgezogen hatte.

Auf dem Grundstück standen vereinzelte Ahornbäume, die kahlen Äste gen Himmel gereckt, und mehrere Obstbäume, die längst hätten gestutzt werden müssen, um auch im kommenden Jahr noch Früchte tragen zu können. An einigen baumelten noch ein paar bräunlich-welke Äpfel.

Keil suchte Deckung hinter einem Busch. Der Spurt über die ungeschützte Rasenfläche bis zur Villa ließ sich in wenigen Sekunden bewältigen.

Er kniff die Augen zusammen und hielt nach Überwachungskameras Ausschau. Aber wenn sie auch nur halb so gut getarnt waren wie die Kamera in der Datsche der Brockmanns, hatte er ohnehin keine Chance, sie ausfindig zu machen. Vielleicht hockten in einem Raum des Gebäudes mehrere Stasileute, die ihn längst auf ihren Monitoren hatten und nur darauf lauerten, ihn im richtigen Moment festzusetzen.

Die Nacht senkte sich nun schnell herab. Das Licht wurde rötlich, und an den Stellen, die die untergehende Sonne nicht mehr erreichte, bildeten sich düstere Schattennester.

Keil rannte los. Das Gras unter seinen Schuhen war vom Regen der letzten Tage nass und rutschig. Kein Scheinwerfer erfasste ihn, kein scharfes Kommando ertönte. Unbemerkt erreichte er die Rückseite des Gebäudes.

An der Wand lehnte ein Fahrrad, wie Keil es bisher nur vom Radsport kannte. Es war silbern, unglaublich filigran und sah so aus, als wäre es federleicht. Keine Schutzbleche, weder Vorderlampe noch Rücklicht. *Motobecane* las Keil auf der Sitzstrebe unter dem schmalen Sattel. Ein sündhaft teures Westprodukt, das dem Verfall überlassen wurde. Erster Rost an Schweißnähten, beide Reifen waren platt, sie setzten bereits Moos an.

Eine Treppe führte zu einer Kellertür. Faulende Blätter bedeckten die Stufen. Die Tür war aus Metall. Keil untersuchte das Schloss und wünschte sich, er hätte an eine Taschenlampe gedacht. Das Türschloss musste hundert Jahre alt sein. Schon oft waren ihm bei seiner Arbeit gutgesicherte Häuser untergekommen, die immer irgendwo eine Schwachstelle aufwiesen. Er hatte Gröben beim Öffnen von altersschwachen Schlössern oft genug zugesehen, um mit diesem hier möglicherweise zurechtzukommen. Keil kehrte zu dem Fahrrad zurück, ruckelte an den Speichen, bis er eine fand, die sich leicht lösen ließ, und bog sie zu einem Dietrich, wie er es von Gröben in Erinnerung hatte.

Ein Fuchs huschte über die Rasenfläche und tauchte im Gebüsch unter.

Das Öffnen erwies sich als komplizierter und langwieriger, als er angenommen hatte, aber schließlich hörte Keil ein befriedigendes Klicken. Die Tür klemmte, und er musste sich mit aller Kraft gegen sie stemmen. Dabei entstand ein rostiges Scharren, von dem er hoffte, dass es von niemandem gehört wurde. In dem Raum hinter der Tür war es stockdunkel. Er zündete sein Feuerzeug an. Die gelbblaue Flamme wies ihm den Weg durch einen gewölbeartigen Flur, auf dessen Wänden Feuchtigkeit schimmerte. Mehrere Türen aus massivem Holz säumten den Flur. Die erste war verschlossen, und Keil wollte nicht noch mehr Zeit durch ein umständliches Öffnen des Schlosses verlieren.

Die Tür des nächsten Kellerraums stand weit offen. Im Vorbeigehen erhaschte er einen Blick auf gekachelte Wände, die den flackernden Schein des Feuerzeugs reflektierten. Er stutzte, steckte den Kopf durch die Tür und hielt das Feuerzeug in die Höhe, um den Raum so gut es ging auszuleuchten.

Es gab keinen Zweifel. Diesen Raum hatte er schon einmal gesehen. Er spürte, wie das Feuerzeug zwischen seinen Fingern unerträglich heiß wurde. Er schloss die Tür hinter sich, drückte auf den Lichtschalter und löschte die Flamme.

Grelles Neonlicht, weiße und hellgrüne Fliesen. Der

Boden neigte sich dem Abfluss mit dem kreisrunden Gitter in der Mitte des Raumes zu. Der Metallstuhl, an dem man Erwin Illner gefesselt hatte, bildete noch immer das Zentrum. Alles wirkte klinisch rein. Kein Blut, keine Spuren, die darauf hindeuteten, dass hier ein Mann mit einer Rohrzange gefoltert worden war.

Ein Wasserhahn ragte aus einer Wand. Er war im Video nicht zu sehen gewesen. Ein gelber Schlauch lag zusammengerollt auf dem Boden. Wenn das Werk vollbracht war, musste man ihn einfach an das Gewinde des Wasserhahns anschließen und die Fliesen abspritzen. Ein perfekter Folterkeller.

Keil machte das Licht aus und kehrte angewidert in den Flur zurück. Das Feuerzeug hatte sich in der Zwischenzeit so weit abgekühlt, das er es wieder benutzen konnte.

Er erreichte die Treppe zum unteren Stockwerk und fand sich in einer Art Empfangshalle wieder. Überall geschnitzte Verzierungen an den Wänden mit den hohen Buntglasfenstern. Im allerletzten Tageslicht glühten sie wie rote, violette und tiefblaue Juwelen.

Irgendwo in den Tiefen des Gebäudes wurde Metall über Fliesen geschoben.

Er war nicht allein. Automatisch tastete Keil nach seiner Waffe. Da fiel ihm wieder ein, dass er sie Brockmann gegeben hatte.

Langsam ging er auf das Geräusch zu. Dichter an der Quelle vernahm er jetzt ein Gluckern. Flüssigkeit schwappte in einem Metallbehälter hin und her, wurde verschüttet und setzte dabei den Geruch von ... Benzin frei.

Das konnte nur eines bedeuten. Es sollte Feuer gelegt werden, um Spuren, Beweise, Unterlagen zu vernichten. Keil war am richtigen Ort.

Wer immer da mit den Vorbereitungen zu einem Großbrand beschäftigt war, er empfand Spaß bei seiner Arbeit. Er pfiff eine Melodie, die Keil entfernt an die markigen Klänge eines Militärmarsches erinnerte.

Der Brandstifter war mit Sicherheit bewaffnet.

Keil schlich näher, spähte vorsichtig durch eine weit geöffnete Flügeltür.

Ein junger, ihm unbekannter Mann war damit beschäftigt, einen olivgrünen Zwanzig-Liter-Kanister in einem Büro auszuschütten. Er tränkte den Teppich ausgiebig mit Benzin. Aus der geringen Entfernung biss der Gestank in der Nase. Ein zweiter Kanister lag bereits geleert auf der Seite. Ein dritter, offenbar noch voller Kanister stand neben der Tür. Keil hätte nur die Hand nach ihm auszustrecken brauchen.

Neben dem riesigen Schreibtisch brannte eine Stehlampe. Der Mann musste sie gerade erst wegen der zunehmenden Dunkelheit eingeschaltet haben, denn sonst hätte Keil den Lichtschein schon von draußen bemerkt.

Er sah sich nach irgendetwas um, das er als Waffe benutzen konnte. Auf einer Fensterbank des Büros entdeckte er einen massiven Kerzenleuchter. Aber um ihn zu erreichen, hätte Keil das halbe Büro durchqueren müssen.

Er hörte, wie der Mann den geleerten Kanister einfach zu Boden fallen ließ und nach dem noch vollen Behälter griff, den er anscheinend an anderer Stelle verschütten wollte.

Der Mann näherte sich der Flügeltür.

Keil durchdachte blitzschnell seine Optionen. Auf keinen Fall durfte die Villa in Flammen aufgehen. Der Mann war bewaffnet, vermutlich steckte eine Pistole im Schulterholster unter der Jacke. In einer Hand trug er einen schweren Kanister. Bei einem Angriff durch Keil musste er zuerst den Kanister absetzen, um an die Waffe zu kommen. Das verschaffte Keil vielleicht den Vorsprung von einer Sekunde. Mehr nicht. Er hatte es garantiert nicht mit einem Laien zu tun.

Er wollte seinen Überraschungsvorteil nutzen, stellte das Atmen ein und wartete bis der Mann aus der Tür trat. Keil kam aus der Deckung, rammte ihn mit seiner Schulter. Die Wucht ließ den Mann straucheln. Der Kanister, an dem er bereits den Verschluss geöffnet hatte, entglitt seiner rechten Hand, schlug auf dem Boden auf und ergoss seinen Inhalt in einer immer größer werdenden Lache auf dem Parkett vor der Tür. Noch während er um sein Gleichgewicht kämpfte, griff der Mann unter seine Jacke. Genau wie es Keil vorhergesehen hatte. Er stürzte sich auf ihn, in der Hoffnung, der Gegner würde die rechte Hand reflexartig von der Waffe nehmen, um ihn beidhändig abwehren zu können. Doch er hatte die Reaktionsschnelle des jungen Mannes unterschätzt. Der trug kein Pistolenholster, sondern hatte einen Revolver mit kurzem Lauf – nicht die Normalausstattung der Staatssicherheit – in der Innentasche seiner Jacke, legte den Zeigefinger an den Abzug und schoss durch Innenfutter und Stoff. Zeit zum genauen Zielen war ihm dabei nicht geblieben, es war eher ein Schuss ins Blaue, und doch fand die Kugel ihr Ziel. Nicht so treffsicher, dass sie Keil kampfunfähig gemacht hätte. Er spürte einen Schlag gegen die linke Schulter, dann den Schmerz. Nicht intensiver, als hätte ihn eine Wespe gestochen.

Keil prallte gegen den Mann, dessen rechte Hand noch immer in der Innentasche seiner Jacke steckte. Die Kugel hatte ein ausgefranstes Loch in den Stoff gerissen.

Keil bekam die Hände um die Kehle des Mannes und trieb ihm die Luft aus. Der Boden unter ihren Schuhen war vom auslaufenden Benzin ganz rutschig geworden. Sie zappelten wie zwei ungeübte Eisläufer über das Parkett. Der Mann drosch mit der freien Hand in Keils Seite, während Keil spüren konnte, wie die andere Hand versuchte, die Waffe so auszurichten, dass die zweite Kugel wirkungsvoller traf.

Keil drückte sich fest an den Oberkörper des Mannes, um ihm keinen Platz zu lassen, den Lauf in die richtige Position zu bekommen.

Sie kämpften schweigend, die aufgerissenen Augen nur Zentimeter voneinander entfernt. Noch immer umschlossen Keils Hände die Kehle des anderen. Das Gesicht seines Gegners lief violett an. Dann rutschte er in der Benzinlache aus, riss Keil mit sich, und ehe sie auf dem Parkett aufschlugen, engumschlungen wie ein Liebespaar, löste sich ein zweiter Schuss.

Keil war so in Rage, dass er gar nicht wahrnahm, ob er erneut getroffen war. Er löste die Hände vom Hals des Mannes und schlug ihm mit der Faust ins Gesicht. Erst beim dritten Schlag bemerkte er, dass der Körper des Mannes erschlaffte. Er griff unter die Jacke seines Gegners, löste die Waffe aus den kraftlosen Fingern und spürte eine warme Flüssigkeit. Blut. Der Mann hatte sich versehentlich selbst eine Kugel in den Körper gejagt. Herzgegend. Schneller Exitus.

Keil nahm den stupsnasigen Revolver an sich, wischte das Blut an der Jacke des Mannes ab und behielt die Waffe in der Hand. Er suchte hinter einem Mauervorsprung Deckung und wartete darauf, dass der Kampflärm eventuelle Komplizen des Toten anlockte.

Aber der war allein gewesen. Keine eiligen Schritte näherten sich.

Keil durchsuchte die Kleidung des Mannes. Kein Dienstausweis, noch nicht einmal eine Geldbörse.

Erst dann widmete er sich der eigenen Verletzung. Mit Verzögerung stellte sich ein brennender Schmerz ein, der sich aber ertragen ließ. Keil zog den Mantel und sein Hemd aus und stellte fest, dass ihn die Kugel nur gestreift hatte. Die Haut an der Schulter war auf der Länge von mehreren Zentimetern aufgeschlitzt worden wie Butter, in die ein heißes Messer dringt. Die Wunde blutete nur schwach.

Keine Zeit, um sie zu verbinden.

Er zog sich wieder an und sah sich im Büro um. Hier mussten wichtige Unterlagen aufbewahrt werden, sonst hätte der Mann nicht den Befehl erhalten, alles in Flammen aufgehen zu lassen.

Keil fand Aktenordner mit Statistiken zur Versorgung der Bevölkerung mit Grundnahrungsmitteln bis hin zu Luxusgütern wie belgische Schokolade, die er bisher noch in keinem Laden entdeckt hatte. Zahllose Befragungen von Bürgern aus allen Bereichen waren abgeheftet worden, zu Themen wie Zufriedenheit am Arbeitsplatz oder Akzeptanz des Kulturangebots.

Keil musste an die Worte seines Onkels denken. Hatte der nicht davon gesprochen, dass seine ZAIG, die Zentrale Auswertungs- und Informationsgruppe innerhalb des Ministeriums für Staatssicherheit, damit beauftragt war, der Parteispitze ein regelmäßiges Stimmungsbild der Menschen in der DDR zu übermitteln? Damit es niemals wieder zu einem Volksaufstand wie im Juni des Jahres 1953 kommen sollte.

Sollte er hier auf Akten der ZAIG gestoßen sein? Wie passte das mit der Folterkammer im Keller zusammen?

In keiner der Akten wurde die Organisation seines Onkels erwähnt.

Er stieß auf eine Reihe Ordner, allesamt gefertigt im VEB Pirol Lößnitz, deren Rücken nur mit Jahreszahlen beschriftet waren. Es begann mit 1962.

Keil erwartete weitere Statistiken, musste aber überrascht feststellen, dass es sich um medizinische und psychologische Berichte handelte. Zuerst verstand er so gut wie gar nichts, aber nach einer Weile kristallisierte sich heraus, dass es um Persönlichkeitsstörungen bei Waisenkindern ging. Es hieß, dass in erster Linie Mädchen und Frauen davon betroffen waren.

Je länger Keil las, desto größer wurde sein Entsetzen. Hier ging es nicht darum, den Betroffenen zu helfen. Im Gegenteil, die Verfasser der Berichte hatten nach besonders anfälligen Mädchen gesucht, um mit ihnen zu experimentieren. Da war die Rede davon, dass sie bewusst traumatischen Situationen ausgesetzt wurden, bei denen zur Verstärkung auch Medikamente zum Einsatz kamen.

Er entdeckte eine Reihe von Schwarzweißfotografien, die ein kleines Mädchen mit Zöpfen zeigten, das zunächst scheu und ein wenig verängstigt in die Kamera blickte und auf den folgenden Bildern zuerst in Tränen ausbrach und schließlich, zusammengekrümmt wie ein Fötus im Mutterleib, in der Ecke einer kahlen Zelle Schutz suchte.

Keil ballte die Fäuste. Das Foto ließ ihn die Gefühle des Mädchens – Angst, Schmerz, Einsamkeit ohne Hoffnung auf Erlösung – geradezu körperlich spüren.

Ziel dieser Forschungsreihen, geschrieben in nüchternem Amtsdeutsch, war die künstliche Erschaffung von Persönlichkeitsstörungen durch bewusst eingesetzte Traumata und emotionale Vernachlässigung durch das Heimpersonal. Dabei sollten bei den Versuchspersonen Folgestörungen wie Selbstverletzung oder psychosomatische Körperbeschwerden vermieden werden, damit deren Einsatzfähigkeit nicht beeinträchtigt würde.

Keil überflog atemlos den Bericht eines Psychologen, der das Ziel der ganzen Aktionen zusammenfasste. Am Ende stand die Erschaffung von Menschen, die darauf abgerichtet waren, übergangslos eine andere Persönlichkeit anzunehmen, um so Handlungen zu begehen, an die sie sich dann später in ihrer primären Persönlichkeit nicht mehr erinnern konnten.

Zwei oder mehrere völlig verschiedene Individuen in einem Körper, die nichts voneinander ahnten.

Es folgte eine Liste aller Mädchen, mit denen die Versuchsreihe im Jahre 1962 gestartet worden war.

Zehn Namen. Alphabetisch geordnet.

Der vorletzte lautete: *Rösler, Anne.*

Keil schlug mit den Fäusten auf die Schreibtischplatte ein. Ungeachtet der Schmerzen an seiner Schulter. Die Wunde begann wieder zu bluten. Das Blut lief den Arm hinab und tropfte über die Hand auf den aufgeschlagenen Aktenordner. Keil legte den Kopf in den Nacken und stieß einen Schrei wie ein waidwundes Tier aus.

Danach starrte er durch das große Fenster in den Garten. Er glaubte, den Fuchs wieder vorbeilaufen zu sehen. Aber es war zu dunkel, um das mit Bestimmtheit sagen zu können.

Er riss die Namensliste der zehn Waisenmädchen aus dem Ordner und steckte sie ein.

Keil wollte wissen, wer die Verantwortung für all das

trug. Wer heute die Akten verwaltete und Anne zu einer mehrfachen Mörderin gemacht hatte.

Der Psychologe, der 1962 den Bericht verfasst hatte, hatte diesen mit einer unleserlichen Klaue unterschrieben. Er mochte bereits tot oder zumindest im Greisenalter sein. Siebenundzwanzig Jahre waren eine lange Zeit.

War dieser Elmar Brysch der heutige Leiter einer Gruppe, die mittels einer Frau, die man abgerichtet hatte wie einen auf Kommando zubeißenden Hund, unliebsame Menschen liquidierte?

Wo konnte er diesen Brysch finden?

Er riss die oberste Schublade des Schreibtischs auf: leere Blätter, ein Feuerzeug, eine aufgerissene Pappschachtel mit der Aufschrift *Abführ-Perlen – Zur Förderung der Verdauung.*

In der nächsten Schublade fand er eine Stange Zigaretten der Marke Kenton Menthol.

*

Zuerst hatte Anne ihn davon überzeugen wollen, sie endlich von den Handschellen zu befreien. So sehr sie auch bettelte und zeterte, er war standhaft geblieben. Auch wenn es ihm nicht leicht gefallen war.

Brockmann hatte Anne bestätigt, dass er sie ebenfalls auf der Videoaufnahme identifiziert hatte. Danach war sie ruhiger geworden. Während er mit einem Schraubenzieher die Abdeckungen der Steckdosen im

Wohnzimmer abschraubte, den Telefonhörer zerlegte, ohne irgendwo eine Abhörwanze zu entdecken, schien Anne in sich zu gehen. Als würde sie ihre Erinnerungen nach einer Antwort durchforsten, wie es möglich sein konnte, dass der Mann, den sie liebte, und dessen bester Freund sie auf dieser Kassette gesehen hatten.

Brockmann beendete die Überprüfung der Lampen im Wohnzimmer, die oft als beliebtes Versteck für Wanzen herhalten mussten.

»Dieser Raum ist zumindest sauber«, stellte er fest.

Plötzlich vernahm er einen Summton in einer hohen Frequenz. Er schien aus den Wänden zu dringen, kam jetzt von allen Seiten.

»Was ist das?«, fragte Brockmann und legte ein Ohr gegen eine Zimmerwand. Das ganze Gebäude war plötzlich zu einem einzigen Resonanzkörper geworden. Er war so sehr mit der Suche nach dem Ursprungsort des Summens beschäftigt, dass er zuerst gar nichts von Annes Verwandlung mitbekam.

Erst als der Ton abrupt abbrach, schaute er wieder in ihre Richtung. Der Ausdruck von Nachdenklichkeit und Verzweiflung war aus Annes Augen gewichen. An seine Stelle trat eine schaurige Art von Intelligenz und Verschlagenheit, funkelnd wie Quecksilber.

»Was ist mit dir?« Brockmann wich instinktiv vor ihr zurück.

»Mach – mich – los!« Die Worte kamen heiser und hasserfüllt aus ihrem Mund. Dann lächelte sie breit. Sie erinnerte Brockmann jetzt an eine Schlange, die versuchte, ihr Opfer zu hypnotisieren, um dann blitzschnell zuzustoßen.

Um nichts in der Welt würde er ihr die Handschellen abnehmen.

Das Geräusch, dieses zirpende Summen, musste die Veränderung bei ihr ausgelöst haben.

»Kannst du mich verstehen?«, fragte er.

»Ich bin doch nicht taub«, erwiderte sie mit der tiefen, krächzenden Stimme. Nicht nur ihre Stimme hatte sich verändert, auch ihre Haltung hatte etwas Selbstsicheres, fast Überhebliches angenommen. Sie riss an der Handschelle und sagte laut: »Das hier ist eine totale Scheiße, mein Lieber! Dafür wirst du zur Rechenschaft gezogen! Da sei dir sicher.«

»Das ist richtig.« Die Stimme war hinter ihm, Brockmann wandte sich erschrocken um.

Die Männer waren lautlos im Raum erschienen. Für diese souveräne Art, sich zu bewegen, hatte Brockmann die besonders gut ausgebildeten Leute bei der Staatssicherheit immer bewundert.

Er erkannte den Offizier Elmar Brysch. Der zweite, jüngere Mann musste der sein, der Anne zum Morden in die Datsche seiner Eltern begleitet hatte.

Brockmann tastete nach der Pistole, die im Hosenbund hinter seinem Rücken steckte, unsicher, ob er sie wirklich hervorholen sollte. Noch während er den Gedanken als viel zu gefährlich verwarf, rief Anne: »Der Kerl hat eine Waffe!«

Brysch beherrschte nicht nur die Kunst der lautlosen

Bewegung, er war ein ebenso geübter wie schneller Schütze.

Während Brockmann noch staunte, wie blitzartig die Pistole in der Hand des Offiziers auftauchte, trafen ihn zwei Kugeln in der Brust. Der Schmerz war so durchdringend, grell und glühend, dass sein Nervensystem und das getroffene Herz die Arbeit gleichzeitig einstellten.

*

Keil bemerkte den grauen Lada beim Vorbeifahren an Annes Haus. Von diesem Fahrzeug und der unauffälligen Lackierung gab es eine ganze Reihe in der Stadt, dennoch war er davon überzeugt, dass dieser Wagen vor der Datsche in Ketzin gewartet hatte, nachdem er kurz zuvor durch halsbrecherische Raserei einen Unfall ausgelöst hatte.

Der Lada war so geparkt, wie Keil es auch mit seinem Wartburg machte, wenn er nicht sofort wahrgenommen werden wollte: ein Stück abseits vom Zielobjekt, aber nicht allzu weit entfernt.

Er näherte sich dem Haus durch den Garten der Nachbarn. Falls ihn die Sudkowskis dabei entdeckten, würde er behaupten, er habe eine Überraschung für Anne. Von Sabine Sudkowski und ihrem Mann war jedoch nichts zu sehen. Er drückte sich an der Teppichstange und den von Ziegelsteinen begrenzten Gemüsebeeten vorbei, in denen jetzt nichts als feuchte Erde zu sehen war, und stieg über den niedrigen Zaun auf Annes kleines Grundstück. Den Schlüssel für die Hintertür deponierte sie stets unter einer Vogeltränke aus Gips.

Der Schlüssel rutschte erst beim dritten Versuch ins Schloss. Keil drehte ihn und öffnete die Tür. Sie führte direkt in die Küche.

Er hörte, wie eine fremde Stimme im Haus mehr belustigt als alarmiert rief: »Der Kerl hat eine Waffe!«

Unmittelbar darauf folgten zwei Schüsse.

Keil hielt den stupsnasigen Revolver auf Hüfthöhe. Vier Kugeln steckten noch in der Trommel. Er musste da jetzt rein. Anne und Brockmann waren in Gefahr. Wenn sie denn überhaupt noch lebten.

Er spürte etwas Kaltes, Metallisches in seinem Genick. Den Lauf einer Waffe.

Eine Frau sagte: »Knarre auf den Boden!«

Keil ging in die Knie, legte den Revolver vorsichtig ab und erhob sich dann langsam wieder.

Es war Annes Freundin und Nachbarin Sabine Sudkowski. Der sonst so fröhliche Unterton war aus ihrer Stimme verschwunden. Er hörte, wie sie dem Revolver einen leichten Tritt versetzte, damit er außer Keils Reichweite geriet.

»Langsam weitergehen!«, verlangte sie. Der Druck in seinem Genick verschwand, aber er war davon überzeugt, dass die Frau noch immer auf ihn zielte.

»Wenn Sie denken, Sie könnten mich überwältigen, möchte ich Ihnen davon abraten, Hauptmann Keil«, sagte Sabine Sudkowski ruhig. »Ich habe mehr drauf, als Käse und Damenbinden zu verkaufen. Verschränken Sie die Hände hinter dem Kopf und gehen Sie ins Wohnzimmer. Wenn Sie sich angemessen verhalten, wird keinem etwas geschehen.«

Keil setzte langsam einen Fuß vor den anderen. Vorbei an den Regalen mit den selbstgezogenen Kräutern und dem Gemälde der Rügener Kreidefelsen im strahlenden Sonnenschein. Auf dem Meer ein Boot mit freudig winkenden Kindern und einem alten, pfeiferauchenden Seemann am Ruder, dessen Gesichtsausdruck signalisierte, dass alles in allerbester Ordnung war.

Im Wohnzimmer hingegen war gar nichts in Ordnung. Thilo Brockmann lag mit offenen Augen auf der Seite vor dem Fenster mit den besonders üppigen Orchideen. Er war tot, doch noch immer sickerte Blut aus den Einschusslöchern in seiner Brust.

Zwei Männer, einer davon war Elmar Brysch, standen mit gezogenen Waffen im Raum. Anne war von den Handschellen befreit worden und saß noch immer auf dem Sofa. Sie reckte den Kopf in Keils Richtung, bedachte ihn mit einem verachtungsvollen Blick und lehnte sich breitbeinig zurück. Ihr Gesicht hatte jegliche Sanftheit verloren, die Augen hielt sie jetzt halb geschlossen, was ihr etwas Lauerndes gab.

»Anne?«, sagte Keil.

Sie reagierte nicht. Allein ihre veränderte Mimik und Gestik hatten ihm schon deutlich gemacht, dass sie zu einer anderen Persönlichkeit geworden war.

Brysch musterte Keil mit hochgezogenen Brauen

und seufzte laut. Er griff nach dem Handfunkgerät auf der Fensterbank. Es knirschte und knackte, als er es einschaltete.

»Es verläuft anders als geplant«, sprach er in das Gerät. »Der Hauptmann von der Polizei ist nun auch hier.«

Die Antwort war für Keil kaum zu verstehen. »Sichern! Ich komme!«, schnarrte eine fast komplett von Störgeräuschen überlagerte Stimme.

Elmar Bryschs jüngerer Begleiter stellte sich ans Fenster und beobachtete konzentriert die Straße.

Keil starrte mit vor Schreck geweiteten Augen auf Thilo Brockmann, dann auf Anne. »Was haben Sie nur angerichtet!«

Brysch hob die linke Hand wie ein Verkehrspolizist. »Schweigen Sie bitte, Hauptmann Keil. Wir sind nicht befugt, mit Ihnen zu sprechen.«

Keil nickte. »Ich kann mir schon denken, wer hier befugt ist.«

Wenn Brysch von der Reaktion überrascht war, ließ er es sich nicht anmerken.

Sein Kollege musste auf der Straße etwas erblickt haben. Er eilte aus dem Raum, und Keil hörte, wie er die Haustür öffnete.

Sekunden später betrat Keils Onkel, Generalmajor Paul Gerlach, das Wohnzimmer. Er trug einen anthrazitfarbenen Anzug, der im Licht der Deckenlampe glänzte, als sei er mit Metall überzogen.

»Dein Auftauchen überrascht mich nicht«, sagte Keil.

»Warum nicht?«, gab sein Onkel gelassen zurück. In der rechten Hand qualmte eine seiner geliebten Mentholzigaretten.

»Ich war in der Villa von dem da!« Keil deutete wütend auf Elmar Brysch. »Aber die wird ja wohl eigentlich von dir genutzt.«

»Ah!«, machte sein Onkel. »Deshalb ist der Laden noch nicht in Flammen aufgegangen.« Er legte den Kopf schief und musterte besorgt das Blut an Keils Mantel. »Aber das lief wohl nicht ganz ohne Komplikationen ab.«

»Wie ist er in die Villa gekommen?«, wandte Brysch sich irritiert an den Generalmajor.

»Nun, er ist so klug, wie ich ihn immer eingeschätzt habe«, erwiderte Paul Gerlach lächelnd und nahm einen Zug von seiner Kenton.

»Und ihr seid nicht so unfehlbar, wie ihr immer geglaubt habt«, ereiferte sich Keil. Er spürte, wie die Wut in ihm wuchs, und er drohte, die Kontrolle über sich zu verlieren, aber das war ihm jetzt gleichgültig. »Thilo Brockmann hat in der Datsche seiner Eltern eine Überwachungskamera installiert. Sie hat aufgenommen, wie Anne und diese beiden Kerle dort waren, um Lothar Jordan zu erledigen.«

»In der Tat«, antwortete sein Onkel, und das Zucken seiner Mundwinkel zeigte, dass ihn die Sache weit mehr beunruhigte, als er sich eingestehen wollte. »Das ist nicht ganz sauber abgelaufen. Wo ist die Aufnahme jetzt?«

Keil zuckte mit den Schultern. »Das konnte euch nur Thilo Brockmann verraten.«

Der Generalmajor schnaufte kurz und warf Brysch einen missbilligenden Blick zu.

»Und Jordans angebliche Schwester wusste nichts von dessen Augenkrankheit, die dafür gesorgt hat, dass eines seiner Augen grau wurde. Das nenne ich schlechte Aktenpflege, Onkel!«

»Fehler über Fehler«, seufzte Paul Gerlach. »Ich vermute, du hast die Frau festsetzen lassen.«

Keil antwortete nicht.

Sein Onkel wandte sich an Brysch. »Veranlassen Sie, dass die Frau freikommt.«

Er suchte vergeblich nach einem Aschenbecher und drückte die Zigarette dann in einem Blumentopf mit einer Orchidee aus. »Aber auch du hast Fehler gemacht, Martin. Jordan ruft auf dem Revier an, um dich zu erreichen, und du rufst ihn unmittelbar danach gleich zweimal in Ketzin zurück. Ich habe doch erwähnt, dass wir sehr viele Informanten haben. Einer von ihnen überwacht auch die Telefonleitungen in der Bauhofstraße. Es ist ein Kollege von dir.«

»Ist es Gröben?«, entfuhr es Keil.

Sein Onkel schüttelte den Kopf und wandte sich dann an seine Leute. »Gehen Sie jetzt!«, befahl er. »Sie wissen, was zu tun ist!«

»Soll ich auch?«, fragte Sabine Sudkowski, die noch immer ihre Waffe auf Keil richtete.

Gerlach gab ihr mit einer barschen Handbewegung

zu verstehen, dass sie verschwinden sollte. Sie verließ das Haus nicht wie die anderen durch die Haustür, sondern nahm den Weg durch die Küche.

»Gregor!«, sagte der Generalmajor. »Bitte warte nebenan im Schlafzimmer.«

Keil verfolgte verstört, wie Anne sich vom Sofa erhob und wortlos ins Schlafzimmer ging. Ihre Bewegungen waren dabei ganz anders, als er sie gewohnt war. Hart und voll von im Zaum gehaltener Impulsivität. Beim Herausgehen versetzte sie dem Türrahmen einen Schlag mit der Faust.

»Setz dich, Martin«, sagte der Generalmajor. »Ich nehme an, dass ich dich besser weiterhin mit der Waffe in der Hand davon abhalten sollte, mir an die Gurgel zu gehen, oder?«

Keil setzte sich in einen Sessel und gab keine Antwort.

»Anne würde dich auf der Stelle töten, wenn ich es ihr befehle.« Der Generalmajor deutete kurz mit dem Pistolenlauf in Richtung Schlafzimmer. »Sie hat jetzt Gregors Identität angenommen. Gregor ist eine perfekte Tötungsmaschine, die nichts hinterfragt. Als Anne wäre sie dazu niemals fähig. Sie hält sich für einen Mann. Wenn sie in den Spiegel sieht, glaubt sie Gregor zu sehen. So, wie sie ihn sich vorstellt.«

»Ich habe in deinen Akten über die Experimente mit den Mädchen gelesen«, sagte Keil. »Es ist so unglaublich abstoßend, was ihr getan habt.«

»Um ein richtiges System zu etablieren, müssen Opfer gebracht und manchmal auch jene ruhiggestellt werden, die sich konträr verhalten. Dazu brauchen wir Werkzeuge wie Anne.«

»*Werkzeuge*!«, spie ihm Keil entgegen. »Ihr habt Kinder missbraucht!«

»Die Prägung funktioniert nur bis zu einem gewissen Alter.« Der Generalmajor knöpfte sein Jackett auf. »Warm hier.«

»Warum mussten Otto Strack, Klara Jennen und Lothar Jordan sterben?«, fragte Keil.

Sein Onkel wirkte erfreut über die Frage. »Ich höre, dass du Erwin Illner bereits ausklammerst, Martin. Weil du weißt, dass er junge Mädchen aus den Jugendwerkhöfen geholt hat, um sie einflussreichen, geilen Böcken zuzuführen. Das missfällt dir zu Recht. Allerdings waren Strack und Jordan nicht nur Lieferanten. Nein, sie durften an den widerwärtigen Orgien teilnehmen. Als Belohnung und weil man sich so ihre Verschwiegenheit besser als mit jeder noch so hohen Summe Geld sichern konnte. Sie wurden zu Mittätern.«

»Und Klara Jennen?«

»Ihre Aufgabe war es, die Mädchen heroinabhängig zu machen. Rechtfertigt das nicht eine so strenge Bestrafung wie den Tod?«

»Wo sind die Mädchen jetzt? Was ist aus Alexandra Fischer geworden?«

Der Generalmajor setzte eine betrübte Miene auf. »Wir wissen es nicht. Es scheint so, als hätten sie die aktuellen Mädchen verschwinden lassen, als es in der DDR immer unruhiger wurde. Ich hoffe, dass sie noch leben. Die Umstände erlauben es uns leider nicht, weitere Nachforschungen anzustellen.«

»Was für Umstände?«

»Ein Teil meiner Leute und ich werden die DDR für einige Zeit verlassen. Wir kehren zurück, wenn man uns wieder braucht.«

»Man wird froh sein, euch los zu sein«, entgegnete Keil.

Sein Onkel drohte ihm scherzhaft mit dem Finger. »Wir haben damit begonnen, asoziale Elemente auszumerzen. Und es wird fortgesetzt, auch wenn ich vorübergehend im Ausland bin. Wir haben Kopien der Videoaufnahmen in gewissen Kreisen in Umlauf gebracht. Als Warnung, was mit perversen und kontrarevolutionären Parasiten passiert. Die Adressaten wissen, dass sie gemeint sind, und werden in ständiger Angst leben. Bis zu jenem Tag, an dem wir sie auch noch erwischen. Wenn sie aus der DDR fliehen und nie wiederkommen, ist das auch gut. Wer unschuldig ist, hat nichts zu befürchten. Wie Illners Frau. Sie wusste nichts von den Machenschaften ihres Mannes. Daher haben wir sie von hier fortbringen lassen.«

»Und warum hast du mir die Videos geschickt?«

»Weil ich diesen Tag herbeigesehnt habe, an dem ich dir klarmachen kann, dass alles für eine gerechtere Welt geschieht. Die wir gemeinsam erschaffen können, Martin.«

»Du bist wahnsinnig«, entfuhr es Keil. »Ich habe gesehen, was Anne in deinem Auftrag mit Jordan angestellt hat.«

Sein Onkel wog den Kopf hin und her. »Wenn bei Gregor etwas nicht nach Plan läuft, neigt er dazu, Grenzen zu überschreiten. Jordan sollte an einem anderen Ort liquidiert werden.«

»Wie wird Anne zu Gregor?«, fragte Keil. Vielleicht gab es noch ein klein wenig Hoffnung, dass er Anne heil aus der Sache herausholen konnte. Wenn ihn sein größenwahnsinniger Onkel nicht einfach über den Haufen schoss. Von daher war es ein Fehler gewesen, bisher nicht wenigstens einen Hauch von Verständnis für dessen Pläne zu heucheln.

»In den Wänden sind Lautsprecher verborgen. Ein Ton in einer bestimmten Frequenz schaltet Annes Identität vorübergehend ab, und sie agiert als Gregor. Ein zweiter, tieferer Ton widerruft das erste Kommando.«

»Und die Sudkowskis sind so etwas wie das Wachpersonal für Anne?«

»Sie passen auf Anne auf und aktivieren, wenn sie den Befehl dazu erhalten, die Lautsprecher«, korrigierte ihn sein Onkel. Er sah auf seine Uhr. »Leider müssen wir unser Gespräch an dieser Stelle vertagen. Wir haben nur ein kleines Zeitfenster zur Verfügung. Gregor muss noch einen überaus wichtigen Auftrag erledigen. Wir bekommen heute hohen Besuch aus der BRD.«

»Du willst, dass Anne einen Politiker aus dem Westen ermordet? Den wird sie nicht so einfach in eine leerstehende Matratzenfabrik verschleppen können.«

Der Generalmajor rief laut: »Gregor!«

Anne alias Gregor erschien auf der Stelle. Sie schien ihren Einsatz gar nicht erwarten zu können. Sie federte in den Knien und schnippte mit den Fingern.

»Das marode System des Kapitalismus ist dem Untergang geweiht«, sagte der Generalmajor. »Und die Beseitigung dieses Mannes wird den Absturz beschleunigen.«

»Anne kann dabei draufgehen!«

Sein Onkel überging die Bemerkung. »Die DDR wird wie der Phönix aus der Asche ihrer selbst entsteigen. Der Verräter Gorbatschow wird abgesetzt werden. Seine engsten Vertrauten werden dafür sorgen. Spätestens im Sommer 1991. Alles bedarf einer wohldurchdachten Vorbereitung.« Er holte mit der linken Hand eine kleine Ampulle aus grünem Glas aus der Jackentasche. »Auch wenn du heute noch kein Verständnis hast, wirst du in nicht allzu ferner Zukunft erkennen, dass wir absolut richtig handeln. Unser Land wird dich dann brauchen.« Er hielt die Ampulle in das Licht der Deckenlampe. »Ich möchte, dass du dieses kleine Fläschchen zügig leerst. Es wird dir ein paar Stunden Schlaf verschaffen. Ohne Nebenwirkungen. Versprochen!«

»Wo soll Anne diesen Politiker treffen? Wer ist es?«

Sein Onkel schüttelte den Kopf. »Das werde ich nicht verraten. Aber danach gebe ich sie frei. Es ist der letzte Auftrag.«

Anne betrachtete die Szenerie ohne großes Interesse.

»Erkennst du mich nicht, Anne?« Keil sah sie direkt an.

»Ich heiße Gregor«, erwiderte sie. »Sehe ich etwa wie eine Frau aus?«

»Du musst dich doch an mich erinnern. An meine Wohnung. Du hast sie nie besonders gemocht.«

»Das führt zu nichts«, bemerkte der Generalmajor. »Wenn ich es befehle, wird Gregor dich auf der Stelle umbringen.«

Keil zeigte auf den Leichnam seines Freundes. »Sie haben Brockmann erschossen! Anne! Er war mein Freund.«

»Das hat er sich wohl selbst zuzuschreiben«, bemerkte sein Onkel. »Die Ampulle, Martin! Oder es wird sehr unangenehm für dich werden.«

Keils Dienstwaffe steckte noch immer in Brockmanns Hosenbund. Er lag mit dem Rücken zum Fenster, so dass sein Onkel die Pistole bisher noch nicht entdeckt hatte.

»Vielleicht können wir ihn noch retten«, sagte Keil und näherte sich der Leiche.

»Er hat zwei Einschüsse in der Brust«, sagte Anne mit ihrer krächzenden Gregorstimme. »Er ist tot.«

Keil bückte sich und tat so, als wollte er nach Brockmanns Puls fühlen.

»Jetzt reicht es!«, hörte er seinen Onkel sagen.

Keil griff nach der Pistole, der Schmerz in seiner Schulter flammte bei der hastigen Bewegung auf. Er bekam die Waffe zu fassen, aber sein Onkel hatte ihn durchschaut.

Der Generalmajor drückte ab, die Kugel durchschlug

Keils rechte Hand und bohrte sich in den toten Körper seines Freundes.

Keil schrie auf.

»Steh auf, oder ich schieße dir beim nächsten Mal in den Kopf!«, brüllte sein Onkel.

Ein Schatten fegte durch den Raum. Es war Anne. Mit vollem Anlauf lief sie auf den Generalmajor zu, prallte gegen ihn, und es war nur ihrer enormen Geschwindigkeit und dessen völligen Überraschung zuzuschreiben, dass sie den fast doppelt so schweren Mann zum Straucheln brachte. Er stieß mit dem Rücken gegen ein Bücherregal. Dostojewskis Gesamtwerk und einige Bände noch lebender Autoren ergossen sich wie ein Sturzregen auf die Kämpfenden.

Keil gelang es endlich, die Waffe aus Brockmanns Hosenbund zu ziehen. Er sah, wie Anne einen Daumen in das rechte Auge seines Onkels bohrte. Der Generalmajor stieß ein Grunzen aus. Mehr Wut als Schmerz.

Dann krachte der Schuss. Anne löste sich von dem Generalmajor und rutschte wie eine Marionette, deren Fäden mit einem Schnitt durchtrennt worden waren, zu Boden.

Keils Onkel war für eine Sekunde halb blind und orientierungslos. Blut floss aus dem zerstörten Auge über sein Gesicht.

Keils rechte Hand war unbrauchbar geworden. Das Projektil hatte ein Loch in die Handfläche gerissen. Es blieb ihm nichts anderes übrig, als mit links zu schießen. Er feuerte das gesamte Magazin auf seinen Onkel. Nicht alle Kugeln trafen, aber zwei, drei fanden ihr Ziel.

Keil rutschte auf den Knien zu Anne. Sie war noch bei Bewusstsein. Er hob ihren Pullover an.

So viel Blut! So verdammt viel Blut!

Sein Onkel hatte ihr in den Bauch geschossen. Er konnte die Blutung unmöglich zum Stillstand bringen.

Sie sah ihn an. Er glaubte, dass sie ihn erkannte. Der harte, nach Gewalt gierende Ausdruck war aus ihrem Gesicht verschwunden. Sie glitt langsam ins Dunkel und Keil sagte immer nur: »Bleib! Bleib!«

Er taumelte zum Telefon, wählte die 115 des Medizinischen Notdienstes und rief dann bei Gröben an.

»Hilf mir!«, schrie er mit tränenerstickter Stimme ins Telefon.

Epilog

28. November 1989

Keils rechte Hand war in einen Verband gewickelt, der linke Arm lag in einer Armschlaufe.

Vor Annes Zimmer im Bezirkskrankenhaus hielt ein uniformierter Volkspolizist Wache. Er saß auf einem Stuhl und las Zeitung.

Keil hatte mit dem Chefarzt gesprochen. Anne war in ein künstliches Koma versetzt worden. Die Kugel hatte die Bauchspeicheldrüse fast vollständig zerstört und war in der linken Niere stecken geblieben. Beide Organe hatten in einer langwierigen Operation entfernt werden müssen. Die starken Blutungen hatten zu Komplikationen geführt. Aber heute hatte der Arzt zum ersten Mal so etwas wie Entwarnung gegeben. Annes Zustand hatte sich stabilisiert.

Keil war jeden Tag bei ihr gewesen, hatte ihr schmales, bleiches Gesicht, den zerbrechlichen Körper, umgeben von Schläuchen und Geräten, die sie am Leben hielten, betrachtet.

Heute hatte er sich mit Gröben verabredet. Eilig und

ein wenig eingeschüchtert von der Krankenhausatmosphäre kam dieser auf Keil zu. Er schien vollständig die Kontrolle über seine Frisur verloren zu haben. Die blonden Haarbüschel standen wirrer denn je von seinem Kopf ab.

Sie grüßten den Polizisten und begaben sich in den kleinen Aufenthaltsraum am Ende des Flurs. Ein paar Stühle, die Reproduktion eines Van-Gogh-Gemäldes, ein Tisch mit Zeitungen und Broschüren.

»Wie geht es ihr?«, fragte Gröben.

»Besser.« Keil versuchte zu lächeln.

Es war das zweite Mal, dass sie in aller Ruhe miteinander reden konnten.

»Die Villa von deinem Onkel ist noch am Abend des 25. Novembers in Flammen aufgegangen«, begann Gröben. »Lothar Jordans sogenannte Schwester wurde in meiner Abwesenheit freigelassen. Leute von der Stasi haben auf die Kollegen so viel Druck ausgeübt, bis sie nachgaben.«

»Sie hätten dich informieren müssen«, bemerkte Keil.

»Haben Sie aber nicht. Nun sind alle abgetaucht. Die falsche Schwester, dieser Brysch und der ganze Clan. Sogar die Nachbarn von Anne, die Sudkowskis, sind über alle Berge. Wir haben nichts, Martin. Nur einen Haufen Leichen. Wir wissen noch nicht einmal, wer von den Kollegen die Leitungen im Revier für deinen Onkel abgehört hat.«

»Hat sich jemand für den Leichnam meines Onkels interessiert?«

Gröben schüttelte den Kopf. »Niemand. Der liegt noch auf Eis. Im Übrigen interessiert sich eigentlich sowieso niemand für die ganze Sache. Und mal ehrlich, Martin!« Er klatschte in die Hände. »Wer soll uns ohne Beweismittel die Sache mit diesen verschiedenen Identitäten auf Abruf glauben. Ohne Beweise!«

»Es gibt einen Beweis«, sagte Keil.

Sein Kollege horchte auf.

»Thilo Brockmann hat die Aufnahmen der Morde und auch eine Kopie von Ketzin zu seinem Bruder in den Westen geschickt. Der hat mich angerufen, weil er von Thilos Ermordung erfahren hat. Ich hatte ja keine Ahnung, wo er sich in der BRD aufhält. Thilo hat ihm aufgetragen, mir die Kassetten zukommen zu lassen, wenn ich sie brauche.«

»Das würde ich lassen«, sagte Gröben. »Wenn die Sache vor Gericht kommt und alle sehen, wie Anne aus der Brockmann-Datsche kommt, wo sie zuvor Lothar Jordan ermordet hat, wird es schwer sein, die Richter von ihrer Unschuld zu überzeugen. Ohne Beweise.«

»Danke«, sagte Keil. »Ich sehe es genauso. Ich wollte es nur von dir bestätigt wissen.«

»Dann ist es also beschlossen«, sagte Gröben und wollte Keil die Hand schütteln, besann sich aber noch rechtzeitig eines Besseren.

»Da sind noch zwei Dinge«, fuhr Keil fort. »Auf der Liste, die ich in der Villa fand, standen außer Anne noch neun weitere Namen. Was ist, wenn diese Frauen heute ebenfalls auf Abruf morden?«

»Ich werde mir einen Grund einfallen lassen, um sie überprüfen zu lassen«, sagte Gröben. »Was ist das Zweite?«

»Die Mädchen aus den Jugendwerkhöfen. Wir müssen wissen, was aus Alexandra Fischer und den anderen geworden ist.«

»Darum kümmern wir uns, wenn du wieder auf dem Damm bist.«

»Du meinst, ich werde weiterhin als Polizist arbeiten können?«, fragte Keil.

»Das hängt davon ab, was wir in unsere Berichte schreiben. Du hast dir nichts zuschulden kommen lassen. Im Gegenteil.« Gröben holte tief Luft. »Mal abgesehen davon, dass du mir nicht hundertprozentig vertraut hast.« Er lächelte schwach. »Aber das ändern wir einfach in Zukunft.«

*

Die offizielle Besuchszeit war schon längst vorüber. Aber niemand, auch nicht der Polizist neben der Tür, hatte einen Einwand, als Keil in Annes Zimmer ging. An die Geräusche, das Piepen und Saugen der Geräte, war er schon gewöhnt. Er schaltete das Neonlicht aus und ließ nur die kleine Lampe auf der Fensterbank brennen.

Ganz vorsichtig, als könnte Anne unter seiner Berührung zerplatzen wie eine Seifenblase, beugte er sich über sie und küsste sie auf die Nasenspitze.

Er war davon überzeugt, dass sie nicht als Gregor

erwachen würde. Als sein Onkel ihn erschießen wollte, war Anne mit aller Vehemenz zurückgekehrt. Die Liebe war stärker als Gregor gewesen. Er würde alles dafür tun, damit dieser Dämon nie wieder zurückkehren konnte.

Er zog den Sessel, um den er die Krankenschwestern eindringlich gebeten hatte, ganz nah an das Krankenbett heran und setzte sich.

Während er glaubte, nie mehr den Blick von ihrem wunderbaren Profil abwenden zu können, spürte er den Schlaf herannahen. Er ließ ihn zu.

Heute würde er die erste Nacht bei ihr verbringen.

Danksagung

Mein Dank gilt allen, die mir bei der umfangreichen Recherche für diesen Roman geholfen haben, vor allem den überaus netten Menschen in Potsdam. Sie erlaubten mir Einblicke in ihre Vergangenheit.